역적전

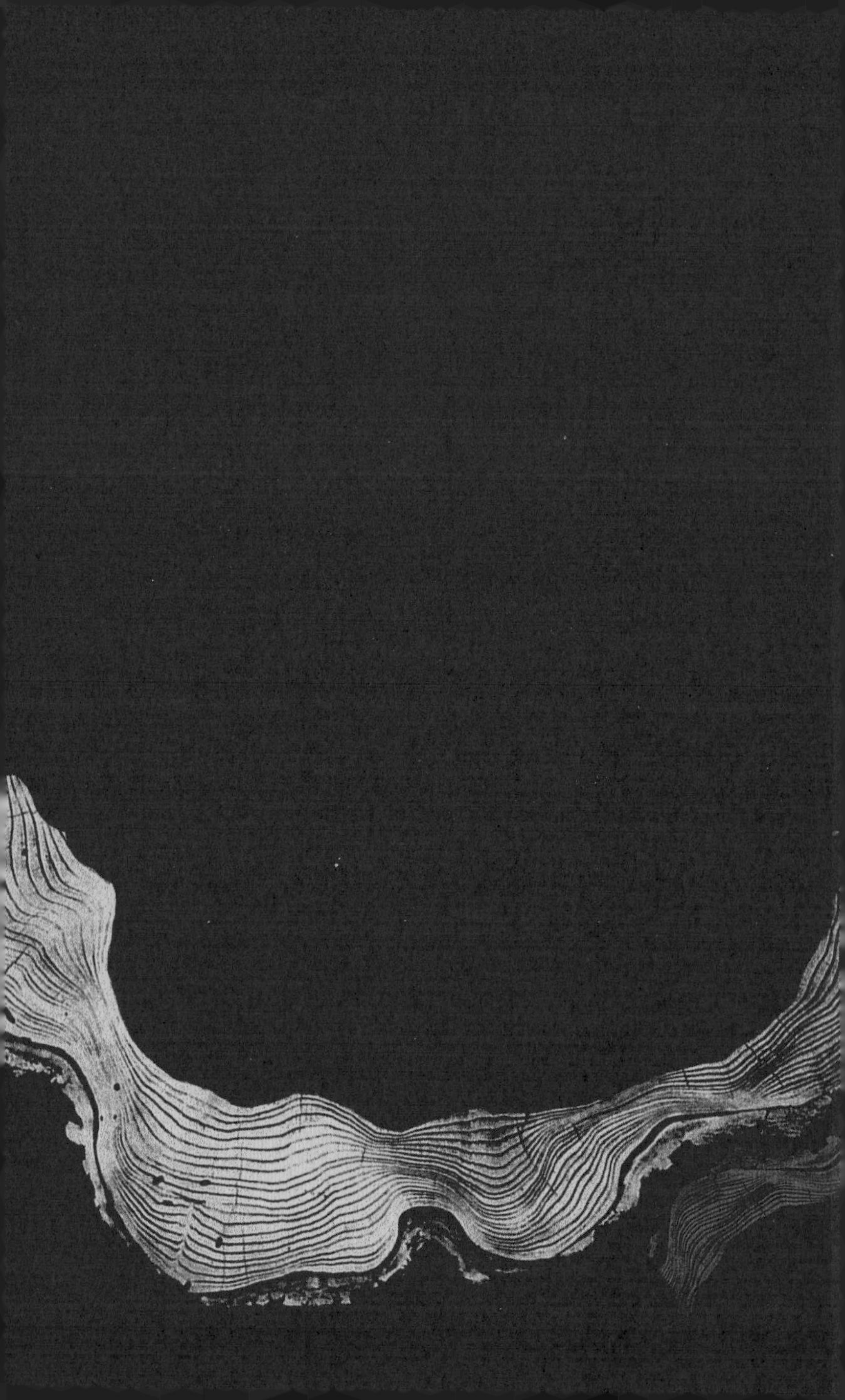

역적전

곽재식 장편소설

RHK
알에이치코리아

목차

一章 하한기

영락(永樂) 연간에(서기 391년에서 412년 무렵의 시기를 말함) 다라국(多羅國: 지금의 경상남도 서북부지역)의 하한기(下旱岐)는 좋은 판결을 잘 내리는 관리였다.

본래 하한기는 가야의 남쪽 지역에 있는 가락국(駕洛國: 지금의 경상남도 김해 일대를 말함)에서 태어나 자랐다. 하한기가 장성할 즈음에, 고구려군이 신라군을 따라 길을 돌아 가야의 남쪽으로 쳐들어온 일이 있었다. 이때 하한기가 살던 곳의 사람들은 끝까지 싸우자는 사람들과 배반하여 고구려군을 돕자는 사람들로 나뉘어졌다. 하한기의 가족은 끝까지 고구려군과 싸우자는 쪽으로 남았다. 하지만, 고구려가 싸움에서 크게 이겼으므로, 고구려 쪽에 붙었던 사람들이 권세를 쥐게 되었다. 고구려

쪽에 붙었던 사람들은 싸우자던 사람들을 미워하여 모두 잡아 죽이려 들었다.

그러니 고구려와 싸우자고 했던 하한기의 가족들은 그것을 피해 달아나야 했다. 하한기의 가족은 훔친 고구려 군사의 말을 타고 몸만 겨우 피하여, 가야의 북쪽 지방으로 도망쳐서 다라국까지 갔다.

하한기는 먹고살 길이 막막했다. 가야의 북쪽 끝에 가까운 다라국에 도착했을 때, 하한기는 비슷한 처지로 배가 고파 밥을 훔쳐 먹고 도망치는 도둑을 보게 되었다. 하한기는 이 도둑을 잡는 일을 도왔다. 하한기는 용맹하며 또한 슬기로웠으며, 특히 죄를 지은 사람을 찾아내고 묻고 따져서 사실을 밝혀내는 일에 재주가 뛰어났다. 그랬기 때문에, 하한기는 다라국 장수의 눈에 뜨여서 곧 죄인을 잡으러 다니는 병졸이 되었다.

이때의 기록은 해석하기가 애매한 문장으로 되어 있어서, 의견이 엇갈린다. 어떤 사람들은 굶어 죽는 것을 면하기 위해 어쩔 수 없이 부유한 사람들의 곡식을 훔쳐 내는 사람들을 하한기가 부자들에게 잘 고자질했기 때문에, 병졸이 되었다고 설명하기도 하고, 어떤 사람들은 하한기가 가난한 사람들 사이에서 행패를 부리는 골칫덩이인 사람들이 병졸들에게 벌을 받도록 잘 말하고 따지는 데 재주가 좋았기 때문에 병졸이 되었다고 설명하기도 한다.

해석에 따라, 원래 하한기가 냉정하고 야박했느냐, 혹은 의롭고 영웅적이었느냐 하는 상반되는 두 가지 이야기가 나타나게 되는 셈이다. 그렇지만, 적어도 하한기가 병졸이 된 후에는 항상 공정하게 죄를 밝히고 처벌하는 것으로 칭송을 받았다는 점은 어느 쪽 해석을 따르든지 일치하는 이야기이다.

다라국에는 고구려가 쳐들어온 난리를 겪고 가락국이나 안라국(安羅國)에서 도망쳐 온 사람들이 많았다. 하한기는 이 사람들이 소란을 일으키거나, 먹고살 길이 막막하여 도둑이 되는 경우가 많음을 알게 되었다. 하한기는 가락국 사람들의 사정을 잘 알았으므로, 가락국에서 온 사람들의 죄를 처리하는 데 공을 많이 세웠다. 한편으로는 스스로도 억울하게 죄를 뒤집어쓰고 가락국에서 도망친 몸이었으므로, 차차 억울한 일을 당한 사람들의 사정을 밝혀 도와주는 일에도 또한 공을 세웠다.

그랬기 때문에, 하한기는 얼마 지나지 않아 병졸 무리를 이끄는 우두머리가 되었고, 몇 년이 지나자 하한기의 공적을 금림왕(錦林王)까지도 알게 되었다.

금림왕은 하한기가 죄를 저지른 사람들을 밝혀내고 죄인을 붙잡은 이야기들을 듣고는 매우 재미있다고 생각하여, 크게 즐거워하였다.

"훌륭한 사람을 얻었으니, 이것이 복이 아닌가?"

금림왕은 그와 같이 하한기를 치켜세웠고, 하한기의 벼슬을 더욱 높여 주도록 했다. 그렇게 해서, 하한기는 이제 직접 죄인을 잡으러 다니고 죄를 밝히는 일을 하는 것이 아니라, 붙잡아 놓은 죄인에게 판결을 내리는 일을 하게 되었다.

하루는 하한기에게 부하인 적화랑(赤火郎)이 오더니,

"오늘은 판결을 내려 주셔야 할 사람들이 어느 때보다도 많습니다."라고 하였다.

"몇 명이나 되느냐?" 하고 하한기가 물었더니, 적화랑은,

"오늘 안에 반드시 판결을 내려야 하는 사람만 일백스물두 명입니다."라고 대답했다.

하한기는 혀를 차고 고개를 가로저었다.

"어찌하여, 하루에 판결을 내려야 하는 사람이 백 명이 넘게 되었는가? 죄를 지은 사람이 이렇게 많은가?"

그러자 적화랑이 웃으며 대답했다.

"작년까지만 해도, 하한기 어른께서는 저와 같이 죄지은 사람들을 붙잡으러 힘들게 다니셨는데 이제 편안히 앉아서 판결만 내리면 되니 쉬운 일 아닙니까?"

그러나 하한기는 아니라고 했다.

"나 또한 자네와 함께 다시 죄지은 사람을 붙잡고, 사람을 붙들고 죄를 물어 따지는 일을 하고 싶네. 판결을 내린답시고 금으로 만든 꽃봉오리 모양이 달린 관모를 쓰고 무서운 표정을 짓는 것이 답답하고 우스꽝스럽기만 할 뿐일세."

부하가 다시 말했다.

"요즘은 고구려 군사들이 쳐들어오는 것이 더욱 심해졌으니, 난리를 피해 천하사방에서 가야로 사람들이 더욱 많이 도망쳐 오고 있습니다. 그런데 이렇게 가야 곳곳으로 도망쳐 들어온 사람들이 먹고살 길이 막막하고 할 일은 없으니, 새로 생긴 걸인들이 길거리마다 넘쳐 납니다. 세상이 생기고 나서 길거리에 이

렇게 구걸하는 사람들이 많은 때가 없었습니다.

이자들은 먹을 것도 없고 비를 피할 집도 없는 무리들입니다. 그러니, 걸핏하면 이웃에서 곡식이나 장작을 훔치는데, 굶고 병들어 힘이 없어 죽기 직전에 그와 같은 일을 하는 무리들이 많습니다. 그러다 보니, 죄인을 잡는 일도 힘들 것이 없습니다. 가만히 비렁뱅이 떼들이 모여 있는 것을 지켜보고 있으면, 반드시 그중에 하나둘은 죄를 짓는 자들이 생기는 것입니다. 그런 자들이 죄를 짓고 나면, 우리는 바로 걸어가서 힘도 없는 그 손목을 비틀어 붙잡고 끌고 오면 죄인을 붙잡은 것입니다.

그러므로 이것은 마치 비가 내리는 날 하늘을 보고 입을 벌리고 있으면, 저절로 입안으로 빗물이 들어와 물을 마실 수 있듯이, 가만히 있으면서 줄줄이 떨어지는 죄인들을 퍼담아 오면 되는 일이란 말입니다."

"몇 년 전에 내가 판결을 내리지 않고 도둑을 잡으러 다닐 때에는, 모든 사람들이 말하기로 '낮은 졸개는 산골짜기로 들로 도둑을 잡으러 발이 부르트도록 뛰어다니고 더운 날 추운 날을 모르고 헤매야 하니 힘든 일은 졸개들이 다 하는 것인데, 판결을 내리는 높은 자리에 앉은 사람은 그저 자리에 앉아 말이나 몇 마디 듣고 잠깐 생각을 하고 죄가 있다, 없다 말만 몇 마디 하면 되니 높은 자리에 있어 더 좋은 대접을 받는 사람이 쉬운 일만 하는구나.'라 하였네.

그런데 지금은 이처럼 걸인들 사이에 죄인들이 넘쳐 나니, 죄인을 잡아 오는 것은 그저 지켜보다가 손목 잡고 끌고 오면 그

것으로 그만이나, 죄인을 판결하는 것은 죄 같지 않은 죄가 넘쳐 나 남는 감옥의 방이 부족할 지경이니 함부로 잡아 가둘 수도 없고 함부로 풀어 줄 수도 없어 번번이 깊은 근심거리일 뿐일세. 이러니, 진실로 요즘은 죄인을 붙잡는 것보다, 붙잡은 죄인에게 판결을 내리는 것이 더 힘든 일이네."

하한기는 한편으로 한숨을 쉬고, 한편으로 또한 웃음을 웃었다.

하한기는 죄인을 차례대로 들어오라고 해 놓고는, 판결을 내릴 때 입는 옷을 입고, 판결을 내릴 때에 쓰는 꽃봉오리 장식이 있는 모자를 썼다.

병사들이 죄인을 한 명씩 데리고 오자, 하한기는 죄인들마다 차례대로 묻기 시작했다.

"이름을 무엇이라고 부르는가?"

"어디에서 왔는가?"

"얼마나 굶었는가?"

"무슨 죄를 지었다고 하는가?"

"너는 무슨 죄를 지었다고 생각하고 있는가?"

"두 손의 손바닥을 들어 나에게 보일 수 있는가?"

여섯 번을 차례로 묻고 나면, 바로 그 대답을 듣고 따져서 판결을 내리는데, 틀린 일이 없었으니, 잠깐 사이에 죄를 따져 벌을 주거나 풀어 주는 것을 정해 주는데도 억울하다고 하는 사람들 또한 없었다. 그러므로 그 모습을 구경하고 있던 졸개들이 다들 하한기의 재주에 감탄했다.

여섯 번 묻고 대답하는 것으로 판결을 마치니, 한 사람에게 판결을 내리는 데 잠깐이면 족했다. 반나절이 채 가지 않은 사이에 50명에 가까운 사람들의 판결을 마칠 수 있었다.

잠깐 쉬면서 따뜻한 꿀물을 마시는 동안, 하한기는 적화랑에게 말하기를,

"이와 같이만 한다면, 오늘 안으로 오늘 판결을 내려야 할 사람들은 모두 다 마칠 수 있을 것이다." 하고는 웃었다.

적화랑은 감탄하여,

"하한기 어른과 같이 재주가 많으신 분이, 한때 저와 같이 뛰어다니며 도둑들을 잡으러 다녔으니, '이제 하한기 어른과 내가 한때는 같이 일하던 벗이고, 처음에는 내가 도둑 잡는 것을 가르치기도 했다'고 주위 사람들에게 떠들고 자랑할 수 있는 것이 제 큰 복입니다."라고 하였다. 그러자 하한기는,

"자네는 거짓으로 아첨하는 것이 아닌가? 아첨하는 것이 심하면 곧 뇌물죄를 짓게 될 것인데, 정녕 내 판결은 두렵지 않단 말인가?" 하고 농담하였다. 그리고 덧붙여 말하기를,

"혹시라도 오늘 급히 백 수십 명에게 판결을 내리는 중에 내 실수가 있을 수 있으니, 벌을 받고 감옥에 갇힌 사람 중에 억울해하는 사람이 있거든 나에게 반드시 다시 알리도록 해 주게."라고 했다.

하한기는 다시 판결을 계속하기 위해서 일어섰다.

그런데 하한기가 가는 길 앞을 한 갑옷 입은 칼잡이가 달려와 막아섰다.

칼잡이가 입은 갑옷은 철조각을 이어 붙여 만든 갑옷인데 이

음새와 번쩍거리는 모양이 무척 훌륭해 보였고, 은으로 장식이 되어 있는 칼을 차고 있어서, 낮지 않은 자리에 있는 사람 같아 보였다. 또한 허리에 두르고 있는 띠에는 철판으로 장식이 되어 있었는데, 그 장식에는 뿔이 두 개가 달린 괴물인지 귀신인지 모를 얼굴이 새겨져 있었다.

그 칼잡이가 하한기에게 말했다.

"하한기 어른께 아뢰기를, 대야공(大耶公)과 박원도(朴元道) 공께서 말씀하셨으니, 하한기 어른께서는 판결을 내리는 일은 잠시 멈추시고, 여기 따로 붙잡아 온 사람 둘의 죄를 밝히는 일을 하도록 하십시오."

하한기는 그 말을 듣고 놀랍고 이상하게 여겼다.

"대야공께서는 이곳의 여러 성들을 모두 다스리는 분이시니, 오늘 판결을 받으러 끌려온 사람들이 하나둘이 아니라 매우 많음을 모르시지 않을 것이다. 그런데, 이 많은 일들을 모두 미루어 두고, 갑자기 새로 잡은 죄인 둘의 죄를 밝히는 일을 하라니, 이는 작은 일을 위해 큰일을 미뤄 놓는 일이 아닌가?"

칼잡이가 다시 말했다.

"두 사람을 지금 처결하는 것이 하한기께서 급히 하셔야 하는 일이라고 들었습니다."

하한기가 물었다.

"죄인을 붙잡고 밝히는 일들은 모두 내 부하들이 하고 있고 나는 차례대로 판결을 내리기에 바쁘다. 또한 요즘 붙잡혀 오는 죄인들은 모두 죄가 분명히 드러나 있고, 뻔히 잘못이 나타나는 자들뿐이니, 죄를 밝히고 파헤치는 일은 차례를 기다려 차분히 하면 되는 일이지 다른 길은 없다. 어찌 갑자기 다른 사람들을 제쳐 놓고 그 두 죄인을 살펴보는 일을 내가 해야 한단 말이냐?"

하한기가 칼잡이를 물리치고 가던 길을 가려고 하자, 칼잡이는 일어나서 잠깐 달려가서 하한기를 앞지르더니, 하한기를 막아서고는 다시 앞에 엎드렸다.

"이 죄인들은 보통 죄인이 아니라 역적질을 한 자이니, 죄를 밝히는 대로 즉시 처결하여 세상에 그 모습을 보여 주고 죽여야 하는 흉악한 무리입니다."

그 말을 듣고 하한기는 놀랐다.

"붙잡힌 두 사람이 역적질을 한 자들인가?"

다시 묻는 말에, 그렇다고 칼잡이가 답했다. 그러자 하한기는 의아하게 여기고 되물었다.

"지금 가락국과 백제와 신라가 모두 담덕(談德: 고구려의 광개토왕을 말함)이 이끄는 고구려 군사들 때문에 온통 이리저리 뒤집히고 있다고 하나, 이곳 다라국은 지금 싸움이 없으니, 죄인들이라고 해 봐야, 각지에서 모여든 걸인들이 먹을 것을 두고 다투다가 싸운 일들이 많을 뿐이다. 누가 갑자기 역적질을 한다는 말인가?"

칼잡이가 다시 답했다.

"붙잡아 놓은 두 죄인은 역적질을 했다고 잡혀 온 것입니다. 역적질이라는 죄가 무거운 것이 첫째이고, 그리하여 죄인 둘을 죽여야 하니, 그 벌이 무거운 것이 두 번째 이유입니다. 그러므로, 만사 다른 일은 미루어 두고 먼저 두 죄인의 죄를 분명히 밝히는 일을 하러 가시라는 것입니다."

하한기는 멀리 판결을 받으러 끌려가고 있는 거지꼴의 묶여 있는 사람들을 보았다. 하한기가 아침에 수십 명의 판결을 연달아 할 때에는, 잠시 쉴 적에는 굶주림을 견디지 못하고 다투다가 죄를 지은 사람들이 이렇게 많은가 싶어, 잠깐 측은히 여기는 마음이 들기도 하였다. 그런데, 저렇게 붙잡혀 온 사람들 중에 나라를 뒤엎으려고 칼을 들고 날뛰는 역적들도 있다는 이야기를 들으니, 정신이 바짝 들어 문득 털이 솟고 뼈가 찌르르한 것 같았다.

하한기는 잠시 그 자리에 서서 곰곰이 생각하였다. 그리고 칼잡이에게 말했다.

"내가 지금 그 역적질을 한 죄인들이 있는 곳으로 갈 테니, 너는 적화랑이라는 사람을 찾아서 곧 내가 가는 곳으로 같이 올 수 있도록 안내하도록 하라.

내가 판결을 맡은 이곳에서 역적질을 한 죄인이 생긴 것은 가벼운 일이 아니다. 함부로 혼자서 처결할 일이 아니라, 믿음직한 부하와 함께 가서 같이 잘 따지면서 실수가 없도록 해야 할 일이다."

칼잡이는 말없이 고개를 다시 한 번 숙이더니, 하한기가 말한 대로 갔다. 하한기도 곧 죄인들을 가두어 둔 감옥이 있는 쪽으로 바쁘게 걸어갔다.

하한기는 행랑을 따라 나아가서는 흙담이 구불구불 이어진 길을 따라 내려갔다. 길이 구부러져 내려갈수록 점점 아래로 내려가는 것 같더니, 이윽고 땅 아래의 구멍으로 서서히 이어져 들어가게 되었다. 땅을 파고 뚫은 구멍으로 들어가자, 그곳에 횃불과 등잔이 희미하게 켜져 있어서, 간신히 앞길이 보였는데 얼마나 더 깊고 넓은 굴이 있는지 끝이 없어 보였다.

하한기가 굴속으로 들어서니, 굴 앞을 지키고 있던 병졸이 먼저 앞으로 재빨리 나아가면서 꺼져 있던 횃불과 등잔들에도 불을 붙였다. 하한기가 한 걸음씩 걸어갈 때마다, 불이 밝아졌으니, 그때마다 환하게 주위가 드러났다. 흙바닥에는 진흙탕이 있는가 하면, 썩은 물이나 핏물이 고여서 말라붙은 곳도 군데군데 있었으며, 멀리서 갇혀 있는 죄수들이 울부짖는 소리가 들려왔다.

"잘못했습니다. 살려 주십시오."

"보물을 숨겨 둔 곳을 알고 있습니다. 꺼내만 주시면 보물을 갖게 해 드리겠습니다."

다시 하한기의 뒤를 따라온 칼잡이는 죄수들이 그렇게 지르는 소리를 듣고 놀랐는지 움찔하였다.

"어떻게 높은 사람이 이곳을 찾아온 것을 알고 죄수들은 때마침 저런 소리를 지르는 것입니까?"

하한기는 대답을 하지 않고 계속 가던 길만 갔다. 한참 있다가 칼잡이가 다시 말했다.

"이제 알겠습니다. 평소에는 어두컴컴했던 이 굴의 길이 갑자기 밝아지는 기색을 보고 높은 사람이 왔는 줄 알고 저렇게 살려 달라고 꺼내 달라고 죄수들이 소리를 지르는 것 아닙니까?"

하한기는 이번에도 대답을 하지 않았다. 그런데 마침 뒤에서 적화랑이 왔으니, 적화랑이 대신 대답하였다.

"그게 아니라, 저 죄수들은 그냥 무슨 소리만 들리면 하루 종일 몇 백 번, 몇 천 번이고 저렇게 소리 지르고 날뛰는 것일세. 여기에 갇힌 죄수들이 무슨 할 일이 있으며, 무엇을 하며 버틸 것인가? 그러니 쥐 한 마리가 지나가든, 바람에 횃불이 흔들리든, 바람에 빛이 흔들리든, 조그마한 일만 있어도 우는 소리를 내며 큰 소리로 하소연하는 것이네. 그렇게 온종일 소리를 지르므로 마침 하한기 어른께서 들어오셨을 때에도 저 소리를 듣게 된 것이네."

굴 옆으로 나 있는 어느 방에 도착하자, 그곳에는 화려한 좋은 옷을 입고 있는 칼잡이가 한 명 서 있었는데, 여당아(女黨兒)였다. 여당아는 나이를 알아보기 어려운 모습의 여자였는데, 칼을 차고 있는 모습이 매우 늠름하였으며, 보는 눈의 표정이 날카로운 것과 칼자루에 손을 쥔 것이 듬직하여 매우 재주가 뛰어난 사람으로 보였다. 또한 여당아 역시 뿔 둘 달린 괴물 그림이 새겨져 있는 허리띠를 하고 있었다.

하한기가 여당아에게 물었다.

"죄인들은 어디 있는가?"

여당아는 방의 꺾어진 구석을 가리켰다.

"팔다리를 묶어 구석에 몰아넣어 두었습니다."

하한기와 적화랑이 가서 보니, 남자 한 명과 여자 한 명이 창살 너머에 갇혀 있었다.

두 사람은 두꺼운 나무 판으로 만든 틀을 써서 움직이기 어렵게 해 둔 모습이었고, 몸 이곳저곳이 쇠사슬로 묶여 있었다. 두 사람은 하한기가 오자 한번 얼굴을 들어 하한기를 쳐다보았는데, 다른 죄수들과 달리 소리를 지르거나 꺼내 달라고 하지 않았다.

하한기는 먼저 남자를 쳐다보았다.

남자는 체구가 듬직하고 궂은일을 많이 해 본 것처럼 보였으나, 얼굴 표정은 도리어 유순하고 험한 것을 모르는 것처럼 보였다. 낡은 옷을 입고 있어서, 잘 알 수는 없었는데 살펴보니 백제의 옷인 것 같았다.

여자를 보니, 여자는 얼굴이 고운 편이고 매우 화려하고 좋은 옷을 입고 있었으나, 한편으로는 몸이 건장하고 몹시 사나워 보였다.

적화랑이 걸터앉을 의자를 가져왔으므로, 하한기는 의자에 앉아서 두 사람을 내려다보았다. 하한기는 두 사람의 기색을 가만히 살피면서, 역적질을 했다는 두 사람의 얼굴과 표정이 어떻게 다른지 살펴보려고 했다. 아무 말도 없이 이와 같이 세 사람이 계속 쳐다보고만 있으니, 잠시간이 지나자 여자는 무엇이 답답한지 입을 열고 한바탕 욕이라도 하고 싶은 것처럼 콧김을 씩씩거렸다. 한편으로 남자는 고개를 돌리고 땅바닥을 보며 한탄하듯이 한숨을 길게 쉬었다.

하한기가 마침내 말을 하기 시작했다.

"내가 너희 두 사람의 죄를 따질 것이고, 또한 판결도 내리도록 할 것이다. 그러니, 내 앞에서 너희들은 모든 이야기를 처음부터 끝까지 다 밝혀야 한다."

여기까지 말하고, 잠깐 동안 하한기는 두 사람의 눈동자와 표정을 살폈다. 두 사람 다 조금 바뀌는 것이 있는 것 같기도 했으나, 크게 바뀌지는 않았다. 하한기는 그대로 말을 이어 나갔다.

"나는 오늘 여기에서 너희 둘을 처음 보는 사람들이다. 그러나 나와 지금 이야기를 하는 것을 마치고 나면, 너희들은 여기서 모든 하고 싶은 이야기를 다 하게 될 것이니, 부모 형제나 가장 오랫동안 사귄 벗에게도 말하지 않고 숨긴 일이라 하더라도, 여기에서는 다 말하게 되어, 내일 이 창살 바깥으로 나가게 되면, 죽거나 살거나 여기에서 한 말이 세상 끝나는 마지막까지 남을 말이 될 것이다. 알겠느냐?"

하한기가 말을 마치자, 적화랑은,

"하한기 어른께 '알겠습니다.' 하고 대답하지 않느냐!" 하고 호통을 치려고 했지만, 하한기가 손짓으로 말렸으므로 하지 않았다.

하한기는 먼저 남자 쪽을 보고 말했다.

"이름을 무엇이라고 부르는가?"

남자가 대답했다.

"사가노(思家奴)라고 합니다."

목소리를 들어 보니, 슬프고 힘이 없었으며 떨리고 있었다. 하한기가 다시 계속해서 물었다.

"어디에서 왔는가?"

"본시 백제 도성의 하부(下部)에서 살다가 가야로 건너 왔는데, 가락국을 거쳐 다라국까지 오게 되었습니다."

하한기는 그 말을 듣고 처음 사가노를 보았을 때, 백제의 옷차림을 했던 것이 눈에 들어왔던 것을 생각하고는, 그 옷차림을 다시 잘 살펴보았다. 확실히 옷깃과 팔, 다리는 백제의 옷처럼 보였으나, 화려하고 세련된 옷은 결코 아니었으며, 그저 낡기만 한 옷이었다.

"얼마나 굶었는가?"

"이틀 전 저녁에 밥을 먹었습니다."

"무슨 죄를 지었다고 하는가?"

하한기가 세 번째로 묻는 말을 듣자, 사가노라는 남자는 잠깐 고개를 들어 눈치를 살폈다.

사가노는 옆에 있는 여자를 먼저 보았고, 그다음으로 뒤에 서 있는 여당아와 칼잡이를 보았으며, 마지막으로 하한기의 표정을 살폈다. 하한기 뒤에 서 있던 적화랑은 사가노가 주위를 살피는 눈길과 그 차례를 놓치지 않고 잘 살펴보았다.

적화랑은 잠시 기침을 하더니 셋째 손가락으로 눈 옆을 짚었다. 하한기는 적화랑이 그렇게 하는 것을 살펴보았다. 서로 미리 약속해 놓은 신호로 적화랑이 하한기에게 무엇인가 알려 주는 것이었다.

사가노가 하한기에게 대답했다.

"제가 지은 죄는 도둑질, 강도질, 싸움질, 속임수 질, 사람 죽이는 살인 질, 그리고 또한 역적질입니다."

사가노의 대답을 듣고 하한기는 짐짓 표정을 바꾸지 않으려고 했으나, 적화랑은 사가노가 자기 입으로 죄라는 죄는 다 저지른 것처럼 말하는 것을 듣고 놀랐다.

적화랑은 곧 사가노를 꾸짖었다.

"이놈, 너는 관가(官家)를 조롱하려 하지 말라. 어디 스스로 많은 죄를 저지른 것을 자랑하느냐? 이렇게 죄를 남보다 훨씬 많이 저질렀으니 무섭고 대단한 놈이라고 도리어 네 스스로 내세우려 드는 것이냐? 그와 같이 말을 하면, 관가의 사람들이 두려워하며 우러러볼 줄 알았더냐? 신기하다고 손뼉을 쳐 줄 줄 알았더냐?"

하한기는 적화랑이 꾸짖는 것을 말렸다. 사가노는 다시 고개를 숙이고 겁먹은 표정을 지었고, 같이 묶여 있는 여자는 얼굴상을 찌푸리며 귀찮고 답답하다는 얼굴을 하였다. 하한기가 사가노에게 이어서 물었다.

"너는 무슨 죄를 지었다고 생각하고 있는가?"

그러자, 사가노는 말을 하려다 말고 갑자기 멈칫멈칫하였다. 그러더니 얼마 되지 않아 갑자기 얼굴에 눈물이 그렁그렁하였다.

사가노가 눈물을 참으며 말하기를,

"제가 그 모든 죄를 다 제 손으로 저질렀으니, 어찌 벌이 가벼울 수 있겠습니까? 참혹한 형벌이라도 받을 뿐이고 죽게 되는 것을 각오하고 있습니다." 하였다.

사가노가 억지로 눈물을 참는 것이 꿋꿋한 것이 있었으므로,

주위가 자못 숙연해졌다. 다만 옆에 같이 잡힌 여자만 고개를 흔들며 싫어할 뿐이었다.

하한기는 사가노에게 또 묻기로,

"두 손의 손바닥을 들어 나에게 보일 수 있는가?"라고 했더니, 사가노는 손바닥을 들어 보여 주었다. 적화랑이 가까이 기어 와서 하한기가 볼 수 있게 내밀라고 하자, 사가노는 기어 오려고 했는데, 다리를 다쳤는지 힘이 부족한지 기어 오는 것이 느렸다. 그러자, 하한기는 의자에서 일어나서 직접 창살 쪽으로 다가갔다.

사가노의 손을 보니, 손은 약간 큰 편이었으나 섬세한 편이었으며, 힘든 일을 많이 한 기색이 있었는데도, 손의 살결은 매끄럽고 밝은 편이었다. 다만 주름진 것이 특별히 많아 보이고, 얼마 되지 않은 칼에 베인 상처들이 여기저기 많이 있어서 이리저리 곪고 터져 있었다.

하한기가 다시 의자로 돌아갔을 때, 적화랑은 하한기에게 조용히 들리지 않게 말했다.

"손의 살결이 매끄러운데도 주름이 많으니, 저것은 술을 담그거나 음식을 하는 자의 손입니다. 저자는 행색이 천해 보이니, 아마도 밥을 하는 머슴일 것입니다. 하한기께서도 그렇게 여기실 줄로 압니다. 그런데, 밥하는 머슴이 살인강도질을 하고 역적질을 한다니, 이것은 괴이한 일 아닙니까?"

하한기는 뒤에서 지켜보고 있는 칼잡이와 여당아가 적화랑의 말을 듣는지 살폈다. 하한기는 고개를 살짝 끄덕이기만 했다.

하한기는 의자에 다시 앉았다. 이번에는 사가노 옆에 같이 묶인 여자에게 물었다.

"이름을 무엇이라고 부르는가?"

여자가 말했다.

"내가 내 입으로 이름을 밝혀야 할 때가 오는구나. 다들 모주(母主)님, 마님 하고 부르고 벌벌 떨면서 엎드려서 다만 나에게 살려 달라고 빌 때가 어제인지, 그제인지 모르겠는데,"

거기까지 말했을 때, 적화랑이 소리쳤다.

"말을 멈추어라. 감히 판결을 내리실 하한기 어르신 앞에서 어찌 건방지게 험한 말과 더러운 목소리로 제 흉한 일을 자랑하고 있는가?"

여자는 적화랑이 말하는 것을 듣지 않은 척하며 계속 말했다.

"이제는 몇 마디 짧은 말을 하는 중에도, 사방에서 닥쳐라, 멈춰라 하는 놈들만 우글우글하고 있으니, 답답하여 다 깨부수고 나가서 모조리 베어 버렸으면 좋겠구나."

여자는 말을 다 하고는 하한기를 똑바로 쳐다보더니,

"이름은 출랑랑(出娘娘)인데, 다들 모주님이나, 마님이라고 부른단다."고 했다.

출랑랑이 말을 마치자, 뒤에 있던 칼잡이 하나가 칼을 반쯤 꺼냈다. 그리고 다가오더니,

"출랑랑은 이미 판결을 받는 것을 비웃고, 관가를 조롱하였으니, 그 죄만으로 죽어 마땅합니다. 또한 저 사가노라는 자도 한패이니, 이 자리에서 제가 두 사람의 목을 잘라 버리겠습니다."

라고 하더니, 칼을 뽑고 출랑랑에게 다가갔다. 그러자 옆에 있던 사가노는 겁먹고 놀란 얼굴을 했으나, 출랑랑은 칼잡이의 칼날을 보고도 오히려 히죽히죽 비웃는 웃음을 웃을 뿐이었다.

하한기가 말했다.

"이자들은 나에게 잡혀 온 죄인들이니, 나와 다라국의 관병들이 처결할 일이다. 너희들은 허리띠의 무늬를 보니, 용원당(傭媛幢)의 무리인데, 어찌 나와 다라국 관가의 일에 끼어들려고 하느냐?"

그러자 여당아가 대신 대답했다.

"그렇지만, 저 출랑랑은 관가를 욕보였습니다. 저런 자는 바로 죽여 버려야만 사람들이 관가를 얕보지 않고, 엄한 법을 두려워할 줄 알 것입니다."

이에 하한기는 여당아에게 다음과 같이 엄하게 대답했다. 그 목소리에는 짐짓 화난 기색이 섞여 있었다.

"너는 다시는 그와 같은 말을 하지 말라.

비록 용원당을 이끄는 용녀(傭女) 어른께서 가야의 귀한 땅을 다스리는 높은 자리에 올라 있고, 재물이 많고, 갖고 있는 배가 수천, 수만 척이며, 가락국, 다라국과 같은 가야의 여러 나라들과 왜국 섬의 임금님들, 멀리 백제의 높은 사람들까지도 친하다고는 하지만, 그렇다고 해서 어찌 용원당의 부하가 관가에서 판결을 내리는 일에 끼어드려고 하는가?

몇 년 전부터 고구려 군사들이 쳐들어온 난리로 삼한(三韓) 78국이 혼란하니, 도적은 많고 다스리는 사람이 적기 때문에 용녀가 이끄는 용원당의 칼잡이들이 용녀 어른께서 스스로 다스리시는 땅뿐만 아니라 가야 여러 나라에 온통 퍼져 도적 잡는 일을 돕고 있다고는 하지만, 그렇다고 해서, 용원당이 임금님께서 거느리는 관병까지 마음대로 할 수 있는 것은 아니다. 내 앞에서 죄인을 죽이라, 살리라 하는 말을 너희 용원당에서 감히 한다면, 그것이야말로 도리어 용원당이 관가를 얕보는 것이다."

하한기가 꾸짖으니, 여당아도 눈짓을 하였다. 그러자 이내 칼잡이는 칼을 다시 칼집에 넣고 뒤로 물러섰다.

하한기는 잠깐 기침을 하면서 다시 뭐라고 적화랑에게 신호를 보냈다. 적화랑은 눈을 잠깐 끔뻑하였다. 알겠다는 뜻으로 한 것이었다.

하한기가 출랑랑에게 물었다.

"어디에서 왔는가?"

"묻는 말에 답이나 하고 있어야 하니, 속이 터지는구나. 내가 궁금해하는 것을 다른 놈들을 붙잡아 물어보고, 똑바로 대답을 하는지 못 하는지 본 후에 대답을 잘못하면 그 속 터지는 마음대로 놈의 몸통을 터뜨려 버리는 것이 통쾌할 것인데."

출랑랑이 계속 화를 내니, 옆에 있던 사가노가 출랑랑을 간절히 바라보며 작은 목소리로,

"도와주십시오."라고 말했다. 그랬더니, 출랑랑은 성을 내던 것을 잠깐 멈추고 겨우 하한기에게 대답했다.

"가락국 주포촌(主浦村)."

하한기는 출랑랑이 가락국 주포촌 사람이라는 말을 듣자, 출랑랑의 옷차림과 머리 모양을 다시 한 번 살펴보고는, 말하는 투를 다시 가만히 돌이켜 보았다.

하한기는 출랑랑을 보고 다시 물었다.

"얼마나 굶었는가?"

출랑랑은 빛을 많이 보지 못하며 어둡게 갇혀 있다가, 문득 하한기가 오며 들이댄 등불 때문에 눈이 부시었다. 또한 붙들려 있는 동안 몸에 힘이 없는지, 목소리가 중간 중간에 끊어졌으며, 졸린 사람이나 목이 마른 사람처럼 목소리가 갈라지고 기력이 약하게 들렸다. 그런데, 그러면서도 목소리 한 마디 한 마디에 힘을 주는 것과, 기분대로 소리치는 기질이 살아 있었으니, 어떻게 들으면 죽어 가는 사람의 목소리이면서도, 또한 그러면서도 어떻게 들으면 화를 내며 날뛰는 짐승이 내는 소리 같기도 했다.

"굶었느냐 묻는 것은 내가 불쌍하다는 뜻이냐?"

출랑랑은 그 말을 하더니, 갑자기 눈썹이 치솟고 눈을 부릅뜨더니 눈동자를 부라리는 것과 목소리가 오르내리는 것이 마치 미친 사람 같았다.

"나를 걸인 꼴로 보며 측은히 여기느냐? 오냐, 쌀알을 씹은 것이야 이틀이 안 되었으나, 밟는지도 모르고 밟아 으깨어 버릴 흙먼지만도 못한 놈들이 눈앞에 그득그득한데도 그놈들 피를 마시지 못하고 있으니, 피를 굶은 것이 심하다. 이 모주님께서, 설령 죽고 또 죽어도 귀신으로 다시 무덤에서 기어 나와서 이것들을 모조리 죽여 없애 주겠다."

출랑랑이 말을 마치자, 뒤에 있던 여당아가 다시 말했다.

"저 말을 들어 보십시오. 저 요물이 말하는 소리는 관가를 농락하는 것일 뿐만 아니라, 지금 눈앞의 우리를 죽이겠다고 욕하는 것입니다. 저것을 살려 두시겠습니까?"

이번에는 적화랑조차도 걱정스러운 얼굴이 되었다. 그러나 하한기는 아무 말하지 않았다. 하한기는 다만 출랑랑이 마지막 말을 할 때에 사가노의 얼굴 표정이 조금 변하는 것을 눈 여겨 보고 기억해두고 있었다.

출랑랑은 눈을 부릅뜨고 하한기를 노려보고 있었다. 하한기는 그 눈을 피하지도 않고, 또한 그 표정에 대해 뭐라고 따지지도 않고, 그저 그대로 평온한 얼굴로 똑바로 쳐다보고만 있었다. 그리고 하한기는 그대로 다시 이어서 질문을 했다.

"무슨 죄를 지었다고 하는가?"

"도둑질, 강도질, 싸움질, 속임수 질, 사람 잡아 죽이는 살인질, 역적질."

출랑랑은 지은 죄를 하나씩 말할 때마다, 싱글싱글 웃는 것 같았다. 다 말하더니, 칼잡이들에게 말했다.

"또 아까와 같이 말해 보는 것이 어떠냐? 내가 죄를 많이 지은 것을 자랑하며 겁을 주려고 하니까 죽여야 한다고 날뛰어 보면 어떠하냐? 용녀의 권세를 믿고 큰 칼을 차고 설치면서, 용원당의 뿔 달린 얼굴 그려진 허리띠를 차고 있는 것이 무슨 황금 왕관이라도 허리에 끼고 있는 것처럼 대단한 사람이 된 양

뽐내더니, 이제 어두운 굴 구석에 들어오니, 관가가 무섭다고 주춤거릴 줄은 아느냐?"

칼잡이가 그 말을 듣고 소리쳤다.

"하한기 어른, 제가 저 요물을 지금 찔러 죽여 버리고, 그 자리에서 저 사내놈도 묻어 버리겠습니다. 그러고 나서 어른께서 벌을 내리시면 벌을 내리시는 대로 받겠습니다."

하한기가 말했다.

"살인을 하면 형벌은 사형이니, 너는 저 사람을 죽이고 대신 너도 여기서 죽을 것이냐?"

그러자 칼잡이는 다시 아무 말도 하지 못했다. 출랑랑은 칼잡이를 비웃어 깔깔거리는 웃음소리를 냈는데, 멀리서 죄수들이 우는 소리, 흐느끼는 소리에 섞여서 그 웃는 소리가 무섭게 들렸다.

하한기는 계속해서 물었다. 출랑랑은 계속 웃고 있었다.

"너는 무슨 죄를 지었다고 생각하고 있는가?"

출랑랑은 묻는 것을 듣고도 웃고 있었다. 그러다가 웃음이 잦아들고 나서는, 웃는 소리를 섞어서 말을 하였다.

"어느 날 높은 자리에 앉은 놈이 하고 싶은 일이 생겨서 일을 시키면 아랫자리에 앉은 것들은 시키면 시키는 대로 부끄러운 줄도 모르고 글을 꾸미고 제도를 고쳐서 세금을 또 만들어 걷으니, 이런 것이 도둑질이다.

그래 놓고는 말을 듣지 않고 버티는 놈이 있으면, 붙잡아 가고 곤봉으로 때려서 벌을 준다고 하니, 이런 것이 강도질이다.

억울해서 달려드는 사람이 있으면, 병졸들이 몰려와서 다 같이 둘러 모여 발로 밟아 주니, 이런 것이 싸움질이다.

어떤 임금은 옳은 사람이며, 어느 나라 군사는 사악하다고 하면서, 사람들이 열을 올리며 다투게 하여 그 우두머리 자리를 차지하여 거들먹거리니, 이런 것이 속임수 질이다.

원수를 갚는다, 이름을 떨친다, 하면서 사방에 싸움을 걸어 전쟁을 벌이고 칼날을 가슴으로 막고 등으로 화살을 받으라고 하며 용맹을 다투니, 이런 것이 사람 죽이는 살인 질이다.

그러다가 고구려 군사의 철기병과 빽빽이 날을 든 장창병들이 몰려오면, 갖은 이유를 대고 숨어서 나오지 않고 먼저 도망가니, 이것이 나라를 배반한 역적질 아닌가?

이 모주님께서는 하얀 목을 부러뜨리고, 빨간 피를 뽑아내는 데는 남들보다 모자랄 것이 없는 사람이니, 죄를 짓는 데 남들보다 적을 것이 없다. 그렇다면 내가 지은 죄가 과연 도둑질, 강도질, 싸움질, 속임수 질, 사람 죽이는 살인 질, 역적질이 아닐 수가 있겠느냐."

출랑랑의 대답을 듣고 하한기는 말을 하지 않고 골똘히 생각하였다. 잠시 주위에 말하는 사람들이 없었으니, 다시 멀리서 들려오는 갇힌 죄수들의 우는 소리가 들렸다.

하한기가 물었다.

"두 손의 손바닥을 들어 나에게 보일 수 있는가?"

출랑랑이 손바닥을 들어 보여 주는데, 팔 힘이 없는지 제대로 들지 못했다. 또한 멀리 구석에 떨어져 있었으므로, 잘 보이지 않았다.

하한기가 출랑랑 가까이에 다가가서 그 손을 보려고 하니, 적화랑이 나서서 말렸다.

"저것은 사납고 독한 심성이 가득합니다. 가까이 다가가셨다가 무슨 일을 당하실지 모릅니다. 제가 대신 가까이 가서 보겠습니다."

적화랑은 그렇게 말하고 창살 가까이로 다가갔다. 적화랑은 팔을 내밀어 출랑랑의 뻗은 팔목을 붙잡아 들고 손바닥을 보려고 하였다.

그런데 그때 갑자기 날쌔게 출랑랑이 몸을 움직이더니, 힘없이 늘어져 있던 손에 힘을 문득 세게 주면서 뻗어 있는 적화랑의 손을 잡았다. 적화랑은 갑작스러운 일이라 아직 자기 손이 잡혀 있는지도 잘 모르고 있는데, 그때 출랑랑은 빠르게 몸을 굴리며 고개를 쳐들어 자기 입으로 적화랑의 손을 물었다.

그리고 적화랑의 손가락을 입에 문 채로 싱긋 웃는 얼굴을 하더니, 그대로 혓바닥으로 그 적화랑의 손가락을 한 번 핥고는 도로 뱉어 냈다. 그러고 나서 다시 깔깔거리면서 웃기 시작했다.

적화랑이 놀라서 소리치기를,

"네가 드디어 넋이 빠진 것이냐?"라고 하니, 출랑랑은,

"너희들이 재주가 부족한 것이 이와 같다. 방금 내가 마음만 먹었다면 너의 오른손 손가락을 앞니로 물어서 잘라 주었을 것이다.

그러면 너는 영영 손가락 없는 몸이 되었을 것이니, 활을 쏠

수 없게 될 것이고, 그렇다면 군사가 될 수 없어 곧 자리에서 쫓겨날 것이므로, 너는 곧 망하여 비렁뱅이가 되지 않겠는가? 내가 너를 놀리기만 하고 살려 준 것은, 네가 자못 네 윗자리에 있는 하한기를 섬기는 것이 가상하여 웃어 볼 만한 모습이 있었기 때문이다."라고 했다.

적화랑은 출랑랑이 팔을 움켜쥔 힘이 매우 센 것을 기이하게 여기고, 자기 팔목을 한 번 다시 붙잡아 보았다. 그러다 정신을 차리고 뭐라고 출랑랑을 꾸짖으려고 하는데, 이번에는 출랑랑이 한 다리를 튀겨 다시 몸을 앞으로 날렸다.

그러더니 창살 밖으로 팔을 뻗어 한 손으로 하한기의 얼굴께를 쓰다듬듯이 하였다. 축 늘어져 곧 죽을 것같이 하다가도, 갑자기 말이 뛰듯이 빠르게 움직이는 것이 극히 맹렬하고 힘이 강해 보였으므로, 멀리 떨어져 있는 칼잡이와 여당아마저 놀랄 지경이었다.

하한기 또한 놀랐으면서도, 겉으로는 태연한 듯이 하려고 애를 쓰며, 가만히 출랑랑의 얼굴색을 살폈다.

출랑랑이 말하기를,

"군사라고 하고, 칼잡이라고 하지만, 고작 병아리 벌레 쪼는 것보다 못한 재주밖에 없는 놈들이 가득한데, 그래도 이 모주님께서 너처럼 걸 꼴은 멀쩡한 자에게 죽게 되다니, 이것은 하나 다행이구나."라고 하였다.

하한기는 한 손으로 출랑랑의 손을 붙잡아 들고, 그대로 손바닥을 보았다.

출랑랑의 손바닥은 손가락이 가늘고 크지 않은 손이었으나, 매끈하고 하얀 손 가운데에 큰 상처 자국이 있었다. 그런데, 손 구석구석에 무엇인가를 힘주어 쥔 듯한 굳은살이 박혀 있는 부분은 선명히 살아 있었고, 손아귀 힘이 유난히 센 지 힘줄이 거세어 보이는 것들이 있었다.

출랑랑이 비실비실 웃는 웃음소리가 잦아들자, 하한기는 좌우를 둘러보았다. 하한기는 적화랑의 얼굴을 쳐다보았는데, 적화랑의 얼굴에 근심이 많은 기색이 있었다.

하한기는 자리에 다시 고쳐 앉아 두 사람에게 물었다.

"너희는 역적질을 했다고 했는데, 누구를 죽이고 역적질을 했다고 하느냐?"

그러자 사가노가 대답했다.

"저희가 해친 분은 허공(許公)으로, 가락국에서 높은 자리에 계시는 분이라고 들었습니다."

하한기가 다시 물었다.

"너희는 왜 허공을 죽였느냐?"

이번에는 출랑랑이 대답했다.

"허공이란 놈은 겁쟁이로, 매번 충성이니, 절개니 하지만, 사실은 고구려 군사가 쳐들어오면 죽을까 봐 두려워하기만 하는 놈이다. 이런 놈들 때문에 가야 여러 나라들이 고구려군과 싸울 생각은 하지 않고, 신라에 붙고 고구려에 땅과 재물을 주면서 빌 생각만 하고 있으니, 어찌 한심하지 않은가?

그러므로 여기 계신 이 모주님께서 붙잡아다가, 귀를 조금씩 잘라 가면서 겁을 주려고 하였는데, 허공이란 놈이 겁이 많아서 제대로 겁을 주기도 전에 비실비실 쓰러지는 듯하므로, 그대로 죽여 버린 것이다."

출랑랑이 하는 말을 듣고 있으니 자기도 모르게 적화랑은 자신의 귀를 두 손으로 감쌌다.

하한기는 골똘히 생각하더니 다시 물었다.

"너희들은 무엇으로 허공을 죽였느냐?"

그런데, 그 말을 듣자 갑자기 사가노와 출랑랑 모두 아무 말이 없어졌다.

출랑랑이 낄낄거리며 무슨 말을 하려고 했는데, 말을 하려다가도 갑자기 머뭇거리며 말을 멈추었고, 사가노는 무슨 말을 해야 하는지, 누가 알려 주기라도 해야 하는 것처럼 출랑랑의 얼굴을 쳐다보거나, 하한기를 보거나 하였다.

"묻는 말에 답하라. 너희들은 무엇으로 허공을 죽였느냐?"

두 번째로 하한기가 물었지만, 역시 사가노와 출랑랑은 아무 말이 없었다.

"너희는 죽은 허공을 보았는가?"

그러자 사가노가 대답했다.

"보았습니다."

하한기는 적화랑에게 물어보았다.

"저자들이 허공을 해친 것이 옳은가?"

적화랑이 답하였다.

"부하들이 굴속에 처음 사가노와 출랑랑을 넣을 때에, 허공의 시체를 가져와 보여 주고 아는 얼굴인지 물었더니 그렇다고 하였습니다. 저런 자들이 허공과 같은 귀한 분을 함부로 마주칠 일은 없으니, 아마도 허공을 몰래 찾아가 흉한 일을 하려 한 것은 맞는 듯합니다."

다시 하한기가 사가노와 출랑랑에게 물었다.

"다시 묻겠다. 너희들은 무엇으로 허공을 죽였느냐?"

그런데 이번에도 사가노와 출랑랑은 아무런 대답을 하지 못했다. 사가노는 눈치를 보다가 고개를 숙이기만 했고, 출랑랑은 말없이 있다가 다시 정신이 나간 것처럼 깔깔거리고 천장을 보며 웃기나 하였다.

그러자 뒤에 있던 여당아와 칼잡이가 둘이 함께 칼에 손을 얹고 나섰다.

"저 두 사람이, 역적질을 하려고 허공 어르신을 죽인 것이 분명하며, 두 사람이 자기 입으로 그렇다고 하였습니다. 그렇다면, 더 이상 따질 것이 무엇이 있습니까? 벌써 다른 놈들에게 판결을 내릴 때 하한기 어른께서 물으시는 여섯 가지 질문을 모두 하지 않았습니까? 굳이 다른 것을 묻고 따질 까닭이 있습니까?"

하한기는 칼잡이들의 말에 대답하지 않았다. 출랑랑은 두 사람을 놀리는 것처럼 몸을 흔들어, 몸을 휘감고 있는 쇠사슬이 쇳소리를 내며 부딪치는 소리를 요란히 내었다.

적화랑이 대신 사가노와 출랑랑에게 말했다.

"있는 대로 물어보시는 말씀에 답하라. 너희들은 무엇으로 허공을 죽였느냐?"

사가노는 고개를 돌렸고, 출랑랑이 말했다.

"이래서, 이 모주님께서는 내가 묻는 말에 대답하는 것을 좋아하지, 남이 묻는 데 대답해야 하는 것은 싫어하는 것이지."

여당아가 말했다.

"저 요물의 말하는 것을 듣기조차 괴롭습니다. 둘의 죄는 분명하니, 부디 분부를 내리셔서 저 두 놈을 당장 죽여 버리도록 하십시오. 이미 저놈들이 이 앞에서 높은 어르신들과 가야 여러 나라를 비웃은 죄만 해도 가볍지 않아 죽여 마땅합니다."

그렇게 말하자 옆에 있던 칼잡이가 창살 안으로 칼을 휘두를 것처럼 칼집에서 칼을 뽑았다.

그것을 보고 하한기가 소리쳤다.

"멈추어라. 어찌 너희들은 내 앞에서 너희들의 칼을 빼어 드느냐."

하한기가 크게 지르는 소리가 들리자, 곧 굴 밖에서 말 달리는 소리와 갑옷 입은 사람들이 달려오느라 철조각이 부딪쳐 뎅그렁거리는 소리가 요란하게 들렸다.

얼마 지나지 않아 굴 바깥으로 갑옷을 입힌 말 여럿이 모여들고, 철판으로 된 갑옷을 입고 긴 창을 든 병사들이 여럿 달려왔다. 그리하여 칼을 빼 들고 있는 여당아와 용원당의 칼잡이를 창을 든 하한기의 병사 여러 명이 모두 둘러싸게 되었다.

이때 많은 병사들이 달려오고 갑옷 입은 말이 달리느라, 온통 시끄러운 소리가 가득하였으므로, 굴속에 갇힌 죄수들은 무슨 큰일이 났나 싶어 저마다 온통 소리를 지르고 울어 대기 시작하니, 사방이 잠깐 만에 온통 소란해져서 마침내 큰 소리에 귀가 멍멍할 지경이 되었다.

하한기가 여당아를 보고 말했다.

"내가 법도에 따라 형벌을 밝혀, 내일 해가 뜨고 나면 두 죄인을 죽일 것이다."

그리고 주위를 둘러보고 다시 여당아와 칼잡이에게 말하기를,

"또한 너희 용원당의 수하들이 다시 한 번 내 명령 없이 칼을 뽑게 되면, 비록 용녀 어른께서 나에게 죄를 물어 그 갖고 있는 만 척의 배로 모두 가득가득히 칼잡이들을 싣고 와 내 목을 잘라 가려고 한다고 해도, 내가 먼저 너희들에게 벌을 내린 후에, 죽을 것이다."라고 하였다.

그러자, 철판 갑옷을 입은 하한기의 병사들이 모두 일제히 소리를 맞추어 외치기 시작했다.

"죄를 빌어라! 죄를 빌어라!"

연거푸 외치는 소리가 들리니, 먼저 여당아가 마지못해 바닥에 무릎을 꿇고 엎드려 두 손을 바닥에 짚었다. 그러자 칼잡이가 그것을 따라 하였다.

여당아가 말했다.

"잘못했습니다. 하한기 어른, 용서해 주십시오."

하한기가,

"일어나라."고 하자, 하한기의 병사들은 소리치는 것을 멈추었다.

소란했던 것이 조용해질 때까지 기다렸다가, 하한기는 다시 명령을 내렸다.

"죄인들은 내일 죽을 몸이나, 오늘은 마지막 사는 날이니, 죽을 한 그릇씩 주도록 하라."

그 말을 듣자, 하한기의 부하 하나가 나가 죽을 가지러 갔다.

하한기는 다시 두 사람에게 물어보았다.

"너희들은 이미 죄를 지었다고 스스로 말하였다. 그리고 너희들은 내일이면 버려진 개처럼 던져져서 죽을 것이다. 그런데, 왜 무엇으로 허공을 죽였는지는 말하지 않느냐? 이미 시체를 살펴본 내 부하들이 있으니, 독약을 먹여서 죽였는지, 목을 졸라 죽였는지, 칼로 찔러 죽였는지, 몽둥이로 때려죽였는지 하는 것은 시체를 보고 나도 알 수 있을 것이다.

그런데, 마지막으로 죽기 전에 무엇으로 허공을 죽였는지 말을 하지 못하는 까닭은 무엇이냐? 왜 말하지 않느냐?"

하한기는 물어보면서, 가만히 두 사람의 눈을 살폈다. 하한기는 자신이 "칼로 찔러 죽였는지"라는 말을 할 때에, 사가노의 눈빛이 미세하게 떨리는 것을 보았다. 그렇지만, 이번에도 사가노와 출랑랑 두 사람은 모두 아무 대답을 하지 않았다.

대답은 하지 않는 대신, 갇혀 있던 출랑랑은 다시 웃기 시작했다. 출랑랑은 여당아 옆에 있는 칼잡이를 가리켰다.

"너는 네 왼쪽에 서 있는 놈이 시키는 대로 하며 매양 명령을 받들며 다니고 있으나, 속으로 네 재주가 월등하다고 생각하고 왼쪽에 있는 놈은 재주 없는 놈이라고 여기고 있구나."

그러자 칼잡이가, "닥쳐라!"고 소리쳤다.

출랑랑은 계속 말했다.

"그런데 그렇지가 않구나. 재주는 사실 여당아가 훨씬 더 좋단다. 너는 팔 힘은 좋은데, 칼을 쥐고 있는 손아귀 힘이 너무 약하구나. 그래서 칼을 크게 휘두를 때에 겉보기에는 멋이 있어 보이나, 막상 싸움터에서 쓰러지는 옆 사람의 튀는 피를 맞아 가며 칼질을 할 때에는 제대로 방향조차 잡기 어려울 것이다. 그러니 이 모주님께서 말씀하시는 것을 잘 들어라. 너는 오래 살고 싶거든 손아귀 힘을 더 기르도록 해라."

칼잡이가 그 말을 듣고 분한 것을 참지 못해서, 출랑랑에게 욕을 했다. 그러고는 하한기에게,

"어차피 저놈들은 역적이니, 역적에게 내릴 수 있는 벌로, 이빨을 뽑아 버리는 벌도 있고, 가죽에 구멍을 내어 무거운 돌이나 통나무를 매달아 두는 벌도 있는 것으로 압니다. 부디 간청하오니, 저놈들을 죽이는 것은 내일 죽인다 하여도, 그러한 벌을 내리도록 해 주십시오."라고 말했다.

그러나 하한기는 허락하지 않았다.

이윽고, 두 죄인들에게 주기로 했던 죽이 나왔다. 사가노와 출랑랑이 죽 그릇을 받아 들고 먹으려 했다.

하한기가 주위에 명령을 내렸다.

"이제 모두 돌아가도록 하라. 내일 마지막으로 두 죄인들을 꺼내어 죄를 밝혀 천하사방이 알게 하여, 널리 죄를 알린 뒤에 죽일 것이다. 그때까지는 두 사람을 멀리 다른 방으로 나누어서

가두어 두도록 하라."

하한기의 명령으로 병사들이 먼저 굴 밖으로 걸어 나갔다. 다시 소리가 들리자, 죄수들이 또 이곳저곳에서 우는 소리를 하는 것이 들렸다. 하한기가 걸어 나가려고 하고, 적화랑이 그 뒤를 따라 가려고 하는데, 여당아와 칼잡이는 이대로 사가노, 출랑랑 두 사람을 두고 가는 것이 마음에 들지 않는지, 계속 멈칫거렸다.

그런데, 죽을 마시던 사가노가 말했다.

"이 죽은 그래도 좋은 소금을 넣었으니 맛이 나쁘지는 않습니다. 그런데, 넣은 소금의 양이 많아서 지나치게 짠 것이 다른 맛을 가리는 것이 아까운 일입니다. 소금을 조금 더 적게 넣고, 대신에 물이 조금 더 졸아들 때까지 바짝 끓여서 맛을 진하게 하면, 훨씬 더 맛이 있어질 것입니다."

사가노의 말을 듣고, 같이 죽을 마시는 출랑랑이 비웃었다.

"네놈은 하여간 얼이 빠진 놈이다. 쌀이라고는 한 솥에 한 톨을 넣었는지, 두 톨을 넣었는지도 모르는 이따위 묽디묽은 소금물이나 아무 다름없는 죽을 가지고 무엇이 더 맛있고 맛없을 것이 있느냔 말이다. 이 모주님께서 이따위 개돼지도 먹지 않을 것을 먹고 있다니, 다들 슬퍼서 무릎 꿇고 눈에서 피가 나오다가 눈알이 빠질 때까지 울어야 마땅할 텐데."

그 말을 듣고 나가려던 하한기가 사가노와 출랑랑 쪽을 돌아보았다.

하한기는 사가노에게 손짓을 해서 죽을 달라고 했다. 하한기는 죽을 약간 맛보더니,

"과연 죽의 맛이 너의 말과 같구나."라고 말했다. 그런데, 그러면서 실수인 척하면서 죽 그릇을 엎어 쏟아 출랑랑 쪽으로 내던졌다.

출랑랑은 눈에 보이지 않을 것처럼 빠르게 몸을 피하려 하였으나, 칼을 쓰고 쇠사슬로 묶인 몸이라 몸을 움직이는 것이 늦어져 손목 위에 뜨거운 죽을 덮어썼다. 출랑랑은 죽이 뜨거워 소리를 지르고, 성을 냈다.

하한기는 그렇게 죽 그릇을 엎으면서 적화랑을 쳐다보았다. 적화랑은 하한기의 얼굴을 보았다.

출랑랑이 뭐라고 욕을 하려고 하는데, 하한기가 말했다.

"내가 실수로 죽을 엎었으니, 너에게 한 그릇을 다시 주마. 그렇지만, 요즘 길거리마다 굶어 죽어 가는 사람이 널려 있는 때이니, 곡식과 먹을 것이 극히 부족하여, 도둑질, 강도질, 싸움질, 속임수 질, 사람을 죽이는 살인 질, 역적질을 하는 죄수에게 줄 것은 그런 죽밖에 없구나. 그런 줄로 알라."

그와 같이 말하고, 하한기는 굴을 나갔다. 나머지 사람들도 모두 하한기를 따라 나갔으니, 다시 굴속에 말하는 사람은 없어져, 다만 미련이 남은 다른 방의 죄수들이 우는 소리만 한참 다시 어두워진 굴 사이에 울려 퍼질 뿐이었다.

그날 밤이 깊자, 하한기의 방으로 초롱불조차 들지 않고 적화랑이 찾아왔다. 하한기는 다른 사람들이 모두 잠을 자고 있는 밤늦은 시간까지도 자지 않고 있었으므로, 적화랑을 반갑게 맞왔다.

하한기가 적화랑에게 말했다.

"자네를 기다리고 있었네. 자네가 오늘 밤에 내가 오라고 하는 것을 알아들을까, 근심했는데, 마침 자네가 내 뜻을 알아주었네."

적화랑이 답했다.

"모를 수 있겠습니까? 하한기 어른께서 옛날 저와 함께 도둑들을 잡으러 다닐 때에, 술을 파는 곳에서 술을 먹고 술값을 치르지 않고 행패를 부리던 놈을 잡을 때에, 낮에 놈이 있는 곳을 알지 못해서 밤에 몰래 다시 한 번 찾아가서 놈을 붙잡은 일은 아직도 또렷하게 기억하고 있습니다.

그날 낮에 급작스럽게 그놈과 싸우게 되었을 때 무기가 없었는데, 하한기 어르신께서 위급하시게 되어, 제가 뜨거운 술을 놈에게 끼얹어 피할 수 있지 않았습니까? 비록 그날은 아슬아슬한 날이었으나, 또한 통쾌한 날이었습니다. 어찌 잊을 수 있겠습니까?

그러니 하한기 어른께서 뜨거운 죽을 끼얹으며 저를 쳐다보실 때에, 그때에 썼던 수법과 다르지 않으므로, 저는 이번에도 밤에 다시 한 번 찾아가자는 뜻을 보이신다는 것을 알 수 있었습니다."

하한기가 말했다.

"자네와 같은 사람이 있어 과연 안심할 만하네."

그리고 칼과 다른 무기를 챙겼다. 하한기가 적화랑에게 말했다.

"낮에는 내가 당당하게 말하기로, 용녀 어른도 두렵지 않으며 용원당 칼잡이들이 만 명이라도 겁나지 않는다고 하였으나, 용녀는 장차 가락국 임금과 혼인을 하여 왕비가 되는 자리를 재물로 살 수 있다고 하는 사람이니, 용녀의 수하들인 용원당은 쉽게 여길 놈들이 아닐세.

사가노, 출랑랑, 두 사람을 빨리 죽여 없애고자 하는 것이 용원당의 뜻인 것 같으니, 두 사람의 일을 똑바로 알아내려면 용원당 놈들의 눈에 뜨이지 않을 때에 긴밀히 두 사람을 살펴야 할 것이네."

그 말을 듣고 적화랑이 말했다.

"도대체 역적질을 했다는 일을 순순히 말하는 놈들이 무엇으로 사람을 죽였는지는 말하지 않는 까닭이 무엇입니까? 그만큼 감추어야 하는 일이라 하면, 이는 역적질보다도 오히려 더 무거운 일이라 감추려고 하는 것 아니겠습니까?"

하한기도 적화랑의 말이 맞다고 고개를 끄덕였다.

"사가노는 천한 사람이었는데 밥과 국을 만드는 요리를 하는 사람이었네. 한편으로 출랑랑이라 하는 사람은 그 손을 보았을 때, 손가락과 손톱의 모양은 귀한 사람의 모습이었으나 손바닥 곳곳에 굳은살이 많았으니, 아마도 귀한 가문의 딸로 어려서부터 칼 쓰는 법을 갈고닦았기 때문일 것이네.

그렇다면, 사가노와 출랑랑은 요리하는 가난한 머슴과 칼 쓰는 것을 배운 귀한 집 딸인데, 둘이 왜 어울려 다니다가 역적질을 저질렀으며, 역적질을 저질렀다면 끝까지 그런 일은 하지 않았다고 해야 할 텐데, 왜 두 사람이 스스로 죄를 받아들였는지, 그것이 괴이한 일일세."

적화랑이 말했다.

"혹시 죄를 저지르고 나서 돌아보니, 나쁜 일을 한 것이 후회가 되고 하늘이 두려워 감히 죄를 털어놓고 벌을 받지 않으면 안 될 것 같은 느낌이 들어서, 죄를 스스로 말한 것은 아니겠습니까?"

그 말을 듣자 하한기는 웃었다.

"그럴 리 없네. 그 출랑랑이라는 여자가 하는 말마다 스스로를 '모주님'이라고 부르며 또한 갖은 욕설을 멈추지 않는 것을 듣지 않았는가? 출랑랑은 꼬리를 흔들며 반가워하는 새끼 강아지라 하더라도 날름 맨입에 산 채로 씹어먹고 나서도 불쌍하게 여길 줄도 모르고 후회하지도 않을 사람일세.

아마도 두 사람이 서로 신중히 작당을 해서 거짓말로 꾸며서 대답을 해야 할 만한 숨길 것이 있는데, 그것을 미처 작당할 말을 찾지 못하여, 머뭇거리며 말을 하지 못한 것 아니겠는가?"

"그렇다면, 둘이 의논하여 작당하지 못하도록 하기 위해, 두 사람을 나누어 가두어 두도록 분부하신 것입니까?"

"그렇네."

두 사람은 다시 죄인들을 가두어 두는 굴속으로 갔다. 두 사람은 굴 앞을 지키는 병사들에게 아주 희미한 등불을 구해서, 주위가 잘 보이지 않을 정도로 몰래 살금살금 걸어 들어갔다.

땅속의 굴 안이 제대로 보이지 않을 정도였으나, 그런데도 주

위에서,

"살려 주십시오."

"꺼내 주십시오." 하는 죄수들의 소리가 들렸다. 하한기와 적화랑은 발을 헛디디지 않도록 조심조심하면서, 굴의 벽을 짚어 가며, 안쪽으로 들어갔다.

적화랑이 하한기에게 말했다.

"하한기 어른께서 명하신 대로, 이제 사가노와 출랑랑을 서로 다른 방에 나누어 가두어 두었습니다. 사가노라는 자가 좀 더 차분하여, 한 마디라도 더 들을 만한 말을 많이 해 주는 사람이니, 우선은 사가노에게 먼저 가 보는 것이 어떻겠습니까?"

하한기도 그것이 좋겠다고 했다.

사가노가 있는 굴로 들어가 보니, 사가노는 쇠사슬에 묶인 채로 구석에 누워 있었다. 불을 비추어 보니, 그와 같이 힘없이 누워 있으면서도, 자지 않고 있었다.

불빛에 사가노는 놀라며,

"누구냐?" 하고 겁먹은 목소리로 소리치니, 적화랑이,

"하한기 어르신께서 오셨으니 몸가짐을 공손히 하라."고 말했다. 그러자 사가노가 고개를 숙였다.

"용서하십시오. 이제 곧 내일 죽을 것이라는 생각을 하니, 그간의 일이 허망하기만 하여, 쓸쓸하고 두려워 잠이 오지 않아 있다가, 갑자기 불쑥 시뻘건 불이 앞으로 다가오므로, 겁을 먹어 깜짝 놀랐습니다."

사가노의 대답을 듣고, 하한기가 말했다.

"나 또한 낮에 너와 같은 큰 죄인을 두고, 제대로 묻고 답한 것이 많지 못하여 잠이 오지 않으므로, 너에게 다시 따져 물으러 온 것이다.

너의 손과 행색을 보면, 너는 가난한 집의 사람인데, 농사일이나 노 젓는 일을 하는 사람은 아니니, 이는 음식 만드는 일을 하면서, 남의 집 머슴살이나, 종살이를 하는 사람일 것이다. 그러면서 백제 옷을 입고 있으니, 너는 아마도 백제 도성의 부잣집에서 머슴살이를 하면서 밥 짓는 일을 하던 사람일 것이다.

그러한 네가 어찌 역적질을 했는가 하는 일도 알지 못할 일이나, 그보다 먼저 어찌 이곳 가야의 다라국 땅까지 오게 되었는지도 궁금한 것이다.

이제 어차피 너의 죄는 정해져서, 내일이면 목숨을 잃게 될 것이니, 적어도 어떻게 해서 다라국까지 오게 되었는지는 나에게 말을 하는 것이 어떻겠느냐?"

하한기의 말을 듣고서 사가노는 머뭇거렸다. 그러다가 말하기로,

"사연을 구구절절이 말하자면 길 것인데, 죄인의 긴 사설을 언제까지 들으시겠습니까."라고 하고는 한숨을 쉬었는데, 그 목소리가 자못 슬프게 들렸다.

하한기가 사가노와 같이 바닥에 앉았다.

"아직 해가 뜨려면 한참이나 남았으니, 네가 옛날 평양의 신선처럼 천 년 이천 년을 살아온 것이 아니고서는 한평생 겪은 일이 비록 긴 이야기라 하여도, 이 긴 밤에 못 들을 것이 있겠

느냐?"

하한기가 그와 같이 말을 하면서, 사가노를 재촉하자, 마침내 사가노는 자신의 일을 이야기하기 시작했으니, 사가노가 말하는 것이,

"저는 출랑랑을 무덤 속에서 만났습니다."라고 하였다.

그러자 적화랑이 놀라며,

"어르신을 놀리지 말라. 무덤 속에서 사람을 만났다니, 그렇다면 두 사람이 죽어서 저승에서 만났다는 것이냐? 그렇다면 너는 살아 있는 사람이 아니라 귀신이란 말이냐?"라고 했다. 그러자, 사가노는 자세한 사연을 들려주었으니,

"저는 백제 도성의 한 부자의 종이었습니다."라면서 이야기를 계속하였다.

二章

협지

사가노는 본시 백제 도성(현재의 서울 남동부 일대를 말함)에서 살던 사람으로, 한수(漢水: 현재의 한강을 말함) 강물에서 낚시를 하거나, 낚시한 사람들의 물고기를 맛있게 굽거나 쪄 주는 일을 하면서 살았다.

사가노는 특히 생선의 회를 잘 떴는데, 괜찮은 물고기를 낚시꾼이 잡으면,

"이 물고기는 지금 회를 떠서 드시면 맛이 그만입니다."라고 하면서, 칼을 대어 순식간에 살을 발라내었다. 그러다 보면 낚시꾼 중에,

"나는 날고기는 비린내가 나고 물컹하여 먹지를 않는데, 회를 왜 먹으라 하는가?"라고 하는 사람도 있는데, 그럴 때에도 한사코,

“만약 제가 드리는 회가 맛이 없다면, 제가 물고기 값은 물어 드리겠습니다.”라고 하고는, 굳이 회를 만들어 권하였다.

그런데, 사가노의 회를 만드는 솜씨가 기가 막혀, 비록 회를 먹지 않던 사람들조차도 용기를 내어 그 맛을 보다가 결국은 즐겨 회를 찾게 될 지경이 되니, 감탄하는 사람들이 많았다.

한 사람이 신기하게 여겨,

“나는 평생 생선 비린내 때문에 회를 먹지 않았는데, 오늘에서야 그 맛을 알게 되었으니, 자네는 하백(河伯)에게 열심히 기도하여 그 회칼에 신성한 기운이라도 얻은 것인가?” 하고 물어보았다. 그러자, 사가노는 답하기로,

“그렇지 않습니다. 저는 다만 비린내를 없앨 수 있는 여러 풀과 꽃잎의 향기를 쏘이는 재주를 익힌 바 있으니, 그것을 이용하는 것입니다.

지금 회를 잘 뜨는 재주꾼이라고 뽐내는 사람들 중에는 저 말고도 그 수법을 아는 자들이 많습니다. 그런 사람들은 흔히 그와 같은 향료를 많이 사용해서 물고기 냄새를 모조리 없애고 ‘비린내 없는 회가 있다’고 하면서 먹어 보라고 자랑하며 권하는 일이 많은데, 그와 같이 냄새를 가리고 맛을 숨긴 것은 비록 비린 냄새가 없어서 억지로 참고 먹기에는 더 좋은 것일지 모르나, 애초에 즐겨 회를 먹을 때 반가워하는 그 익히지 않은 생살의 맛은 결코 아닌 것입니다. 그러므로 그렇게 향신료로 비린내를 강제로 숨긴 생선 살을 억지로 참고 먹는 일을 몇 번 한다고 한들 회를 싫어하던 사람이 회 맛을 좋아하게 되지는 않는

것입니다.

그러므로, 저는 향료를 이용해서 비린 냄새를 없애도록 하되, 아주 미약하게 싱싱하고 촉촉한 느낌은 살도록 일부러 비린 냄새를 조금은 남겨 놓습니다. 그렇게 해서 처음 입을 댄 생살에 드시는 분이 조금씩 익숙해지면, 향료를 차차 조절하여 나중에는 자기도 모르는 사이에 생선의 비릿한 맛을 오히려 물 냄새가 향긋한 좋은 맛으로 즐길 수 있도록 서서히 이끄는 것입니다.

그것이 제가 만들어 올리는 회가 맛있는 까닭입니다."라고 하였다.

그 말을 듣고, 감탄하는 사람들이 많았다. 특히 백제 도성의 하부 지역에 사는 협지(劦智)라는 부자가 사가노의 물고기 요리를 매우 좋아하였으므로, 수십 리 먼 길을 마다하지 않고 사가노가 사는 오두막까지 사람을 보내어 그 음식을 구해 먹었다.

그런데 그러던 중 신묘(辛卯)년에(서기 392년경을 말함) 백제 임금의 조카였던 아방(阿芳: 즉 아신왕[阿莘王]을 말함)이 숙부를 몰아내고 백제의 옥좌를 차지한 일이 일어났다.

아방은 임금이 된 후에, 임금의 위세를 보이겠다면서,

"고구려 임금 담덕에게 백제의 힘을 보여, 백제를 넘보지 못하게 한다."고 하고는, 군사를 모아 고구려와 싸웠는데, 그만 그러다가 크게 패하고 말았다.

고구려 군사들은 한수 북쪽에 겹겹이 지어 놓은 요새인 강북(江北)의 관방(關防)을 모두 빼앗았으며, 결국 백제의 도성에까지 쳐들어왔다. 마침내, 임금인 아방까지도 고구려 군사에 붙잡

혀 죽을 위기에 몰리게 되었다. 아방은 고구려 군사 앞에 꿇어앉아,

"영원히 고구려의 노객(奴客)이 되어, 고구려의 종노릇을 하면서 살겠습니다."라고 말하면서, 용서를 빌어서 겨우 목숨을 건지게 되었다.

이와 같이 백제 군사가 망했으니, 도성의 수많은 집들이 불탔고, 패한 백제의 장군들이 고구려 군사들에게 살려 달라고 뇌물을 바치는 것이 너무 많았으니, 백제 도성의 재물이 크게 부족해졌고, 곡식까지 부족해져서 사람들이 굶주릴 지경이 되었다.

사가노 역시, 회를 떠 달라고 찾아오는 낚시꾼들은 모두 사라져 살림살이가 한층 궁핍해졌다.

사람들이 말하기로,

"다들 싸움터에 끌려가서 싸우다가 고구려군의 화살을 맞고 죽었을 것이니, 한가롭게 물고기나 낚고 있는 사람이 누가 있겠소. 싸우는 것이 며칠만 더 가게 되면, 이제 자네에게도, 생선 손질을 하느라 칼이 손에 익었으니 칼을 잘 쓰는 자라고 하여 싸움터로 가서 싸우라고 할 것이오."라고 하였다. 사가노 또한 낚시를 하다가 떠내려온 화살이나, 죽은 사람의 몸이 낚시에 걸리는 일을 겪었다. 이리하여, 사는 것이 어려워졌으므로, 사가노는 마침내 여러 날을 굶으며 빈 그릇을 긁고 바닥난 항아리만 만졌다.

그러다가 도저히 견디지 못하여, 사가노는 평소 자신의 음식을 좋아하던 협지를 찾아가,

"지금과 같은 때에 드리기 어려운 말씀을 드려 죄송스러우나, 오늘 저는 제 자신을 팔아서 노비가 되고자 합니다. 부디 저를 거두어 주셔서, 저를 사시면, 평생 종노릇을 하면서 충성을 다하여 협지 어르신을 상전으로 모실 것이며, 재주를 다하여 신선한 물고기 회를 가장 좋게 떠서 바치도록 하겠습니다. 그러니 다만 밥만 먹게 해 줍시오."라고 말하고는, 두 손을 땅에 짚고 머리를 조아리며 부탁했다.

협지는 도성 하부에서 사는 사람으로 비록 고구려 군사와 싸운 난리 때에 많은 재물을 잃기는 하였으나, 아직도 상당히 부유한 사람이었다. 그러므로, 협지는 사가노를 노비로 삼았다.

사가노는 처음에는 협지를 "협지 어르신"이라고 부르면 안 되고, "주인마님"이라고 불러야 한다거나, 종이 아닌 집안사람에게 말할 때에 반드시 바닥에 두 손을 대고 말해야 하는 것을 제대로 하지 못하여, 혼이 나고 벌을 받을 때도 있었다. 또한 집안에 먼저 들어온 종들에게 얻어맞고 욕을 먹는 일도 많았다.

그러나, 차차 사가노는 종으로 지내는 것에 익숙해졌으며, 또한 협지의 집안에 고래 고기, 수달 발, 상어 껍질과 같은 진귀한 음식 재료가 들어와서, 그 오묘한 맛을 보고 좋은 요리를 만드는 재미가 많았으므로, 간혹 반갑고 즐거운 일도 있었다. 그러다 보니, 몇 달 사이에 사가노는 다른 종들과도 친해져서, 큰 걱정 없이 살게 되었다.

그러던 중에, 하루는 협지가 궁전에 들어갔다가, 궁전 행랑의 바닥을 일꾼들이 모여서 뜯어내고 있는 것을 보았다. 협지가 이

상하게 여겨,

"이것은 아름다운 조각이 되어 있는 좋은 벽돌로 만든 바닥으로, 흠집조차 많지 않은데 왜 새로 뜯어내어 만들고 있습니까?" 하고 물었다. 그러자, 일꾼 중 한 사람이,

"성상께서 말씀하시기를, 이 벽돌은 고구려군이 쳐들어온 병신(丙申)년의 변고 때에 고구려 병사들이 밟은 적이 있는 바닥이니 역겨운 것이라 하여, 모두 새것으로 바꾸라고 하셨습니다. 그러므로 새로 고치고 있는 것입니다. 성상께서 그 변고를 얼마나 미워하는지 잘 모르십니까?"라고 했다.

협지는 대답하기를,

"나는 하부에서 일하는 낮은 벼슬아치로, 성상께서 말씀하시는 것은 먼발치에서 올려다보며 겨우 듣기나 할 뿐이니, 미처 자세한 사정을 알지 못했소." 하고 말했다. 그리고 생각해 보니 과연 아방이 임금으로서 고구려 군사 앞에 스스로 노객이 되겠다고 빌었던 것이 그와 같이 부끄러워할 만하다고 생각했다.

협지가 궁궐에 들어가서, 기다리니 하부에서 온 벼슬아치들이 모여 있었다. 이내 임금인 아방이 나타났는데, 아방은 모여 있는 하부의 신하들에게 이렇게 말했다.

"병신년의 변고 때에 이 전각의 벽과 마루에 흉악한 마귀들의 손발이 닿아 더럽혀진 것들이 있었는데, 하부에서 올린 재물로 모두 다시 새로 만들어 고칠 수 있었다. 오늘 그 공사가 끝이 났으니, 오늘 하부의 관리들과 함께 즐기고자 하노라."

그렇게 말하고는, 모인 신하들이 술과 음식을 먹을 수 있도록

나누어 주었다.

그날 아방은 기분 좋게 술을 많이 마시면서, 자주 말하기로,

"비록 우리가 그때의 난리에는 곤혹스러운 일이 있었다고는 하나, 지금은 다시 우리 군사가 힘을 차렸다. 그러니, 안으로 임금과 신하들이 함께 힘을 모으고, 바깥으로 왜국 섬에 있는 무리들부터, 연국(燕國: 북연을 말함), 진국(晉國: 동진을 말함), 가야(伽倻)에 사신을 보내어 함께 고구려와 맞서기로 한다면, 거칠고 더러운 고구려 병졸들을 두려워할 것이 있겠느냐?"라고 하였다.

그렇게 술이 취하여 아방은 후궁으로 들어가고, 신하들을 돌려보냈다. 아방은 밤이 깊어서도 술 취한 흥이 가시지 않아, 시녀들과 가까운 신하들을 모아 놓고 계속해서 술잔을 나누었는데, 그러다가 궁궐 깊이 등불을 환하게 켜 놓은 곳에서 한 궁녀에게 춤을 추게 하였다.

궁녀가 춤을 추는 것이 매우 아름다웠으니, 춤의 마지막에 이르러서는 궁녀가 두르고 있던 아름다운 천을 벗어 임금께 바쳐 올리듯이 들고 가는 모양이 있었다.

그런데, 궁녀가 천을 들어 올리자, 갑자기 술에 취한 아방은 안색이 변하더니 부들부들 떨면서 호통치기 시작했다.

"이 춤에는 비단을 바치는 동작이 있으니, 내가 항복하여 재물을 바치면서 노객이 되겠다고 맹세한 것을 비웃는 것이냐?"

아방은 그렇게 말하고, 달려들어 궁녀의 목을 졸랐다.

놀라서 악공들과 다른 춤추는 여자들이 소리를 지르며 흩어

지고, 술잔과 음식이 엎어져 쏟아져 날리었으니, 바위 덩어리가 궁전에 굴러떨어진 것 같았다.

춤을 추던 궁녀의 얼굴이 흰빛으로 변하다가 곧 정신을 잃을 것처럼 되니, 한 침착한 후궁이 일이 돌아가는 것을 눈치채고, 아방의 옷자락을 붙잡으며 애원했다.

"성상께서는 정사(正思)를 찾으십시오. 지금 성상께서는 고구려 군사 앞에 계신 것이 아니라, 편안한 궁궐 뜰에서 저희 첩들과 함께 계십니다. 옛날 성상께서 변고를 당하시어, 고구려 군사들에게 미녀들과 좋은 천을 주신 일이 있었다고는 하나, 벌써 먼 지나간 일이 아닙니까. 이제는 나라에 싸움이 없고, 성상께서 근심할 일도 없을 것이니, 부디 흐린 것이 맑아지시기를 빕니다."

고구려 군사들 앞에서 아방이 살려 달라고 애원할 때에, 아방은 미남, 미녀 일천 명을 바치고, 보물로 모아 두었던 좋은 천 일천 필을 바친 적이 있었다. 아방은 그 일을 너무나 부끄러워하여, 춤을 추다가 천을 올리는 동작을 하는 것을 보고도, 그때의 일이 생각이 나서, 자신을 조롱한다는 생각부터 한 것이었다.

아방은 겨우 정신을 차리고, 목 조르던 것을 멈추었으나, 부끄러운 생각은 오히려 더해 가기만 했다.

아방은 후궁에게,

"온 나라를 다스리는 임금이라는 내가, 난리 때의 일을 아직도 두려워하여, 춤동작을 보고 놀라 날뛰었다는 것을 모두 알게 되었으니, 이 부끄러운 것을 어찌하면 좋겠는가?" 하고 한탄하

며 눈물을 흘릴 듯이 하였다. 그러자, 후궁은,

"저희들이 오늘 성상께서 놀라신 일을 영영 아무에게도 말하지 못하도록, 모두 죽이시면 어떻겠습니까?" 하고 울며 말했으니, 아방은,

"내가 선한 것을 사랑하고 악한 것을 미워하는 임금이 되려 하는데, 겨우 내가 부끄럽다고 해서 그와 같이 나쁜 일을 할 수는 없다." 하고는 여러 차례 근심하였다. 그러나 결국 그날의 일을 본 궁녀들을 모두 비구니로 만들어 절에 들어가게 하고, 절 밖으로 죽을 때까지 나오지 못하게 하였다.

아방은 이튿날 장군들을 불러 모아 물었다.

"병신년의 변고를 천하사방이 모르는 사람이 없는데, 우리가 어찌 편하게 술을 마시고, 좋은 일이 있다고 춤을 출 수 있겠는가? 십 년이 걸려도 좋고, 백 년이 걸려도 좋으니, 그때의 원한을 갚을 방법이 없겠는가?"

그러자 무릇 장군들이 아방의 심기가 불편한 것을 보고, 그 어지러운 마음을 달래 보려고 아부하여 말하기를,

"성상께서 폐조(廢朝)를 멸하실 때에(아방이 즉위하면서, 숙부로서 임금이던 부여휘[扶餘暉], 즉 진사왕[辰斯王]을 몰아낸 일을 말함), 하늘도 놀랄 계책을 내어 방 한 칸에 모을 수 있는 병사로 삼한 78국을 하루 사이에 모두 뒤엎은 것 또한 모르는 사람이 없습니다. 그러니, 성상께서 그와 같은 하늘이 내리신 지혜로 곰곰이 따져 보신다면, 고구려 병졸이 십만이 아니라, 백만, 천만이 된다고 해도 무찔러 없앨 방법을 찾지 못하시겠습니까?"

라고 했다.

그 말을 듣고 아방은 장군들에게 백제의 병사 숫자와 무기에 대해 상세히 물었다. 장군들이 대답하는 것을 모두 듣더니, 아방이 다시 말했다.

"병사의 숫자는 부족하나, 이만하면 아직 무기는 충분하고, 병사들을 먹일 식량과 말은 오히려 남아나는 편이니, 만약 삼한의 장정들을 다 모아서 다시 잘 훈련하여 북쪽으로 나아가 본다면, 한번 크게 싸움을 벌여 볼 만하기는 할 것이다.

다만 한 가지 큰 근심이 있는 것은, 폐조 때에 이루어 놓은 강북의 관방을 빼앗긴 것이다. 강북관방은 잘 갖추어진 요새이니 이곳을 고구려군이 지키고 있으면, 뚫고 나가기가 어렵다. 강북관방에 대해 아는 것을 말하라."

그러자 장군들이 답하였다.

"폐조 때에는 임금부터가 스스로 집을 짓는 일에 평생을 두고 관심을 기울이는 것이 심하였으니, 폐조의 시절에 성벽을 쌓고 망루를 만드는 솜씨는 사람의 솜씨가 아니라 도깨비의 재주라 할 만큼 대단하였습니다. 그런데 폐조 때에는 겁이 많은 임금이 조정을 다스렸으므로, 고구려 군사와 나아가 싸울 줄은 모르고 다만 고구려 군사와 맞서기 위해 강북관방이라는 큰 벽을 쌓는 일에만 힘을 기울였습니다.

그랬으므로, 강북관방은 과연 튼튼한 요새가 되어, 사람들이 말하기를, '강북관방에는 산이 강철로 되어 있고, 강물이 불구덩이로 되어 있다.'고 할 지경입니다.

그런데, 병신년의 변고를 당하여, 이 강북관방을 고구려 군사들에게 빼앗겼으니, 고구려는 그 나라의 여섯 큰 장수 중에 갈로(葛盧), 맹광(孟光)을 비롯하여 세 장수를 강북관방에 보내서 지키고 있습니다. 강북관방은 겹겹이 둘러쳐 있는 성벽과 망루, 해자와 함정, 봉수대와 군량창고가 끝이 없이 이어져서 몇 백 리가 넘도록 서로 연결되어 쌓여 있는 것이니, 만약 들어앉아서 지키기로 하면, 족히 삼십 년은 싸우며 버틸 수 있을 것입니다."

그 말을 듣고, 아방은 근심하는 얼굴이 되었다.

아방은 그다음 날부터, 밤낮을 가리지 않고 직접 지도와 옛날 싸운 것을 기록한 것을 보면서, 고구려 군사와 싸울 궁리를 하였다.

아방은 잠깐씩 잠을 잘 때에도,

"자면서도 잠 속에서 궁리를 하고, 꿈을 꾸더라도 싸우는 꿈을 꿀 것이다."라고 하면서, 잠이 드는 동안 옛날 싸운 기록을 자는 자신의 옆에서 궁녀들이 읽고 있게 하였다.

마침내, 한 달이 좀 더 지나서, 다시 아방은 크게 신하들을 불러 모았다. 그러므로, 이때 협지도 궁전으로 들어가게 되었다.

이번에 협지가 궁전에 들어가서 보니, 넓디넓은 대궐에 가득하도록 수많은 신하들이 꽉 차 있었다. 아방은 신하들에게 말하기를,

"지금 군사에 대해 써 놓은 문서를 다시 정리하게 되었으니, 모든 관리들은 조정에서 내려 주는 대로, 군사들을 다시 살펴 모으도록 하라."고 말했다.

그렇게 말하고는 신하들에게 나무로 만든 패에다가 글씨를 쓴 것을 여러 개씩 잔뜩 나누어 주었다.

돌아가는 길에, 협지가 이상하게 여겨, 더 오래 나랏일을 보아 온 신하인 궁월군(弓月君)에게 물어보았다.

"군사들을 이 패에 쓴 대로, 다시 살펴 모으라니 그게 무슨 말인가?"

그러자, 궁월군은,

"이것은 삼한에 있는 남자란 남자는 모두 다 닥닥 긁어모아서, 어떻게든 머릿수가 많은 군대를 채우려고 하는 것이니, 성상께서는 반드시 대군을 모아서 고구려 군사와 싸워 보려고 하는 것일세."라고 대답했다.

그 말을 듣자, 주위의 신하들이 궁월군에게 모여들어,

"그러면 우리는 어떻게 해야 한단 말인가?" 하고 저마다 물으니, 궁월군은 자신의 집 뒤뜰에 있는 정자에 모여, 더 의논을 해 보자고 하였다.

궁월군의 정자에 모인 사람들이 같이 의논하는데, 한 사람이 말하기로,

"선대에 만들어 놓은 강북관방을 이제는 적이 차지하고 있으니, 이번에 군사를 많이 모아서 싸워 본다고 한들 어떻게 이길 수 있겠는가?"라고 하였다. 그러자, 궁월군이 나서서 말했다.

"성상께서 하늘이 내리신 지혜로 분명히 무슨 묘수를 만들어 놓지 않으셨겠는가?

또한 그것이 아니라도, 백제의 조정에서 관직을 얻어 이와 같

이 부귀하게 편안히 살며, 세상의 즐거운 일들을 모두 다 즐겨 보고 있는 우리가, 지금 성상께서 병신년의 변고를 되갚아 주고자 하시는데, 비록 강철벽을 머리로 부딪쳐 깨어 보라고 하시더라도, 우리가 죽는 것을 두려워하겠는가?"

그러자, 모여 있는 신하들이 모두 옳다고 하였다.

그러므로, 협지 또한,

"궁월군의 말이 참으로 틀린 것이 없소. 나 또한 집에 있는 쇳덩이와 구리 덩어리를 녹여 모조리 훌륭한 창검을 만들고, 고구려 군사들 사이에 뛰어들어 내가 가장 먼저 죽을 것이네."라면서, 술잔을 높이 쳐들었다.

그러나 협지는 그날 밤에 집에 돌아와서, 긴히 그 부인에게 말하였다.

"집안의 금은과 보화를 정리해 둔 것이 있소?"

부인이 그 말을 듣고 협지에게 따졌다.

"이보시오. 지금 소문을 들으니, 나라의 남자들을 모두 다 긁어모아 대군을 만들어 고구려 군사와 다시 한 번 크게 싸운다고 하는데, 그렇다면 다시 한 번 난리가 나서 온 집안이 불에 타고 사람들도 죽게 되는 것이 아니오? 나는 그것이 근심스러워, 지금 몇 날 며칠을 도대체 어떻게 그 난리를 피해야 할 지 궁리하느라 밤마다 잠을 이루지 못하오.

그런데 지금 때를 모르고 금은 따위를 두고 근심할 것이 있단 말이오?"

협지가 대답했다.

"실은, 부인의 뜻이 나의 생각과 다르지 않소. 지금 성상께서는 고구려 군사에게 패하고 쫓기던 것을 싫어하고, 고구려 군사를 막느라고 매양 급하게 허둥거리던 것을 안타깝게 생각하시니, 지금은 비록 죽든지 말든지 간에 막는 것은 그만하고 한 번만이라도 먼저 고구려 군사를 깊숙이 몰아 들이치는 것을 소원으로 여기고 계신 것 같소.

그러니, 머지않아 큰 싸움이 벌어질 것이고, 그러면 나 또한 병사들을 이끌고 갑옷을 입은 채 맨 앞줄에 서서 화살 앞으로 뛰어가야 하오. 그러면 부인이 좋아하는 이 얼굴과 몸뚱아리가 두 조각으로 떨어지지 않겠소? 내가 부인을 그와 같이 슬퍼하게 할 수가 있겠소?"

그 말을 듣고 부인이 다가오며 다시 물었다.

"그렇다면, 전쟁터를 피할 무슨 방도를 찾았단 말이오?"

그러자 협지가 웃으며 부인의 손을 잡았다.

"그러하오. 내가 밤마다 근심하며 이것저것 난리를 피할 방법을 찾아보았으며, 근심거리를 가슴에 담아 두고 삭이기를 여러 날이었으니, 천 가지 술수를 찾아보고, 만 가지 꾀를 궁리해 보다가, 오늘에서야 드디어 한 가지 수를 따라 보기로 마음을 먹었소.

오늘 내가 궁월군의 집에 찾아갔는데, 궁월군이 호기롭게 말하기로 먼저 앞장서서 나아가 싸우다가 죽자고 하는 것이, 이상하게 의심스러운 점이 있어서, 이리저리 잘 살펴보았더니, 분명히 스스로는 몸을 지킬 술수를 몰래 만들어 놓은 것 같았소.

요즘 가야에서 용녀라는 사람이 부리는 큰 배가 많이 들어와 있다고 하오. 그러니, 아마도 궁월군은 싸움터로 싸우러 가기 싫은 마음에 목숨을 지키기 위해서, 그 배를 타고 멀리 가야나 왜국 섬으로 몰래 도망치려고 하는 것이 아니겠소?

다른 사람들을 먼저 싸움터로 보내고, 의심을 하지 않게 하기 위해 오늘 그와 같이 '싸우자' '싸워서 죽자' 하는 소리를 하는 것을 한 즉, 아마도 궁월군은 오늘 밤이나 내일 밤에 집안의 모든 재물을 챙겨서는 가야 배를 타고, 싸움이 터지려는 이 나라를 벗어나 멀리 도망치려고 하는 것임이 틀림없소."

그러자 부인이 기뻐하며 협지를 얼싸안았다.

"그렇다면, 우리도 집안 재물을 귀한 물건으로 바꾸어 한 궤짝에 모두 쟁여 담고는, 도망쳐서 싸움터에서 멀리 벗어나자는 것이오?"

협지가 대답했다.

"그렇소. 내가 오늘 밤 다시 몰래 궁월군을 찾아가 볼 테니, 부인은 집안 재물을 챙겨 놓도록 하시오. 가야에서 배를 타고 가게 된다면, 유규국(流虬國)까지도 갈 수 있을 것인즉, 유규국은 일 년 내내 따뜻하여 추위 걱정을 할 필요가 없고 농사를 짓지 않아도 과일과 곡식이 저절로 열린다고 하니, 그런 곳에 가서 다시 한 번 부귀영화를 누릴 수 있지 않겠소?

고구려의 여섯 장군이 군사를 부리며 나서면, 몇 천 명, 몇 만 명의 목이 잘릴지 모르는데, 그 많은 목에 내 목을 하나 더한들, 하나 뺀들 무슨 차이가 있겠소? 그와 같이 쓸모없이 죽기 보다는, 이제 도망쳐 살 길을 찾는 것이 낫소."

말이 끝나자마자, 부인은 재빨리 입고 있던 금은으로 수를 놓은 비단옷부터 벗어서는 얇게 접어 궤짝에 넣기 시작했다.

이어서 협지와 부인은 집안의 귀한 물건들을 모두 모으기 시작하였다. 금은으로 된 귀고리, 가락지, 팔찌를 챙기고, 도끼 모양으로 다듬어 놓은 쇳덩어리도 챙겨 주머니에 나누어 담았다.

이윽고 협지와 부인은 집안의 딸린 노비들에 대해 이야기하게 되었는데,

"노비들은 도망칠 때에 데려가 보았자 먹을 곡식만 축내지 않겠소? 도망칠 때에 갖고 가는 금은도 한도가 있는 것이니, 그 금은으로 바꾸어 사 먹을 곡식도 한도가 있는 것이오. 그러니, 노비들은 차라리 오늘 밤에 모두 풀어 주는 것이 낫겠소."라고 서로 말하였다.

그리하여, 가장 나이 어리고 순진한 노비 아이 하나가 잠자고 있는 것을 깨워다가,

"내일 너는 사람들이 일어나거든, 이제 너희들은 모두 노비가 아니라고 알려 주고는, 여기에 쓰인 것을 글 아는 사람에게 보여 주고 무슨 뜻인지 물어보거라."라고 말하였다. 그러고는 그 아이에게 이제 노비 신세에서 풀어 주고, 집안의 남아 있는 물건과 가축들, 땅을 모두 다 노비들에게 나누어 준다는 말을 써 놓은 작은 나무 판 하나를 주었다. 아이는 무슨 말을 하고 있는 것인지도 잘 모르면서, 잠결에 그저,

"예, 어르신 알겠습니다. 예, 예."라고만 하였다.

그렇게 짐을 싸서 떠나려다가 말고, 문득 협지가 한 가지 생각나는 것이 있어서 다시 부인을 돌아보며 말했다.

"그런데 노비 중에 사가노라는 자는 데려가는 것이 어떠하오? 지금껏 사가노가 해 주는 밥만 먹고 지냈으니, 혹시 다른 사람이 해 주는 밥을 먹으면 입에 맞지 않을까 걱정되오. 어디에서 또 그와 같이 익숙한 맛이 있는 밥을 먹을 수 있겠소?"

"참으로 그 말이 옳소."

부인도 그와 같이 말하였으므로, 모든 노비들을 풀어 주고 남겨 두고 가는데도 다만 사가노만은 깨워서 데리고 길을 떠나게 되었다.

나중에 이 이야기를 듣고 있던 하한기와 적화랑은 도망치기 전에 밥을 해 먹을 때 입에 맞을지 고민을 했다는 대목에 이르러, 그만 피식 웃고 말았다.

적화랑이 사가노에게 말했다.

"너의 옛 상전이라는 사람은 백제에서 가야로 도망쳐서 사는 신세가 어떤 것인 줄 그야말로 아무것도 모르고 있었구나. 어찌 한심하게도 밥맛 걱정을 하고 있었단 말이냐?"

그 말을 듣고 이야기를 하고 있던 사가노는 이야기를 잠시 멈추고 생각하더니 답을 하는 것이 이러하였다.

"저 또한 그렇게 생각합니다. 무릇 어리석은 사람들이 앞날을 모르고 불쌍해 보이는 일을 하는 것이 보통 그와 같습니다."

그날 밤에, 협지는 집안의 값나가는 재물을 모두 모아서 여러 마리의 말에다가 실어 두고는 먼저 궁월군을 몰래 찾아갔다.

궁월군의 집에 가 보니, 역시 깊은 밤이었는데도 궁월군은 자고 있는 것이 아니라, 온 집안을 환히 밝히고 꼭 협지와 같이 도망칠 때 들고 갈 짐을 싸고 있었다. 다만, 궁월군은 협지보다 훨씬 더 부유한 사람이었으므로, 짐과 말이 더 많고, 데려가는 노비들 또한 적지 않았으니, 그중에는 궁월군이 특히 아끼는 귀엽고 사랑스러운 여인들이 끼어 있었다.

궁월군은 예쁜 여자들이 입을 옷을 챙겨주고 있었는데, 그 곁으로 협지는 갑자기 나타나서 궁월군을 놀라게 하였다.

협지가 궁월군에게 물었다.

"제가 오늘 어른께서 낮에 하시는 말씀을 듣고 사실 이와 같은 일을 꾸미고 계실 줄 알고 있었습니다. 저 또한 어른의 밝으신 생각과 다를 바가 없습니다.

이번에 나라에서 이치에 맞지 않는 전쟁을 벌여, 법도를 그르치고 억지로 힘을 써서 부자들과 노인들까지 끌어모아 고구려 군사와 싸움을 벌인다면, 곧 목숨을 잃을 것이니, 목숨을 잃은 다음에야 집과 땅과 벼슬이 다 무슨 소용이겠습니까? 그러니 재물이 얼마가 들더라도 군사가 되어 싸움터에 끌려가는 것을 피하여, 남쪽으로 몸을 피하는 것만 하겠습니까?

궁월군 어른께서 방법을 찾아 두셨을 것이니, 부디 저 또한 같은 배를 타게 해 주십시오."

궁월군은 협지의 말을 허락하여 주었다.

사실 궁월군은 그다지 놀라지도 않았다. 궁월군은 다만,

"가야에서 온 용녀의 배가 밤에 몰래 떠나는 것이 있으니, 그것을 한수 나루터에 가서 타고 가면 될 것일세. 그 배를 타면, 왜국 섬에서 머물 땅과 건물 세 채에 방 다섯이 있는 집을 줄 것이니, 그 값은 이와 같네."라고 도망칠 때 드는 값을 알려 줄 뿐이었다.

협지가 한수의 나루터로 가 보니, 깊은 밤인데 등불이 이곳저곳 물가에 밝혀져 있었다.

협지는 몰래 물가로 가려고 하다가 물가를 지키는 한 병졸에게 들켰다. 병졸은 협지에게 화를 내며, 협지가 간악한 일을 벌이려는 것이 아니냐고 물었다. 병졸은,

"도대체 왜 깊은 밤에 한수 물가에 어슬렁거리는 것이오? 한수 물을 건너 다니는 고구려 군사가 적지 않으니, 조정을 배반하는 역적이나 고구려의 첩자가 아니라면 도대체 이 깊은 밤에 물가를 어슬렁거리는 까닭이 무엇이오? 이는 죄를 짓는 사람의 행색이 아니오?" 하고 협지에게 따졌다. 협지는 난처하여,

"내가 낮은 자리의 자리라고 하여도, 조정의 벼슬을 사는 명문 협씨 가문의 자손인데 어찌 조정을 배반하는 짓을 하겠는가? 자네는 그와 같이 욕을 하는 것은 너무 심한 일일세. 다만 달빛이 좋으니 물가의 밤 풍경이 어떠한가 궁금하여 보러 나섰을 뿐이네."라고 말하며, 소매 속에 꿰어 들고 있던 옥구슬 하나를 꺼내어 병졸에게 뇌물로 건네주었다.

병졸은 옥구슬을 달빛에 비추어 보고 상등급의 물건인 것을

확인하더니, 문득 협지에게 웃어 보이며,

"바로 저쪽에 물가의 풍경을 보러 온 사람들이 많습니다." 하고 말하며, 한쪽 방향을 가리켰다.

협지가 그쪽으로 가 보니, 그곳에는 가야에서 온 배들이 여러 척 늘어서 있고, 협지 자신과 같이 고구려와 싸우는 군사가 되는 것을 피해서 왜국으로 도망치려는 도성의 부자들이 줄을 서서 늘어서 있었다.

그 숫자는 매우 많았으니, 낮에 궁월군의 집에 모였던 벼슬아치들도 여럿이 보였으며, 어떤 사람은 수십 명의 노비들을 모두 이끌고 가려는 사람도 있었고, 어떤 사람들은 들고 도망치려는 금은이 너무 많아서 자루와 상자에 담을 수가 없어 목에 목걸이를 여러 개씩 겹쳐 걸고, 팔다리에 금은으로 된 고리를 열 개 스무 개씩 끼고 다니는 사람도 있었다.

또 어떤 사람은 아껴 기르던 고양이 떼들을 같이 데려가느라, 대나무로 된 장에 십수 마리의 고양이들을 담아 들고 가기도 했다. 이 사람 주위에서 계속 고양이 우는 소리가 들리니, 물가를 지키던 병졸들이,

"이렇게 시끄러우면, 우리도 어쩔 수 없지 않소?"라고 자꾸 말하며 찾아왔고, 그러면 그 사람은 난처해하면서, 계속 뇌물로 은구슬이나 옛날 동전을 병졸들에게 주었다.

협지는 재빨리 다시 집으로 돌아와 기쁜 목소리로 부인에게 말했다.

"궁월군이 내가 찾아간 것을 보고 놀라지 않았으니, 이는 도

성의 부유한 사람들 중에 우리처럼 가야와 왜국 섬으로 도망치는 사람들이 매우 많아서 놀랄 것이 없었기 때문이오. 지금 가야에서 온 용녀의 수하들이 하는 것을 보니, 그자들에게 금은을 주면, 왜국 섬에 땅과 집을 마련해 준다고 하오."

부인이 협지가 설명해 주는 것을 자세히 듣더니, 화를 내면서도 한편으로는 기뻐하였다.

"값이 매우 비싸기는 하나, 그래도 왜국 섬에서 지낼 집과 땅이 생긴다니, 이는 다시없는 기회요. 다른 사람들이 배를 타는 자리를 차지하기 전에 지금 급히 가야겠소. 건물 세 채에 방이 다섯이면 넓은 것은 아니나, 그래도 지금 우리 가족이 지낼 수는 있을 것이고, 마당에 움막을 하나 지어 놓고는 데려가는 사가노를 살게 하면 되지 않겠소."

그리하여, 협지와 그 부인은 자고 있던 사가노를 깨워서 도망치는 길을 떠났다. 떠날 때에, 부인이 기르던 강아지 한 마리를 아껴 떼어 놓기를 싫어했으므로, 부인은 품에 강아지를 안고 떠났다.

사가노가 말 고삐를 잡고 부지런히 이끌어 한수까지 가고 보니, 아직 사람들이 그대로 많이 모여 있었다.

협지는 한수 물가에 가서, 용녀의 수하들에게 먼저 왜국 섬의 땅과 집값을 치렀다. 자루 안에 들어 있는 금붙이와 은붙이를 나누어 그 무게를 재었으니, 그 양이 매우 많았다.

협지가 무게를 재는 것을 보고 있다가 문득 아까워 말하기를,

"저 값이면, 백제 서울의 가운데 자리에 있는 좋은 집 열 채를

살 만한 액수다. 이것을 왜국 섬의 거친 땅의 집 한 채와 바꾼단 말인가?"라고 중얼거렸다. 그러니, 부인이 협지를 끌어안아 쓰다듬으며 말하기를,

"아까워하지 마시오. 그대가 고구려로 가는 군사 무리로 끌려가서 목숨을 잃고, 내가 슬퍼서 울다가 기운이 다해 죽고 나면, 죽은 시체가 썩어 갈 때에 금덩어리가 산처럼 쌓이고, 집이 천만 채가 있다고 한들 다 무슨 소용이겠소. 그대의 목숨보다 나에게 중한 것이 없으니, 다시 아까워하지 마시오."라고 했다.

그리하여, 마침내 용녀가 거느리는 배에 오르는데, 배에 오를 때 사람 한 사람마다 또 재물을 달라고 하는 것이었다.

사가노가 이상하게 여겨,

"이것은 무슨 값입니까?" 하고 따져 물으니, 뱃사람이 말하기를,

"여기서 왜국 섬까지 가는 길이 가깝지 않으니, 가는 동안 먹을 양식 값을 치러야 하오."라고 하였다. 그런데, 그 값으로 치르는 액수가 너무 많을 뿐 아니라, 배에 싣는 말에게도 사람과 같은 값을 받으려 하였다.

사가노가,

"그 값이면, 한 집안이 반 년을 족히 먹고살고도 남는 값입니다. 이미 왜국 섬의 집값, 땅값으로 많은 액수를 받았는데, 또 이렇게 많은 값을 받는 것은 너무하지 않습니까? 또한 사람이야 그렇다 하지만, 짐승에게도 값을 따로 받는 것이 너무 많지 않습니까?"라고 따졌다. 그러니, 뱃사람이 성을 내어 사가노를 밀치며 말하기를,

"보아 하니, 종놈의 자식인데, 그 멋모르고 지껄이는 말이 사악하구나. 왜국 섬의 집값, 땅값으로 치르는 것은 왜국 섬의 집주인, 땅주인에게 치르는 값이지, 이 뱃사람들에게 주는 값이 아니지 않은가? 거기에 들인 값이 아깝다고 해서 그것을 여기에서 따지면, 나는 도대체 어떻게 먹을 것을 대고 노를 저어, 바다 건너 먼 섬까지 간다는 것이냐?

또한 말이나 소와 같은 짐승은 먹는 것이 없단 말이냐? 오히려 그 무게가 더 무거우며 먹는 것은 더 많으니, 더 비싼 값을 받아도 모자랄 것이 없지 않으냐?"라고 하였다. 사가노는 뱃사람의 힘이 억세어 겁을 먹었으나, 그래도,

"그 값이면 차라리 지금 저 말을 풀어 주고, 왜국 섬에 도착해서 새로 좋은 말을 사고도 부족할 것이 없을 만큼 비싼 값이오."라고 더 따졌다. 그러자, 뱃사람을 성을 내며,

"싫으면 배를 타지 않으면 된다."라고 말하고는 고개를 돌렸다.

마침 그때에, 배 이쪽저쪽에서 부산한 소리가 들리고, 첨벙첨벙 물소리가 들리더니 여기저기가 웅성거리면서,

"닻을 올린다."

"배가 지금 떠난다."고 하였다. 그러니, 뒤에서 협지와 부인이 다급히 말하였다.

"지금 이 배를 타지 않으면 큰일이다. 재물이야 아직 얼마든지 있으니, 금은을 아까워하지 말고 뱃사람에게 주고 빨리 배를 타도록 하자."

그리하여, 협지의 무리는 달라는 대로 값을 다 치르고 배에

올랐으니, 협지의 부인이 품고 있던 작은 강아지 한 마리조차도 한 사람의 값을 치르고 배에 탔다.

사가노가 배에 오르고 나서, 뱃전 저편으로 걸어가자, 뱃사람은 옆의 뱃사람과 서로 눈짓을 하며 씨익 웃으며 자기들끼리 말하기로,

"역시 값이 비싸다고 버티는 놈이 있을 때에는 닻을 올리고 지금 간다고 하면 모두 겁을 먹는구나."라고 하면서 낄낄대었다.

한참을 배 한편에서 기다리고 있다가 새벽녘에야 배가 출발했으니, 이렇게 해서, 용녀의 무리가 이끌고 온 배가 밤마다 오가면서 도망치는 백제의 부자들을 싣고 가는 것이, 날이 샐 때까지 배가 꼬리에 꼬리를 물고, 한수 굽이굽이 강물 물줄기를 따라 계속해서 이어졌다.

사가노가 여기까지 이야기하였을 때, 하한기는 잠시 자리에서 물러나 적화랑에게 가만히 물어보았다.

"백제에서 고구려와 싸우는 것을 무서워하여 도망친 사람들이 많다고는 들었으나, 이와 같이 많은 줄은 몰랐네. 자네는 더 아는 바가 있는가?"

적화랑이 대답했다.

"몰래 들어오는 백제 사람들이 얼마나 많은지는 알 수가 없는 노릇이나, 과장하여 말하는 소문에는 그 숫자가 육십만 명이라고 하기도 합니다. 그와 같이 많은 것은 사실이 아니기는 할 것이나, 과연 가야 여러 나라의 큰 근심거리가 될 만큼 숫자가 많

은 것은 또한 사실입니다."

하한기는 이상하게 여겨서,

"용녀 어른이 백제로 배를 띄우고 오간 것을 자세히 살펴보도록 하세."라고 하였다.

나중에 하한기와 적화랑이 이야기를 자세히 일을 따져 보니, 용녀의 사정은 다음과 같았다.

용녀는 본래 가야 남쪽에서 장사하는 배를 오가게 하여 재물을 모은 사람이었다. 명문가의 자손은 아니었으나 그래도 재물이 많은 집안의 귀한 딸로 많은 배를 물려받은 데다가, 아주 어릴 때부터 이문에 밝았다. 특히 재주가 뛰어난 부하들을 아끼고 사랑하는 것이 뛰어났으므로, 재주가 좋은 무리들이 용녀를 많이 찾아왔다.

그러다 보니, 장사를 하고 재물을 모으며 세력을 넓히는 것이 날이 갈수록 기세가 높아졌다. 혼인을 하자고 남자들이 찾아올 무렵 즈음에는 막대한 금은과 철을 모으게 되었다.

그러던 중에 아방이 백제의 옥좌를 차지한 후에 고구려와 싸움을 벌인다고 하면서, 가야와 왜국 섬에 있는 사람들을 많이 끌어들였는데, 용녀는 그때 군사들과 갑옷, 무기를 실은 배를 오가게 하여, 몇 달 사이에 몇 배는 많은 재물을 더 벌어들였다. 그러니 그 재물이 많은 것이 가야의 임금이라 하는 사람들이 부러워할 정도가 되었다.

이에 마침내 가락국의 이시품왕(伊尸品王)은 용녀를 높은 자리에 앉게 해 주고, 바닷가 주위의 땅을 다스리게 해 주었으니, 옛날 가락국을 나누어 다스리던 구간(九干)의 지위보다도 높았다.

병신년에 아방이 고구려 군사와 싸우러 갔다가 크게 패했을 때, 용녀는 아방이 패할 것을 알고 몸을 피했다. 그런데 그때 용녀와 달리 다른 가야 뱃사람들은 아방의 위세등등한 것만을 믿고 왜국 섬에서 싸울 사람들을 싣고 왔다가 싸움에 휘말렸다. 그 때문에 가야 뱃사람들 중에 죽은 사람들이 많았고, 죽지 않은 사람들도 고구려 군사들에게 재물과 배를 빼앗겨 망한 사람들이 무수했다.

그러고 나서는, 배가 많은 배 주인으로 남아 있는 사람은 용녀 밖에 없게 되었으므로, 용녀는 더욱 많은 재물을 계속해서 모을 수 있게 되었다.

용녀는 가락국의 이시품왕을 찾아가서,

"험한 바다에서 여러 나라를 다니게 되면, 급하게 싸움을 해야 할 일도 생기고 또한 도적 떼를 마주쳐 지켜야 할 일도 생기니, 부디 왕의 좋은 칼을 제가 몇 사게 해 주시어, 이 어린 여자의 몸을 지키게 해 주십시오." 하고 말했다.

이시품왕이 용녀가 칼을 사고 칼잡이를 많이 모으는 것을 허락해 주었으므로, 용녀는 가야의 좋은 칼들을 사서, 칼잡이들에게 차게 하였다. 그리하여 용녀가 거느린 칼잡이들이 배를 지키고, 부하들에게 이끌고 다니게 하여 위세를 부렸으니, 이 무리들이 용원당이 되었다.

용녀는 용원당을 부리게 되면서, 이제 백제의 높은 대신들을 도와주기도 하고, 그 장군들에게 용원당 칼잡이들의 칼솜씨를 보여 주는가 하면, 가야의 임금들을 자주 만나기도 하게 되었다. 이렇게 되니, 그 이야기를 듣고, 백제 임금인 아방 또한 용녀를 궁금하게 여기게 되었다.

아방은 몇 차례 용녀를 불러서, 용녀가 귀한 그릇과 좋은 옷감을 바치는 것을 보고, 용녀가 세상 여러 일을 묻는 것에 답하는 것을 들었다. 그러다가, 하루는 밤에 긴밀히 용녀를 따로 불렀다.

아방은 잠을 자는 궁전으로 용녀를 부르더니, 주위의 시녀와 다른 후궁들까지 모두 멀리 가게 했다. 용녀는 무슨 일인가 싶어, 자못 의심스러워하며 궁전의 방 곳곳을 살펴보며, 아방이 부른 까닭을 궁금해하였다.

아방이 용녀에게 처음에는 별이 뜬 빛깔과 사철 꽃이 피고 지는 것에 대해서 물었다. 용녀는 말하는 뜻을 궁금히 여겼으나, 내색하지 않고 묻는 족족 그대로 답하였다. 아방은 그러다가 문득 갑자기 외국의 일을 묻기 시작하였다.

"너는 선비족(鮮卑族)이라는 사람들을 본 적이 있느냐?"

"연국은 선비족 사람들이 세운 나라이니, 연국에 드나들 때에 선비족을 본 적이 있습니다."

"그러면 연국 사람들은 어떠하냐?"

용녀는 잠깐 아방의 얼굴 기색을 재빨리 살피고는 역시 지체없이 답하였다.

"선비족들이 고구려 임금이었던 을불(乙弗)의 무덤을 파헤친 일이 있었으니, 선비족과 고구려는 대대로 원한이 깊어, 특히 연국 군사와 고구려 군사가 싸우는 일이 많습니다."

다시 아방은 연국 이곳저곳의 풍경과 선비족의 풍습과 말 달리는 것에 대해 길게 이야기하였다. 그러다가 또 용녀에게 갑작스레 묻기를,

"연국의 궁전은 어떠하냐?"고 하니, 용녀가 답하기로,

"그 왕비가 특히 미색이 뛰어나니, 얼굴을 보는 사람들마다 사랑스럽다고 생각하지 않는 사람이 없다고 합니다."라고 하였다.

그 말을 듣자, 아방은 크게 한 번 웃고, 술을 벌컥벌컥 들이마시더니,

"되었다. 되었다." 하며 기뻐하고는, 용녀에게 일러서,

"너에게 내가 명을 내릴 것이니, 너는 연국에 들어가서, 몰래 연국 임금의 신하들에게 선물을 바치고, 특히 그 왕비가 보물을 받거든 내가 전해주는 이야기를 듣도록 하라."고 하였다.

그러고는 용녀에게 부탁하여, 둔갑법(遁甲法), 음양법(陰陽法) 등의 기이한 술수를 익혔다는 재주 부리는 사람들을 연국에 보내도록 하였다.

이 재주 부리는 사람들은 신기한 술수를 배웠다고 하면서, 하늘로 날아오른다거나, 묶인 쇠사슬을 풀거나, 공중에서 보물을 없애고 옥구슬을 꺼내 오는 것을 보여 주는 사람들이었는데, 그 솜씨가 뛰어나 자못 궁중의 구경거리가 될 때가 있었다.

이 사람들을 선비족이 사는 연국에 보내니, 과연 좋아하는 사람들이 많았고, 아방이 시킨 대로 선물을 주고 뇌물을 바치니,

곧 연국의 왕비에게도 소식이 닿을 수 있게 되었다.

아방은 연국의 왕비를 부추겨, 연국이 서쪽에서 고구려로 쳐들어가게 하였다. 아방은 또 백제에서 연국으로 사람들을 보내어, 고구려 군사들과 싸우며 겪었던 일들과 고구려의 무기들, 진법들, 지도들을 구한 것을 모두 전해 주고, 그것을 책으로 엮어 선물로 바치면서,

"담덕의 여섯 장수들과 싸웠던 것이 이러하니, 고구려 군사들이 뛰어난 것과 못한 것이 이러합니다."라고 하였다. 그러니, 연국의 사람들은,

"이렇게 고구려의 허실을 알게 되었으니, 쉽게 싸워 이길 만하지 않겠는가?" 하고 기뻐하며, 맹렬히 고구려의 서쪽 끝에 있는 성들로 병사들을 보내어 고구려로 쳐들어갔다.

일이 이렇게 되자, 고구려의 조정에서는 연국과 싸우는 것이 다급해져서 남쪽의 군사들을 빼내어 서쪽으로 보내게 되었다.

한편 아방은 다시 여러 장사꾼들에게 부탁하여, 좋은 옷과 아름다운 악기들을 널리 구했다. 그리고 조정에서 직접 삼한 안팎에서 미녀를 구해 와서 그 옷과 악기로 아름답게 치장하여, 끊임없이 강북관방을 지키고 있는 고구려 군사에게 바쳤다.

이 미녀들은 교태로운 몸짓으로 노래를 부르기를 모두,

"법도가 해가 뜨고 달이 뜨는 것처럼 분명하여, 천하사방이 고구려 임금을 섬기고 있으니, 백제의 모든 사람들이 그 법도를 받들어 고구려 임금을 따르는 것이, 마치 고구려 임금의 종과 다를 바 없습니다."라고 하면서, 아양을 떨었다.

또한 고구려 군사들이 지키는 성 안에는 고구려의 첫 번째 임금인 주몽(朱蒙)과 그 어머니인 유화(柳花)의 모습을 나무로 깎아서 만들어 놓은 조각상이 있었고, 주몽의 부인인 소서노(召西奴)의 조각상 또한 있었다. 그런데 백제 사람들의 전해 내려오는 이야기에, 백제의 첫 번째 임금은 또한 소서노의 자식이라고 하였다. 그러므로, 미녀들은, 소서노의 조각상 앞에 가서, 정갈히 절을 올리며,

"백제의 임금께서도 또한 천손(天孫)이시니, 고구려와 백제는 한 집안입니다. 그러니, 고구려는 아버지이고, 백제는 아들이므로, 법도에 따라 다만 백제는 고구려를 효성과 같은 마음으로 섬길 뿐입니다."라고 주문을 외우며, 비는 것이었다.

이와 같이 백제에서 보내는 사람들이 고구려 군사를 두려워하는 것이 끝이 없었으므로, 강북관방의 고구려 군사들은 백제를 점차 얕보게 되었다.

아방은 자주 말하기를,

"강북관방의 고구려 군사들이 진실로 마음이 흔들릴 정도로 뛰어난 미녀를 보내어 가슴이 아프도록 좋은 노래를 불러야 한다."라고 했다. 그러므로, 백제의 장군들이 직접 나서서, 미녀들의 자태와 노래하는 것을 보고 따져서 훌륭한 사람들만 올려 보내도록 하였다.

한 장군은,

"도대체 활을 당기고 말을 달리며 고구려 놈의 피를 보고 싸워야 하는 것이 장군의 할 일인데, 이제 날마다 여자들이 춤추

고 노래하는 것을 보면서, 잘한다 못한다 하는 것이 일이니, 이렇게 해서 조정에서 내리는 밥을 먹고 사는 것이 부끄럽다."고 한탄했다. 그러자, 옆에 있던 다른 장군이 위로하면서 말을 하기를,

"또다시 고구려로 나아간다고 한들, 공을 세울 일이야 있겠소? 강북관방에 걸려서 목이 잘리고 고구려 임금께 빌어야 할 일이나 있을 것인데, 잘린 목이 아파서 눈물을 흘리다가 눈을 감는 것보다야, 이렇게 날이면 날마다 밤이 늦도록 미녀를 보고 고운 노래를 듣다가 잠을 자는 것이 기쁜 일이니, 이렇게 좋은 날이 언제 또 오겠소. 기뻐할 일이 아니오?"라고 했다.

백제에서 보내는 미녀들이 "영원히 법도를 지키며 고구려 임금을 섬기겠다."고 하는 노래를 부르며 찾아오자, 고구려의 군사들은 대부분 반가워 기뻐하였다.

고구려 장수들 중에서도 특히 성격이 급하고 즐거운 일에 크게 기뻐하는 맹광은,

"북쪽 끝으로 가서 숙신족(肅愼族)과 맞서서 성을 지키게 되면, 날씨가 추워서 얼굴을 털옷 바깥으로 내밀기가 힘들고, 손을 씻을 물은커녕 마실 맑은 물을 구하기조차 어려울 때가 있는데, 나는 남쪽으로 내려와 지키게 되니, 이런 구경을 다 하는구나."라면서, 좋아하였다.

그러나, 맹광과 친한 벗인 갈로는 본시 신중한 성격이라 오히려 의심스러워하였다. 갈로는 맹광에게 말하기를,

"아방이 옛날 우리 군사들에게 붙잡혀 빌고 애원한 것은 작은

수치가 아닐 것이다. 그런데, 이와 같이 우리를 성심으로 섬기는 것을 일부러 보여 주려고 애를 쓰는 것을 보면, 혹시 무슨 다른 꾀를 쓰고 있는 것은 아니겠는가?"라고 했다.

그에 맹광이 대답하기를,

"그러면 나는 속아서 미녀들과 함께 여기에 있을 테니, 자네는 밤새도록 무서운 얼굴을 하고 바람 부는 망루 꼭대기에 올라가서 한수 물 흐르는 것을 노려보고 있도록 하게. 그렇다면 나도 좋은 일이고, 자네도 안심이지 않은가." 하였다.

이윽고, 점차 연국과 고구려가 싸우는 것이 심해졌으니, 고구려 임금에게 있는 여섯 장수 중에 다섯이 모두 연국과 싸운 곳에 가야 했다. 이리하여 갈로는 강북관방에 그대로 남고, 맹광은 연국의 선비족들과 싸우는 곳으로 가게 되었다.

맹광은 강북관방을 떠나 멀리 서쪽으로 가서 선비족과 싸우는 것을 심히 안타까워하였다. 그러므로 맹광은 떠나면서 백제에서 온 미녀들에게,

"내가 잠깐 사이에 연국의 도적들을 모두 몰아내고, 단숨에 이곳으로 돌아오겠소." 하고 말했다고 한다.

맹광까지 연국과 싸우는 곳으로 가게 되었다는 소식이 들려올 즈음, 백제에서는 임금인 아방이 다시 자기 장군들을 궁전에 불러 모았다. 아방은 장군들이 군사들을 모은 것과, 무기를 만들고 나누어 주어 훈련 시킨 모양에 대해 들었다.

그러다 마침 고구려 군사들의 이야기를 하게 되자, 한 장군이 말하였다.

"성상께서 고구려 군사들이 방심하여 우리 군사들을 얕보게 하는 계책을 세우셨으니, 고구려 임금인 담덕이라는 놈은 거기에 걸려들어, 오직 서쪽의 선비족들과 싸우는 것만 급박하게 여겨, 여섯 장수들 중에 다섯 장수를 서쪽으로 멀리 보냈습니다.

그러므로, 이제 남쪽을 지키는 군사는 갈로가 이끄는 한 무리의 군사뿐이니, 이제 만약 강북관방만 뚫고 나갈 수 있다면, 평양(平壤)까지 들이치는 것도 막힐 일이 없습니다.

만약 그렇게만 된다면, 이제 기사(己巳)년의 대업(서기 369년 백제 군사가 고구려의 평양까지 쳐들어가서 석탑을 쌓아 기념한 일을 말함)을 다시 이룰 수 있지 않겠습니까?"

그 말을 듣자 아방은 기뻐하면서도 또한 근엄하게 말하기를,

"장군은 선대의 일을 쉽게 함부로 말하지 말라. 내가 비록 작은 재주가 있다고 하나, 어찌 선대의 큰 공을 쉽게 앞설 수 있겠느냐? 비록 이제 강북관방을 지키는 적의 장수가 하나밖에 없다고 하지만, 그래도 그곳을 지키는 갈로의 군사는 잘 싸우는 날랜 군사다. 강북관방을 지나려면 십만의 군사를 모아 다 죽일 각오로 몰아넣는다고 하여도, 일 년 안에 지나가기가 쉽지 않을 것이다. 어찌 함부로 싸울 수 있겠느냐?"라고 하였다.

아방이 그렇게 이야기하고 나니, 이제 다들,

"갈로가 지키는 강북관방을 지나가는 것만이 근심거리이다."

라고 말하며 다니게 되었다.

이러한 이야기들을 용녀는 모두 전해 듣고, 이제 얼마 지나지 않아 정말로 고구려군과 싸우러 가는 큰 싸움이 벌어질 것으로

생각하게 되었다.

용녀는 좌우에 말하기를,

"가야는 이제 동서남북이 모두 내 집과 같이 편안하나, 아직 백제는 친한 세도가들이 많지 않다.

그런데, 이제 다시 한 번 백제 임금이 제 목숨까지 아까워하지 않고 고구려와 크게 싸울 생각을 하고 있다고 하니, 이와 같이 바라는 것이 간절한 틈을 타서 백제의 조정 깊숙한 곳에도 더 친한 자들을 많이 만들어 두어야 하지 않겠느냐?"라고 했다.

그리고 용녀는,

"싸울 때에 가장 귀하게 여기는 것은 좋은 칼이 아니겠는가?"라고 하여, 다라국에서 칼을 잘 만들기로 이름이 난 사람을 찾아, 가장 좋은 칼을 만들어 백제 임금에게 바치기로 하였다.

용원당의 무리들이 천하사방으로 흩어져 칼 만드는 사람들을 찾아보니, 만드는 칼이나 칼집에 항상,

"부귀한 것이 높아지고 들어오는 재물이 많아지라."고 복을 비는 말을 써넣는 버릇이 있는 고천다(高遷多)라는 자의 재주가 제일이었다. 용녀는 고천다에게 많은 값나가는 구슬과 보석을 주고는 좋은 칼을 여럿 만들도록 했다.

그렇게 해서 만든 칼 중에 가장 좋은 칼이 있었으니, '용봉도(龍鳳刀)'라고 하였다. 용봉도는 손잡이 끝의 고리 부분이 금과 구리로 빛나게 장식되어 용과 봉이 새겨져 있는 매우 화려한 것이었다. 용녀는 다른 보물들과 함께, 용봉도를 겹겹으로 귀하게 포장하여, 백제의 궁전에 바치는 선물로 보냈다.

그런데 얼마 지나지 않아 백제 조정에서는 용봉도를 다시 용녀에게 되돌려 보냈다.

용녀는 이상하게 여겼다.

"왜 천하사방에서 찾기 어려운 보물인 용봉도를 백제 조정에서는 받지 않고 되돌려 보낸 것인가?"

이에 주위에서 말하기를,

"우리가 가장 좋은 칼을 바쳤다고는 하지만, 백제 임금의 눈에 보기에는 마음에 들지 않은 것이라 되돌려 보낸 것이 아닙니까?"라고 하는 사람도 있었다. 그렇지만 또한 말하기로,

"고천다의 칼은 날이 훌륭하고 모양이 아름다우니, 그 뛰어난 것이 삼한 78국은 물론이요, 연국, 진국, 해외의 구국(狗國), 여인국(女人國)까지 찾아보아도 따라갈 곳이 없으니, 어찌 백제의 궁전에도 안 어울릴 까닭이 있겠습니까?"라고 하기도 하였다.

또는 주위에서 말하기를,

"백제 조정에서는 지금 고구려 군사들에게는 항상 법도를 지켜 섬긴다고 하면서 싸울 뜻을 숨기려고 하고 있는데, 일부러 좋은 칼을 선물 받는다면 곧 싸울 생각이 있는 것으로 비칠 것이니, 그것을 근심하여 칼을 받지 않고 돌려보낸 것 아니겠습니까?"라고 하는 사람도 있었다. 그렇지만 또한 말하기로,

"임금이 여러 번방(藩邦)에서 보내오는 잡다한 선물을 받는 것은 드문 일이 아닙니다. 또한 백제가 고구려와 싸우지 않는다고 해도, 임금이라면 군사를 거느리고 잡다한 다른 도적을 막으려 하는 것은 언제라도 해야 하는 일인데, 고작 칼 하나를 받

고 마는 일로 고구려의 의심을 살 일이 있겠습니까? 오히려 거절하는 것이 이상하여 눈에 뜨이므로 의심을 살 일입니다."라고 하기도 하였다.

또는 주위에서 말하기를,

"백제의 임금은 스스로 삼한 78국 전체를 다스리는 임금이라 하는 마한왕(馬韓王)의 왕관을 얻었으며, 한편으로는 해모수(解慕漱)의 후손이며 하백(河伯)의 후예라고도 하는 자리입니다. 그러니, 가장 존귀하여 천하사방에서 높고 높은 자리라고 내세우는 것이 대단합니다.

우리가 보낸 용봉도는 비록 물건은 비할 바 없이 좋은 칼이기는 하나, 다른 나라의 임금이 머리를 조아리며 와서 바치는 것도 아니고, 높은 대신들이 엎드리며 기어 와서 올리는 것도 아니라, 그저 먼 나라의 조그만 작위를 갖고 있는 사람이 배에 실어 보낸 선물이라고 하여, 백제 조정에서는 백제 임금의 높은 자리를 감히 업신여기는 것으로 생각하여, 무례하다고 기분 나빠하며 되돌려 보낸 것은 아니겠습니까?

또한, 용봉도에 용 한 마리와 봉 한 마리가 얽혀 있는 모양이 그려져 있는 뜻은, 서로 다른 두 무리가 굳게 엉켜 하나로 어울리자는 뜻입니다. 그러니 용은 백제를 말하는 것이고, 봉은 우리를 말하는 것으로 여겨, 감히 백제의 임금과 우리를 나란히 놓고 함부로 어울려 보자고 권하는 뜻으로 생각하고, 백제의 임금을 쉽게 낮춰 본다 하여 화를 낸 것은 아니겠습니까?"라고 하는 사람도 있었다. 그렇지만 또한 말하기로,

"세상에 무례하다, 위엄이 있다, 예의가 있다, 업신여긴다, 잡다한 말을 하는 무리들이 짐짓 고고한 체하며 지껄이는 말이 많지만, 그런 금은덩어리를 그냥 돌려보내는 사람은 신선에서 아이까지 아무도 없습니다."라고 하기도 하였다.

여러 말을 들어 보며 앉아 있어도 시원한 말이 없었다. 그러므로, 용녀는 일단 직접 나가서, 돌아오는 배를 맞이하고자 하였다.

그런데 용녀가 바다에 가서 돌아온 배를 보자, 한눈에 배에 달린 돛이 이상한 것을 알았다.

용녀가,

"돛을 보러 가자."고 하여, 백제 조정에서 돌려보낸 배의 돛을 가까이 가서 보았더니, 돛에 무릇 언뜻언뜻 이상한 무늬가 비치는 것 같았다.

잠시 그 무늬를 살펴본 용녀가 수하들에게 말했다.

"저 돛은 책을 찢어 이어 붙여 만든 것이다. 책의 내용이 진귀하니, 당장 상하기 전에 벗겨 내어 다시 책으로 만들라."

그 말을 듣고, 용녀의 수하들이 돛을 내려 하나하나 걷어 내어 뜯어보니, 과연 그것은 여러 권의 많은 책이었다.

용녀의 수하가 용녀에게 말했다.

"이 책은 방술서(方術書)와 점복서(占卜書)이니, 백제 궁전의 깊숙한 곳에 숨겨져 있어서, 볼 수 있는 사람이 없다고 하는 보물 중의 보물입니다. 그 내용에는, 술법을 익혀 이천 년 동안 목숨을 이어 가며 살 수 있다고 하는 것도 있고, 점치는 것을 익혀

앞날의 일을 환히 내다볼 수 있게 한다고 하는 것도 있습니다."

용녀가 말했다.

"이는 백제의 조정에서 나에게 세상에서 찾아보기 힘든 극히 귀한 책을 준 것이다. 그런데, 일부러 선물을 거절하여 돌려보내면서, 오히려 나에게 이렇게 더 값이 나가는 것을 주는 까닭이 있는가? 또한 이와 같이 재물을 숨겨서, 면밀히 보지 않으면 알 수 없도록 주는 까닭은 무엇인가?"

용녀가 곰곰이 생각하고 있는데, 용녀의 다른 수하가 용녀에게 물었다.

"이 책이 진귀한 것이라고는 하나, 내용은 모두 황당하고 허탄한 것입니다. 이런 것을 정녕 믿으십니까? 그렇다면, 이 책의 내용을 익혀 이천 년 동안 사시면서 앞일을 내다보려고 하시는 것입니까?"

그러자, 용녀가 웃었다.

"늙어서 죽기를 기다리는 사람들이나, 큰일을 앞두고 조마조마해하는 사람들 중에는 겁을 먹어 저런 것을 믿는 부자들도 어디에나 얼마든지 있는 것이다. 그러니 내가 책의 내용을 믿고 말고가 중요한 것이 아니라, 그 책을 믿는 자가 세상에 있어서 그만큼 비싸게 팔 수 있다는 것이 중요한 것이다."

그리고 얼마 있지 않아, 돛을 걷으면서 배를 다시 살펴본 뱃사람들이 와서 말하기를,

"이런 책들이 배의 곳곳에 더 숨겨져 있었는데, 책의 일부분만 있는 것들이 많기는 하나, 책이 얼마나 많은지 헤아리기도

어렵습니다."라고 말했다.

용녀는 재빨리 책의 값을 셈하여 보더니, 갑자기 눈빛이 변하여 얼굴색이 온통 질린 것처럼 되었다.

"이것은 몇 척의 배를 띄워 쌀이나 보리를 사고팔아서 얻을 수 있는 액수의 재물이 아니다."

용녀는 내실 깊숙한 곳에 가서, 믿을 수 있는 가까운 수하 한 명만을 불러서 물었다.

"무엇 때문에 백제 조정에서 나에게 이와 같이 많은 재물을 주려고 하는 것인가? 이것은 분명히 나에게 무엇인가 바라는 것이 있는 것이다. 그래서 내가 무엇을 주면, 책의 나머지 부분을 보내 주어 값을 치르겠다고 하는 것 아니겠는가?"

수하가 말했다.

"처음에는 용봉도를 돌려보낸 것이 근심이었으나, 이제 왜 용봉도와 함께 많은 재물을 같이 보냈는지 하는 것이 근심이니, 갈수록 기이한 일입니다."

그 말을 듣고 용녀는 생각나는 것이 있어, 돌려받은 용봉도를 들고 와 보라고 하였다.

수하가 칼을 들고 오자, 용녀는 용봉도를 들어 보았는데, 보냈을 때와 같은 칼이었다.

용녀가 처음 용봉도를 보았을 때, 용봉도를 꺼내 보니, 날이 빛나고 눈이 부셨으며 예리한 칼날 끝이 비치는 것이 오묘하여, 그냥 칼을 가만히 들고 있기만 하여도 몸의 털이 바짝바짝 서는 느낌이었다. 용녀는 그 생각을 하며, 돌려받은 용봉도를 다시 칼집에서 꺼내 보았다.

그런데, 다시 꺼낸 칼은 칼날 색이 바랬으며, 칼날 끝이 비치는 것이 없었다. 이상하여 용녀가 다시 칼을 자세히 보니, 칼에 얇게 납이 입혀져 있었다. 이대로는 칼을 쓸 수가 없어 보였다.

용녀는 일부러 칼날에 납을 입혀 놓은 것이 이상하여,

"이 납을 녹여 보라."고 수하에게 말하였다.

수하가 마침, 주위의 횃불에 칼날을 달구어 납을 녹여 보니, 칼날이 다시 나타났는데 과연 칼날이 다시 보일 때에 번쩍이는 날이 빛을 뿜는 것이 대단하였다.

그런데, 수하의 얼굴이 놀란 표정이 되었다.

"납이 벗겨지니, 칼날에 글자가 새겨져 있습니다."

수하가 용녀에게 칼을 바쳤으니, 과연 용녀 또한 칼날에 새겨진 글을 읽고 크게 놀랐다.

글을 읽은 용녀의 얼굴빛은 어지럽게 변하더니, 이윽고 크게 웃으며 기뻐하기 시작하였다.

"이런 뜻이 있었는 줄 어찌 알았겠는가?"

용녀는 칼날의 납을 벗겨 낸 수하를 붙들고, 웃으며 말했다.

"이 용봉도에 새겨진 말은 세상에 나돌아서는 안 되는 귀하고도 귀한 이야기다. 그런데 너는 이제 그 글을 읽은 사람이니, 네가 만약 그 말을 다른 사람에게 하게 되어, 혹시 이 큰일을 그르치게 되면 어찌할 것이냐?"

그러자 수하가 무릎을 꿇고 고개를 숙이더니, 말하였다.

"제가 명을 내리신 것을 따르지 않은 일이 없었으니, 어찌 말을 하지 말라는 일을 죽는다 하여도 할 수 있겠습니까?"

그러자 용녀가 다시 웃었다.

"네가 충성스러운 것은 모르는 바가 아니나, 그 또한 사람이 충성스러운 것이라. 사람이 죽을 때가 되어 살기 위해 무슨 일을 할 줄 모르니, 너 또한 일이 위급하게 되면, '용봉도에 새겨진 글이 이와 같았습니다.' 하고 말을 할지 누가 알겠느냐?"

수하가 답하였다.

"제가 명령을 받고, 화살을 쏘는 도적 떼의 한가운데로 뛰어든 것이 몇 번이며, 맨손으로 휘두르는 적의 칼날 사이에서 맞서 싸운 것이 몇 번입니까? 제가 죽는 것을 두려워하겠습니까?"

그 말을 듣고도 용녀는 고개를 저었다.

"비록 네가 네 목숨을 아까워하지는 않는다고 하나, 만약 간악한 적이 네가 아는 것을 알고 싶어 하여, 너의 처와 자식을 붙들고 바늘과 꼬챙이로 찌르고 괴롭히며 갖은 더러운 짓을 하면서 죽이겠다고 괴롭힌다면, 네가 굴복하여 용봉도에 새겨진 말을 아뢰지 않겠느냐?"

수하는 한참 말을 하지 않았다. 수하가 땀을 흘리는 것이 많았으며, 애처로운 빛이 눈에 있었으니, 용녀는 고개를 가까이 하여 수하의 얼굴을 보았다.

수하가 다시 애써 말하였다.

"그렇다면, 제가 목을 다치게 하여 영영 말소리를 내지 못하게 하면 어떻겠습니까? 그러면 제가 한평생 벙어리로 살면서 오늘 본 것을 아무에게도 말하지 않을 것입니다."

그 말을 듣고 용녀가 수하의 손을 쥐었다.

"말을 하지 않는다고 하여도, 손이 있으니 글로 써서 알리면 어떻게 하겠느냐? 네가 죽기 직전의 사람처럼 꼼짝도 하지 못하고 누워서 한 마디 말도 없이 겨우 숨만 쉬면서 있는 것이 아니라면, 네가 칼날에 새겨진 것을 보았으니, 네가 그 일을 다른 곳에서 알릴 수도 있는 것이 아니겠느냐?"

수하는 용녀를 올려다보았다.

"그렇다면, 지금 제가 이 길로 배를 타고 떠나, 먼 바다의 외딴 섬으로 나아가서 돌아오지 않겠습니다. 누가 어디인 줄 알고 찾아오겠습니까?"

용녀가 수하를 일으켰다.

"그것 또한 한 방법이나, 홀로 먼 바다를 헤매다 죽을지 살지도 모르는 것과, 혹시나 먼 바다에까지 너를 찾아 어떤 도적이 쫓아가서 너를 붙잡을 줄 모르니, 가장 좋은 방법은 아니다.

그와 같이 비참한 방법보다 더 좋은 수가 있으니, 내일 네가 스스로 죽으면 어떠하겠느냐? 지금 가야의 북쪽 지역에서는 부유하고 귀한 사람이 죽어 장례를 치를 때에는, 산 사람을 같이 땅에다 묻는 것을 가장 두터운 예의로 친다고 한다. 이는 사람의 목숨만큼 귀한 것이 없으니, 살아 있는 사람을 땅에 묻는 것만큼 귀한 예의가 없다고 하기 때문이다.

그러므로, 내가 내일 장례를 치를 귀한 사람을 소개해 줄 테니, 너는 거기에 묻혀 죽도록 하라. 죽은 사람은 알고 있는 것을 알릴 수가 없으니, 그렇게 되면 그것이 가장 좋은 방법이다.

장례를 치르는 사람은 같이 묻을 사람의 목숨을 사느라 너에게 많은 재물을 치를 것이니, 그 재물로 너의 처자식은 한평생 귀하게 살 수 있을 것이고, 나 또한 네가 지금 죽은 것을 아까워하여 너의 처자식에게 적지 않은 땅을 내려 줄 것이니, 이것은 네가 남은 평생 동안 몇 십 년 더 칼질을 하고 배를 저으며 아등바등거리고 살더라도 결코 얻을 수 없는 것이 될 것이다.

하물며, 너 또한 귀한 사람의 옆에 묻혀서 그 저승으로 가는 길을 지키다 죽는다고 하면, 그만큼 네가 좋은 자리에서 잘 죽어 저승길을 좋게 갈 수 있는 방법이 어디에 또 있겠느냐?

내가 네 재주를 아끼니, 지금 차마 너를 강제로 붙잡아 죽일 마음은 없다. 그러니, 네가 스스로 생각해 보면 어찌하는 것이 좋겠느냐?"

그 말을 듣고 수하는 잠깐 부들거리며 떨다가 용녀에게 어떻게 하겠다고 말하고는, 다시 납을 녹여 용봉도의 칼날 옆면에 발라 글자를 보이지 않게 하였다.

그 후에는 그 수하가 죽었는지, 배를 타고 먼 바다로 떠났는지는 세상에 아는 사람이 없다고 하였다.

용녀는 용봉도를 다시 아무도 보지 못하도록 칼집에 넣고, 칼집에 넣은 채로 쇠사슬로 묶어 뽑아 볼 수 없게 하였다. 그러고는 상자에 넣었다.

그러고는, 그 안에 무엇이 들어 있는지 모르는 부하들을 불러,

"이 상자 안에는 지극히 위험한 것이 들어 있으니, 만약 상자

가 열리게 되면, 천만 마리 괴물과 마귀가 튀어나오는 것과 같다. 다만 나중에 세상이 평정되고 나서, 다시 열어 보면 큰 보물이 될 것이므로, 귀중히 보관하도록 하라."고 명령하였다. 그리고 여러 지시를 나무 표지에 써서 주며 각별히 이야기하였다. 그러므로, 여러 용원당의 칼잡이들이 용봉도가 들어 있는 상자를 배에 싣고 먼 바다로 나아가 머물러 있도록 하였다.

그런데 그 용원당의 배에 한 사람이 뛰어들어 행패를 부리는 사람이 있었으니, 이 사람이 바로, 출랑랑이었으며, 출랑랑을 멀리 지켜보는 사람이 또한 사가노였다.

어찌하여 출랑랑과 사가노가 여기에 온 것인지는 또한 그간의 사연이 있었으니, 사가노가 그간에 겪은 일은 다음과 같았다.

三章

편발희

밤에 용녀 무리의 배를 타고 몰래 도성에서 도망친 협지를 비롯한 많은 백제의 부자들은 얼마 지나지 않아 한수를 떠나 먼 바다로 나오게 되었다.

이때 배 위에서 사람들에게 먹을 것을 나누어 주었는데, 주는 것이 깎은 나무조각에 담아 주는 멀건 죽이었다. 특히 그 죽에 든 것이 없어 거진 물과 다를 바가 없었으니, 협지는 실망하여,

"이것이 무슨 죽인가? 맹물에 쌀 몇 알을 넣은 것이나 다름없지 않은가? 이런 것을 먹는다고 밥값으로 내가 그 많은 재물을 치렀는가?"라고 하였다.

그런데, 그 말을 듣자 뱃사람들의 얼굴에 퉁명스러운 것이 있었으므로, 협지의 부인은 협지를 달래어,

"그래도 백제에 남았다가 싸움터에 끌려가 죽는 것보다 낫지 않소? 옛말에 신선이 되기 위해서는 차차 음식을 먹는 것을 줄이는 방법을 깨우쳐 가다가, 마침내 먹을 것을 아무것도 먹지 않고 살 수 있는 법을 깨닫게 되면, 그때 신선이 되는 것이라 했소.

그렇다면, 우리가 이와 같이 적은 음식을 먹고 지내는 것은 비록 당장 신선이 되는 일은 아닐지라도 신선에 가까운 일이오. 좋은 일이라 여기시고, 기꺼이 죽을 드시오."라고 했다. 협지가 한입 맛을 보고,

"그래도 맛이 없어 못 먹겠소."라고 하자, 협지의 부인은,

"왜국 섬에 도착하여, 우리가 새로 마련한 집과 땅에 가면 금은보화를 아끼지 말고 먼저 먹을 것부터 산더미처럼 구하여, 마음껏 먹을 것이오. 그러니 죽을 먹도록 하오."라고 말했다.

그 모습을 보고 사가노는 측은하게 여겨, 죽 그릇을 들고 배 안에서 불을 피운 곳에 가서 다시 이곳저곳을 기웃거리며 살피다가,

"이것을 다시 조금만 더 끓일 수 없겠습니까?"라고 하고는, 죽을 다시 끓이고, 조금씩 버려져 있는 작은 채소의 도막과 생선의 머리 같은 것을 조금씩 손질하여 알맞게 맞추어 죽에 넣었다. 그렇게 해서 사가노는 죽을 다시 요리하여 협지에게 가져갔다.

"주인마님께서는, 이것을 드셔 보십시오."

사가노가 주는 죽을 협지가 다시 먹어 보더니,

"이것은 비록 든 것이 없어서 허기가 지는 것은 다를 바가 없으나, 향기가 좋고 짠맛과 기름진 맛이 어울려 있으니, 먹기는

즐겁다. 그저 차를 한 잔 마신다고 생각하고 느긋하게 먹는다면 먹을 만한 것이구나." 하면서, 훌훌 마시기 시작했다.

이때, 배의 높은 곳에서 배 안에 있는 사람들과 짐들을 내려 보는 사람이 둘 있었는데, 한 사람은 남자로 수염을 잘 기른 염한(髥漢)이었고, 다른 한 사람은 여자로 머리를 한쪽으로 땋은 편발희(編髮姬)였다. 두 사람 모두, 용원당의 무리였으니 둘 다 뿔 둘 달린 괴물 모양이 그려진 허리띠를 하고 있었다.

염한이 편발희에게 말했다.

"용녀 어른을 따라 백제의 도성에 들어오기 전에, 백제 도성은 고구려 군사들에게 불타고 부서져 흉한 꼴이 되었다고 들었소.

그런데, 막상 내가 백제 도성에 들어와서 보니, 그 흉한 꼴이 되었다는 곳만 보아도, 사람들의 옷차림은 지극히 화려하고, 넓은 길을 오가는 말들이 건장하며, 길가를 지나는 여자들 중에는 미녀가 가득한데, 바닥에 깔려 있는 벽돌과 지붕을 덮은 기왓장 하나하나에 새겨진 그림만 보아도 아름답기가 하나하나가 보물과 같았소.

그때 생각하기로, 참으로 이렇게 백제에는 부자들이 많은데, 나 또한 언제 어떻게 하면 저 부자들 중에 하나만큼 부유해질 수 있을 것인가, 하는 생각을 하면 막막하기만 하였소.

그런데 마침, 백제의 부자들을 왜국 섬으로 실어다 주는 일을 하고 재물을 받아들이는 일을 하니, 그 값으로 받는 것이 매우 많았으므로, 이제 저 백제 부자들의 재물이 내 손에 들어오는구나, 하며 기뻐하였소."

염한은 배 안에 있는 부귀한 남녀들이 죽을 먹고 있는 모습을 흐뭇하게 돌아보았다. 그러고는 품 안에서 한 인형을 꺼냈는데, 인형은 흙으로 반죽하여 여자 모양을 만들어 빚어 놓고 색을 칠해 만든 것이었다.

염한은 인형을 붙들고 기도하기를,

"정견모주(正見母主)님, 복을 내려 주셔서 고맙습니다."라고 하였다.

그리고 다시 편발희에게 말했다.

"그때 나는 그렇게 뱃삯을 비싸게 받아 재물을 한 번 거두는 것만 생각하였네. 그런데 그때 그대는 나에게 이렇게 이야기하였소. '부자들이라 하는 이들은 없다 없다 하여도 재물이 마르지 않는 자들이니, 재물을 거두어 들이려면, 한 번 벗겨 먹은 것을 다시 또 짜 먹을 수 있고, 그러고 나서도 또 훑어 낼 것이 있고, 남은 재물이 이제는 없다고 하는 자들에게서도 다시 또 빨아먹을 재물은 있는 것이므로, 족히 일곱 차례는 발라먹을 수 있을 것입니다.'

그러고는 그대는 한 번 발라먹은 것을 두 번째로 또 발라먹는다 하면서, 왜국 섬에 있는 값싼 땅과 허름한 집을 비싸게 미리 팔아먹는 수법을 나에게 가르쳐 주었으니, 과연 그렇게 해서 부자들이 낸 재물을 모은 것이 매우 많았소.

그러고 나서, 두 번째로 발라먹은 것을 세 번째로 또 발라먹는다고 하면서, 배에 태우기 직전에, 배를 타고 먹을 밥값을 받는다면서, 사람 숫자와 짐승까지도 값을 쳐 받았으니, 과연 그 또한 기막힌 꾀였소. 그러니 이제 나 또한 백제의 부자 못지않은 재물을 모았소.

내가 일전에 가야의 북쪽에서 정견모주라는 여자 신이 산신령 중에 가장 높은 산신령이라고 하여 믿고 복을 빈다고 하므로, 그 산신령의 흙 인형을 구해 와서 매번 나에게 복을 내려 줄 것을 빌었는데, 그것이 정말로 영험이 있었나 보오."

그렇게 말하고, 염한은 다시, 흙 인형을 부여잡고,

"정견모주님, 고맙습니다. 정견모주님, 고맙습니다."라고 하였다. 그러자 편발희는,

"그것은 정견모주님의 덕이 아니라, 제가 낸 꾀의 덕분 아닙니까?"라고 하였으니, 염한은 대답하는 것이 다음과 같았다.

"그대와 같은 이를 만난 것이 바로 정견모주님께서 내려 주신 큰 복인 것이오."

그 말을 듣고 편발희는 웃으며 말했다.

"이만한 것으로 만족하지 마십시오. 백제로 배가 오갈 때마다 재물을 벌어 모으는 법이 갖가지로 여럿이 있으니, 아직 큰 재물을 더 모을 수 있습니다. 세 번째로 발라먹은 것을 네 번째로 또 발라먹지 못할 까닭이 있습니까?"

그렇게 말하고는 주위에 명령을 하니, 용원당의 부하들이 낚싯대를 들고 저마다 배 곳곳으로 흩어졌다.

그러고는 배가 바다를 지나가는 동안, 용원당 부하들이 낚시로 물고기를 잡았는데, 그 크고 작은 물고기를 배 곳곳에서 구우니, 생선 굽는 냄새가 배 안에 가득 퍼졌다. 그러니, 죽만 먹

고 있던 사람들이 모두 생선을 먹고 싶어 하였으며, 특히 부자들의 자식인 어린아이들은 생선을 먹고 싶다고 하여 눈물을 흘리며 우는 아이들도 많았다.

협지 또한, 용원당의 부하들에게,

"나에게도 생선 한 마리를 주지 않겠나?"고 하였는데,

"그렇다면 값을 치르시오."라고 하기를, 물고기 한 마리의 값이 거의 소 한 마리의 값이었다.

그런데도 좋은 음식이 귀했으니 금은으로 값을 치르고 구운 물고기 한 마리를 먹는 부자들도 있었다. 그러니 혹시 한줌의 곡식이나 말린 과일 같이 먹을 것을 짐에 싸 온 사람들은 혹시 다른 사람들이 탐내어 빼앗을까 싶어 저마다 숨겨서 아껴 몰래 먹었다.

협지 또한 값을 따지고 따져서 물고기를 사려고 하였는데,

"큰 것은 너무나 값이 비싸 살 수가 없으니, 작은 것이라도 한 마리 사야겠다."고 하여, 작은 물고기 한 마리를 구했다.

그리고, 협지는 사가노에게 그 물고기로 회를 뜨게 하였는데, 사가노는,

"작은 물고기이지만, 맛이 좋은 것을 잘 고르셨습니다."라고 하고는, 노래를 흥얼거리며 칼질을 하였으니, 주변에 그 회 뜨는 모양을 구경하는 사람이 모일 지경이었다.

편발희 또한 그것을 보았으니, 과연 보기만 해도 먹음직스러워 보이는 회였다. 뱃사람들 중에 회를 뜰 줄 아는 사람들이 몇 없었고, 그 솜씨가 사가노에 가까운 사람은 전혀 없었으므로,

편발희는,

"저렇게 맛이 좋아 보이는 회는 귀한 것인데."라고 하였다.

그러자, 염한은 편발희에게,

"그대가 슬기로운 덕분에 내가 수백만의 재물을 얻었으니, 저 회 몇 토막을 그대에게 선물로 주지 못하겠는가." 하고 말했다.

그리고 염공은 사가노에게,

"물고기 한 마리를 줄 테니, 회를 쳐 달라."고 했다.

그러자 사가노가 염한에게 말했다.

"회를 떠 드리는 것은 어려울 것이 없으나, 제가 바라는 청이 있습니다. 저 또한 회를 쳐 드리는 값을 받아야 하니, 부디 물고기 한 마리 회를 치는 값으로 물고기 한 마리를 주시기를 바랍니다."

그 말을 듣고 염공이 놀라며 화를 내었다.

"회를 뜨는 값으로 물고기 한 마리를 통째로 달라고 하는 수가 있느냐? 그렇다면 물고기 두 마리를 회를 치면, 한 마리는 네가 갖고 남은 한 마리만 내가 갖는다는 것이냐? 회를 치는데 그와 같이 높은 값을 받는 것은 나를 욕되게 하는 것이 아니냐?"

그러자 사가노가 겁을 먹고 고개를 숙였다. 그러나, 곧 사가노가 빌듯이 말하였다.

"살려 주십시오. 제가 어찌 높으신 분의 위세를 모르고 함부로 말씀을 올리겠습니까.

여기 배에서는 음식이 귀하여, 먹을 수 있는 것을 구하기 어려우니, 잠깐 배를 채울 수 있는 것이라 하여도 옥구슬로 값을 치르고 구해 먹어야 합니다.

그런데 이 배에서 또한 좋은 횟감을 음식으로 만들 수 있는 손 또한 이 몸이 가진 것밖에 없으니, 천한 사람의 손이라고 한즉, 또한 귀한 것이 아니겠습니까. 그렇다면, 그 회를 치는 값으로 새끼 물고기 몇 마리를 받는 것이 오히려 도리가 아니겠습니까? 그리하여 값을 바라는 것뿐입니다. 혹시 마음이 상하셨다면 저를 한 번 욕하여 꾸짖으시고 잊으시기를 바랍니다. 부디 살려 주십시오."

염한이 그 말을 듣고 편발희를 보니 염한과 사가노가 서로 이야기하는 것이 재미난지 싱글싱글 웃고 있었다.

염한은 자칫 우스꽝스러운 모습을 보일 것 같아, 다시 짐짓 대범한 척하고는,

"네놈의 재주가 재미있는 것이 있으니, 내가 상을 내리는 셈 치고, 너에게 물고기를 주마." 하고는 잔 물고기 몇 마리를 사가노에게 주고는, 큰 물고기 하나를 회를 뜨게 하였다.

사가노가 팔뚝만 한 큰 물고기 하나를 붙들고 회를 뜨는데, 칼날의 놀림이 세고 힘이 날 때는 무섭게 들이치는 것 같았고, 빠르고 부드러울 때에는 마치 손에 든 것으로 글씨를 쓰는 것처럼 움직였다. 또한 찬찬히 세밀하게 살과 뼈 사이를 바를 때에는 어떻게 보면 가만가만 쓰다듬는 것 같고, 어떻게 보면 세밀하게 악기를 연주하는 것처럼 손을 움직였다.

그렇게 해서, 큰 물고기의 살을 붉고 흰빛의 갖가지 횟감으로

잘라 내니, 매우 진귀한 음식과 같이 보였으므로 지켜보던 염한과 편발희는 모두 감탄하였다.

편발희에게 큰 물고기의 회를 뜬 것을 올리고는, 다른 작은 물고기를 다시 발라내어 이번에는 그 주인인 협지에게 바쳤더니, 협지의 부인이,

"좋은 음식은 좋은 그릇에 담아 먹어야 하지 않겠는가." 하더니, 은으로 만든 그릇을 꺼내어, 물고기 살을 담았다. 그 모습을 보고, 염한과 편발희가 놀랐으니, 협지와 그 가족들이 모두 정갈히 앉아 귀한 그릇에 좋은 음식을 먹었으므로 그 모습이 과연 백제 높은 자리에 앉은 귀한 사람들이라 할 만하였다.

사가노는 이와 같이 협지의 가족들이 모두 물고기를 먹고 났을 때에, 물고기의 회를 떠 달라는 다른 사람들에게도 살을 한 줌씩 값으로 받았으니, 그 살로,

"너희들도 맛을 보거라." 하면서, 미처 음식을 맛보지 못해 구경만 하고 있는 재물이 부족한 집안의 어린아이들에게 나누어 주었으니, 한 아이가 배운 대로,

"어르신께 감사 인사를 올립니다."라고 했다. 그러자, 그 어미가,

"너는 도성의 대가 명문의 자손으로 어찌 종놈을 어르신이라고 부르며 인사를 올리느냐?"라고 꾸짖으며 화를 내다가 눈물을 흘리며, 어린아이를 때렸다. 그것을 보고, 사가노는 엎드려 연달아 고개를 숙여 잘못을 빌며,

"제가 감히 인사를 잘못 받았습니다. 제가 잘못했습니다. 용

서하십시오."라면서, 아이를 때리지 말기를 빌었다.

그러한 와중에도 배는 끊임없이 먼 바다를 떠내려갔으니, 밤낮으로 돛대를 움직이고, 배를 좌우로 흔드는 것이 멈추는 때가 없었다.

어느 날은 잠깐 날씨가 좋지 않아 가는 비가 뿌릴 때도 있었고, 어떤 날 밤에는 밤 안개가 자욱하게 끼어, 불빛을 밝힌 곳마다 뿌연 김이 귀신이 춤을 추는 것처럼 퍼져 나가는 광경이 묘하여, 배를 많이 타 보지 않은 사람들이 한참 구경거리로 삼는 날도 있었다.

그렇게 배를 타고 가면서, 몇 차례 어느 외딴섬에서 다른 배로 갈아타기도 몇 차례 하였다. 그러던 끝에 배는 마침내 가야 남쪽의 바다까지 오게 되었다. 그러자, 백제에서부터 싸움이 싫어 도망치던 이 사람들 중에, 한때 사신을 따라 이곳저곳 여러 나라를 다니던 사람이 한 사람 있어서, 주변에 섬과 암초들을 보고 말했다.

"이제 가락국에서 멀지 않은 곳까지 왔구나."

그 말을 듣자 배 안에 있는 사람들이 모두들 기뻐하였다.

협지 또한 그 부인에게,

"가락국이면 이제 왜국 섬에 가까운 곳이오. 이제 머지않아 왜국 섬에 도착할 것이니, 그러면 이제 고생은 끝나고 다시 편안한 집에서 좋은 음식을 넉넉히 먹으며 걱정 없이 살 수 있을 것이오."라고 하였다.

이에, 협지의 부인은,

"빈집에 처음 들어가면, 물건을 넣어 둘 함과 자리와 이불을 준비해야 할 것이니, 이제부터, 어떤 모양으로 된 것을 들여놓을지 고심해 보아야겠소."라고 하면서, 기뻐하였다.

그리고 협지의 부인은 집안의 세간살이를 고를 것을 생각하면서,

"나비 그림이 그려져 있는 것은 하지 말아야겠다. 나비는 날아다니며 돌아다니는 것이니, 이제 그만 한 곳에 머물러 오래 있고 싶어하는 지금 마음에 맞지 않는다. 그렇다고 꽃 그림이 그려져 있는 것을 택하면, 지나치게 화려할 것이니, 급하게 떠나 와서 멀리서 겨우 처음 다시 시작하는 살림을 꾸미는 뜻에 어울리겠는가?"라고 하였는데, 비록 근심을 하는 듯하면서도 오히려 밝은 기색이 있었다.

배 안에 있는 사람들이 저마다,

"가락국까지 왔소."

"금관국을 지나고 있소." 하면서 멀리까지 온 것을 기뻐하며, 곧 배를 타는 것이 끝날 것을 알고 기뻐했으니, 많은 사람들이 배 앞으로 나아가, 바다 끝 쪽을 보며 혹시 잠깐 사이에 왜국 섬이 나타나는 것은 아닐까 싶어 먼 쪽을 보고 있었다.

그러니, 그중에는 가락국의 노래를 흥얼거리는 사람도 있었고, 귀한 악기를 들고 온 어떤 사람이 백제의 노래를 피리로 불기도 했으니, 이제 고향을 멀리 떠나 도망쳐 와서, 남은 평생은 멀고 낯선 왜국 섬에서 살아야 한다는 생각을 하면서 문득 눈

물을 흘리는 사람도 있었고, 그 눈물 흘리는 사람을 달래며,
"그래도 우리는 목숨을 건지고 부귀함을 잃지 않고 살 것인데 왜 그러한가?"라고 하는 사람도 있었다.
그런데 그런 와중에 문득 멀리서 삐죽이 솟은 산과 같은 것이 바다 저편에 있는 것이 보였다. 어떤 사람은,
"저렇게 생긴 섬도 있는가?" 하였고, 어떤 사람은 또,
"벌써 왜국 섬에 온 것인가?" 하는 사람들도 있었다.
그런데 그것을 보고 염한이 부하들에게 급히 소리쳤다.
"돛을 펴고 화급히 노를 저어라."
그런데 그 와중에 갑자기 먼 쪽에서부터 화살 한 대가 날아와 뱃전에 떨어져 박혔다.
화살이 박히는 소리가 제법 크게 들렸으니, 주변에 있는 사람들이 겁을 먹고 흩어졌고, 아녀자들은 높다랗게 소리를 질러 대니, 그 놀라고 겁이 난 것이 배 안으로 온통 퍼져 배 안에 있는 백제 사람들이 모두 소리를 지르고 어쩔 줄 모르며 도망 다니기 시작하였다.
협지 또한,
"누가 원한이 있어 우리에게 화살을 쏘는가?"라고 하면서, 부인과 자식들을 얼싸안고 몸을 굽혀 엎드린 채 화살을 피하고자 하였다.
얼마 지나지 않아 멀리서 보이던 뾰족한 것의 모습이 분명히 나타났으니, 그것은 산도 아니고 섬도 아니었다. 그 뾰족한 것이란 커다란 배로, 하얀 돛을 달고, 깃대 끝을 표범의 꼬리로 장

식하고 있는 좋은 배였다. 그리고 그 깃발에 쓰여 있는 것을 보니 이는 신라의 배였다.

"신라 배가 나타났다. 신라 배가 나타났다."

용원당 사람들이 모두 소리를 지르며 뛰어다녔고, 칼잡이들이 배 앞쪽과 옆에 서서 칼을 뽑아, 다가오는 신라 배를 노려보고 섰다.

신라 배에서는 처음에는 화살을 쏘아 대더니, 얼마 후 화살 쏘는 것을 멈추고 조용히 아무것도 하지 않았다.

협지가 사가노에게 말하기를,

"용원당 칼잡이들의 칼이 저와 같이 크고 무서워 보이니, 신라 군사들도 겁을 먹고 도망치려는 것이 아니겠느냐?" 하였다. 사가노는,

"참으로 그러하다면 좋겠습니다."라고 대답했다.

그러나, 얼마 지나지 않아 신라 배 위에서 쇳소리를 내며 커다란 나무와 쇠로 만든 물건 하나가 나타났다. 그 물건은 노포(弩砲)였으니, 커다란 화살을 쏘는 장치였다. 신라 군사 여러 사람이 노포에 달라붙어, 이쪽으로 쏘았는데, 바람을 가르는 소리가 크게 들렸다. 날아온 화살의 크기가 사람의 키와 견주어 볼 만큼 컸는데, 그것이 배의 돛에 맞아 그것을 찢고 날아갔다. 그러니 그 힘이 세어 배가 기우뚱할 지경이었고, 돛에 큰 구멍이 났다.

뒤이어, 신라 배에서 목소리 큰 군사가 지르는 소리가 들렸으니,

"우리는 여기서 너희를 쏘아 맞힐 수 있으니, 다음에는 돛대를 맞힐 것이다. 감히 싸우려 들겠느냐?"라고 했다.

그러자, 염한이 칼잡이들에게 말하기로,

"신라 군사가 말하는 대로 하는 수밖에 없다. 만약 먼 곳에서 신라 군사들이 쏘는 것에 맞아 돛대라도 부러지면, 배를 움직일 수 없게 되어 먼 바다를 떠돌기만 하다가 굶어 죽어야 할 것이다."라고 하였다. 그러자, 칼잡이들은 모두 들고 있던 칼을 칼집에 집어넣었다.

얼마 지나지 않아, 신라 배가 다가왔으니, 신라 군사들이 나타났다. 신라 군사들은 갑옷을 입지 않은 얇고 가벼운 옷만 입고 있었으나, 모두 활을 들고 있어 먼 데서 싸우는 것에 솜씨가 좋을 듯하였다.

신라 군사들이 배로 건너오는데, 어떤 군사들은 쓰고 있는 관에 깃털을 꽂아 장식하고 얼굴에 붉고 푸른 칠을 한 사람들도 있어서, 마치 산 사람이 아닌 것처럼 보이는 이들도 있었다.

얼마 지나지 않아 배 안에 온통 신라 군사들이 건너오니, 협지의 부인은 겁을 먹어 말하였다.

"지금 백제와 가야가 한편이 되어 있고, 고구려와 신라가 한편이 되어 싸우고 있다고 들었는데, 하필이면 이 먼 바다에서 신라 군사를 만났으니, 이제 신라 군사들이 우리가 백제의 무리들이라 하여 원한을 품어 우리를 모두 죽이는 것 아니오?"

그러자 협지가 말했다.

"이런 위험한 일이 있을 줄 알고, 용녀의 수하에 있는 배들은 배마다 용원당의 칼잡이들이 타고 있지 않소. 용원당의 칼잡이들이 우리를 지킬 것이니, 신라 군사들도 우리를 함부로 죽이지는 못할 것이오."

그런데, 용원당 군사들은 칼을 칼집에 넣고 있을 뿐만 아니라, 신라 군사들이 배 안에 퍼지자, 칼집을 차고 있던 것을 풀어 칼을 바닥에 내려놓는 것이었다. 협지와 부인의 말을 듣고 있던 사가노는 놀라서,

"혹시 우리를 죽이러 오면, 저라도 싸워서 막다가 죽겠습니다."라고 속삭이는 소리로 말하였다. 사가노 또한 겁이 나는 것은 심했으나, 어차피 죽게 될 바에야 한번 싸우는 것이 낫다고 생각하여, 회를 뜨는 칼을 몰래 움켜쥐었다.

배를 신라 군사들이 모두 차지했으니, 마침내 그중에 높아 보이는 자 또한 건너와서는 염한과 편발희 앞까지 왔다.

신라 군사가 말했다.

"너희는 백제 사람으로 신라 군사의 원수이다. 그런데 신라에 가까운 바다를 지나다가 우리에게 잡혔으니, 그 죄는 몰래 성벽을 넘어 들어온 적군과 같다. 저마다 화살을 한 대씩 박아 바닷물 속에 집어넣는 것이 맞지 않겠느냐?

그러나, 마립간(麻立干: 신라의 임금을 말함)께서 항상 무릇 사람들을 불쌍히 여기시는 마음이 크시고, 사람을 죽이는 일을 싫어하시어 매번 은혜를 베푸시니, 너희들을 죽이지는 않겠다. 또한 이와 이 배에 탄 사람들이 모두 칼을 내려놓고, 마립간의 위세 앞에 항복하여 섬기려 하니, 그 높게 모시는 마음을 좋게 여

길 것이니, 너희들은 갖고 있는 재물만을 세금으로 걷어 갈 뿐으로, 목숨은 모두 살려 주겠다."

그러고 나서, 신라 군사들이 배 구석구석을 다니며, 배에 실어 놓은 값나가는 보물들을 하나둘 찾아내어 모두 신라 배로 실어 갔다.

금붙이, 은붙이, 쇳덩어리들과 좋은 그릇, 옷, 장신구, 책에 이르기까지 많은 물건들을 신라 군사들이 실어 날랐는데, 자칫하면 죽여 버리겠다는 그 기세가 무서웠다. 그러므로, 한참 동안 물건을 빼앗아 신라 배로 훔쳐가고 있는데도, 한 마디 따져 하는 사람이 없었다.

그러고 있으니, 문득 바다가 적막하여 아무 다른 소리가 들리지 않고, 철썩거리며 파도 치는 소리와, 신라 군사들이 뛰어다니는 발소리만 계속해서 오랫동안 이어져 들릴 뿐이었다.

신라군은 배에 신고 있는 재물을 빼앗고 나서, 그대로 다시 돛을 올리고 떠났다. 그렇게 되니, 이제 협지와 그 가족들이 갖고 있는 것은 몸에 걸치고 있는 옷과 장신구밖에 남지 않게 되었다. 협지의 부인이,

"다시 살림을 시작할 밑천을 모두 빼앗겼으니, 이제 어찌하리오."라고 하면서 울먹거렸다.

그러자 협지가 위로하기를,

"그래도 이와 같이 큰 위험을 만나 무사히 목숨을 건졌으니, 이것이 하늘이 그대와 나에게 내린 복이 아니겠소." 하였다. 그러나, 협지 또한 목소리가 굽혀지고, 가슴이 울컥한 것이 가시

지 않아, 사가노가 다시 좋은 물고기를 요리해 왔으나 이번에는 먹지 않았다.

이윽고 용원당의 병사들이 다시 칼을 집어 들고, 뱃사람들이 모두 자리를 잡았다. 뱃사람들에게 편발희가 명했다.

"돛에 구멍이 났으며 갖고 있는 재물도 모두 떨어졌으므로, 이대로 왜국 섬으로 갈 수는 없다. 이대로 바다 위에 있다가, 잘못 떠내려가면 큰일이니, 우선 가야로 들어가야겠다."

그렇게 되어, 배에 타고 있던 사람들은 모두 가야에 남쪽 끝에 있는 가락국으로 가게 되었다.

여기까지 이야기를 들은 하한기와 적화랑은 협지의 비겁한 모습을 욕하면서도, 한편으로는 큰 재산을 모두 잃고 겨우 목숨만 건지게 된 사람들을 측은하게 여기는 마음도 조금은 생겼다.

그 생각을 계속하다가, 적화랑이 이상하게 여겨지는 것이 있어서 이야기를 하던 사가노에게 물었다.

"그런데, 너희들은 애초에 가야까지 가는 것이 아니라 왜국 섬까지 가는 것이 아니었느냐? 비록 배의 돛이 망가진 곳이 있어서 잠시 가락국에 왔다고는 하나, 배를 고치고 나면, 다시 왜국 섬까지 가야 할 것이지 않느냐? 어찌하여 가락국에서 남쪽에 있는 왜국 섬으로 가지 않고 도리어 더 북쪽으로 와서 이곳 다라국까지 오게 된 것인가?"

그러자 사가노는 한숨을 쉬었다.

"이제 그 배에 실었던 재물이 모두 없어지게 되었으니, 왜국 섬에 가서 살기로 했던 집값과 땅값을 치를 것도 없어져 버려서 왜국 섬의 집주인과 땅 주인에게 치를 값도 없어졌다고 했습니다. 그러므로 왜국 섬에 간다고 해도 살 곳이 없다고 했습니다."라고 하면서, 그 뒤의 일을 다시 이야기해 주었다.

백제 사람들은 용원당의 무리들에게 달려가서,

"우리는 한수에서 배를 타기 전에 이미 그 값을 아까워하지 않고 모두 치렀는데, 이제 그 재물들이 없어졌다고 해서 이미 값을 치른 집과 땅이 없어지는 법이 어디 있소?"라고 따졌다. 그러자 용원당 무리들이 대답했다.

"너희들은 배 주인에게 값을 치른 것이지, 왜국 섬의 집주인, 땅 주인에게 값을 치른 것이 아니지 않느냐? 이제 집주인, 땅 주인에게 값을 치르기 전에 중간에서 배 주인이 모두 재물을 잃었으니, 집과 땅은 아직 그 주인이 그대로 있는 것이다. 이를 어찌하겠느냐?"

그러자, 한 백제 사람이 바닥에 드러누워 크게 소리를 지르기로,

"그렇다면, 그 재물을 전해 주는 것은 용원당의 일이 아니오? 그 일을 잘못하여 내가 집과 땅을 못 얻게 되었으니, 이는 용원당의 탓이오. 용원당에서 내 집과 땅을 얻어 주시오. 그 전에는 드러누워 움직이지 않겠소."라고 했다.

그러자, 용원당의 칼잡이들이 나오더니 말했다.

"신라의 대군이 함대를 몰고 와서, 수많은 병졸을 끌고 모여 화살을 겨누는데, 그렇다면 어찌해야 한단 말이냐. 그때 싸우다

가 다 같이 죽기를 바랐다는 것이냐? 그렇게 하지 못해 그때 죽은 것이 억울하다면, 지금이라도 몸을 반으로 잘라서 바다에 던져 줄 것이요, 만약 재물을 빼앗아 간 신라 군사들에게 억울한 것을 받아내고 싶다면, 지금 칼을 한 자루 던져 줄 테니, 네가 직접 신라로 들어가서, 서라벌 궁전에서 궁녀들과 함께 자고 있을 마립간을 찾아가 '땅값을 내놓으시오.'라고 해 보거라."

한편 용원당의 다른 칼잡이들이 드러누운 백제 사람을 보며,

"망한 것 때문에 정신이 나갔구나." 하고 히죽거리고 비웃어 댔다. 그러다가, 칼을 휘둘러 바람 가르는 소리를 내게 하니, 누워 있던 백제 사람이 겁을 먹어 움찔움찔하였다.

협지와 다른 백제 사람들은 편발희를 찾아갔는데, 편발희는,

"이것은 처음부터 뱃사람들 사이에 어쩔 수 없는 일로 미리 약속된 것이니, 억울한 사정은 딱하나 어떻게 하겠습니까? 저 또한 먼 길을 오가며 남은 재물이 없이 모두 신라 군사에게 빼앗겼으니, 이처럼 속이 터질 것 같은 일이 없습니다."라고 말하며, 눈썹을 움직여 안타까워할 뿐이었다.

협지는 부인에게 돌아와 말했다.

"어차피 집과 땅이 없다면, 말도 잘 통하지 않고 땅도 낯선 왜국 섬까지 가는 것보다는, 차라리 백제와 땅을 맞대고 있는 가야에 머물고 있는 것이 낫겠소. 그래도 이곳에서는 군사로 끌려가 싸움이 벌어질 일은 없을 것이니, 목숨은 부지할 수 있지 않겠소?"

그러고는 협지는 머물 곳을 찾아 바닷가를 떠나서 육지 쪽으

로 가 보았다.

그런데, 배에서 내린 곳을 벗어나자마자, 길목마다 백제 옷을 입은 사람들이 가득가득한데 모두 밥을 달라고 외치며 퍼질러 앉아 있었다. 그 많은 사람들이 다들 집의 담장 아래에 기대고 앉아 사람들이 지나갈 때마다 다들 애처롭게 외치고 있었으니, 그 모습이 큰 성의 사람 많이 사는 데라면 곳곳을 돌아다녀 본 사가노 또한 본 적이 없는 모습이었다.

그 사람들은 모두 얼굴이 꾀죄죄하고 씻지 못하여 지저분하며, 병이 들어 기침을 하고 눈이 붉어 피를 흘리는 듯하였는데, 그러면서도 저마다 붉고 푸른 갖가지 색깔의 눈부신 고운 옷들을 입고 있었으며, 남자는 얼굴이 미끈하고 여자는 다들 아름다웠다.

그러면서, 다들 손에 금은 장신구와 구슬을 들고,

“이것은 백제의 성상께서 쓰실 만한 귀한 보물이니, 부디 이것을 값으로 하시고 밥을 좀 먹여 주시오.”

“이것은 가장 재주 좋은 사람도 일 년에 하나를 못 만든다고 하는 옥구슬이니, 부디 이것을 값으로 하시고 밥을 먹여 주시오.” 하고 애처롭게 말하고 있었다.

협지가 그 모습을 보고 머리가 아득하여 쓰러질 것처럼 휘청하였으니, 사가노가 협지를 붙잡아 주었다. 협지가 말했다.

“다들 이와 같이 백제에서 도망치다가 가야에 머물게 된 사람들이니, 옷이라고는 도망치면서 입고 온 가장 좋은 비단옷 한 벌이고, 갖고 있는 것은 금은에 유리구슬뿐이니, 다들 이제는 굶다가 밥 한 그릇 먹는 것이 급하여, 저마다 귀한 물건을 아까워하지 않고 다만 먹게만 해 달라고 부르짖는 것이구나. 우리는 이제 또 어찌해야겠느냐."

이때, 한 무리의 사람들이 떫은 감을 들고 다니면서, 감 몇 개를 귀한 장신구와 바꾸어 갔으니, 서로 감을 달라고 다투며, 손에 들고 있는 목걸이와 귀고리를 내밀며,

"나에게 파시오."

"나에게 파시오, 나는 이틀을 굶었소."라고 하며 몰려다니는 것이었다.

감을 판 사람들은 비싼 값에 물건을 모두 팔고, 구슬을 한 자루 구해서 바닷가로 갔다. 그 사람들은 바닷가에 묶여 있는 어느 배 위로 올라갔는데, 배 안에 들어가자, 거기에는 염한과 편발희가 있었다.

감을 팔고 온 사람들이 염한에게 감 값으로 받은 구슬을 주고 물러갔다.

그러자, 염한은 기뻐하며,

"얼마 되지 않는 감을 팔아서 이와 같은 많은 재물을 모을 줄, 내가 어찌 알았겠는가. 그대의 재주가 아니었다면, 이런 운은 또 없을 것이오."라고 편발희에게 말했다. 편발희는 짐짓 장신구 중에 좋은 것을 꺼내어 자신의 옷섶을 열어 한 번 달아 보며 즐거워하였다. 편발희가 말했다.

"이것이 다섯 번째로 발라먹은 것을 여섯 번째로 또 발라먹지 못할 까닭이 없다는 것입니다."

염한이 편발희의 두 손을 잡고 고맙다고 했다. 그러고는,

"이제 한두 번만 더 백제를 드나들며, 재물을 모으면, 세상에 더 이상 부러울 것이 없을 만큼 많은 재물을 모을 수 있을 것이오."라고 했다. 그러자 편발희가 말했다.

"힘들게 먼 길을 헤쳐 또 백제까지 갈 까닭이 무엇이 있겠습니까? 지금 우리가 실어 온 백제 사람들은 그 숫자가 많고, 아직 다들 건장하며, 그 몸에 걸치고 있는 옷과 보물들이 아직 남아 있습니다. 그러므로 아직도 저 백제 사람들을 두고, 두 번은 더 발라먹을 것이 있다고 할 만합니다.

그러니, 제가 저 사람들을 발라먹는 재주가 어떤 것인지 한번 구경해 볼 만할 것입니다."

염한은 그 말을 듣고 감탄하여,

"누런 황금을 거두어 오는 것이, 마치 가을날에 은행나무 잎이 노란 것을 길을 걷다가 따 오는 것처럼 쉽게 말하는구나." 하였다.

밤이 되자, 편발희는 염한에게 어떤 사람을 만나 보라고 하면서, 만날 곳을 알려 주었다.

염한은 모아 놓은 보물 중에 좋은 것을 몇 골라서, 상자 안에 넣은 뒤에 그것을 말에 매달고, 바닷가 절벽 위쪽의 한 집으로 찾아갔다. 집은 험한 절벽 길을 돌아돌아 위험한 곳에 있었다. 집을 지키는 사람이 한 사람 있었는데, 옷차림을 보니 백제에서 온 칼잡이였다.

염한이 문지기 칼잡이에게 말했다.

"어르신께 인사를 드리러 왔다고 여쭈어라."

그러자, 문지기 칼잡이는,

"무슨 달밤에 잠을 깨우고 인사를 드리는 것이 있단 말이오?" 라고 피식 웃고는, 문 안으로 들어가더니, 곧 다시 나와,

"어르신께서 들어오라고 하십니다."라고 했다.

집 안으로 들어가 보니, 그곳에는 궁월군이 있었다.

궁월군은 염한에게,

"용녀는 잘 있는가?"라고 하였다. 염한이 대답하였다.

"용녀 어른께서도 잘 계십니다.

이와 같이 궁월군 어르신께서, 백제에서 사람들을 실어 오는 일을 잘 안내하여 주신 까닭으로, 몇 십만이 될지나 모르는 사람들이 배마다 줄을 지어 남쪽으로 오고 있으니, 저희 용녀 어른은 아무 걱정이 없습니다. 이것이 모두 궁월군 어르신의 덕입니다."

그리고 염한은 궁월군에게 공손히 절을 하였다.

그리고, 갖고 온 보물을 궁월군에게 주니, 궁월군이 머물고 있는 집에, 그와 같은 보물이 들어 있는 상자가 수십 개가 가득 쌓여 있었다.

궁월군이 염한에게 말했다.

"내가 백제에서 너희 용원당에게 도망치는 백제 사람들을 소개해 주고, 그 값을 중간에서 받은 것은, 다만 재물을 더 모으려고 한 것이 아니라, 장차 이것을 바탕으로 하여, 내가 왜국 섬으로 건너가서, 일가를 이루고 내 가문의 기업(基業)을 왜국 섬에

서 다시 시작하고자 하는 큰 뜻을 갖고 있기 때문이다.

이제 재물은 결코 부족한 것이 없으니, 왜국 섬으로 내가 들어가고자 할 때가 있으면 빨리 배를 띄울 수 있게 해 주고, 또한 왜국 섬을 차지하고 있는 왜국왕(倭國王)에게 내가 소식을 전할 수 있도록 해 다오."

그렇게 말하자, 염한은

"잊지 않고 용녀 어른께 전하겠습니다."라고 말하고는 다시 공손히 절을 하고 물러갔다.

염한이 백제 사람들을 이용해 얻은 재물 중에 일부를 떼어 궁월군에게 주는 것을 마치고 떠나고 나니, 문지기 칼잡이가 가만히 염한이 멀어져 가는 것과, 집 안에서 소리가 나지 않는 것을 살폈다.

한참이 지나 잠잠해지자, 문지기 칼잡이는 담장 위에 높이 올라가서, 횃불을 들고 둥글게 여러 번 휘돌렸다. 그러자, 멀리 바닷가 벼랑 아래에서 그쪽을 올려다보고 있던, 한 중늙은이가,

"이제 오라고 하는구나." 하고 기뻐하며, 재빨리 절벽 길을 기어올라 궁월군이 있는 집 앞으로 갔다.

중늙은이 또한 백제의 옷을 입고 있었으며, 옷은 금실과 은실로 장식된 것으로 원래는 몹시 화려했던 것으로 보였으나, 이미 진흙과 먼지가 온통 묻고 험한 곳을 다니다가 낡은 곳이 많았다.

문지기 칼잡이는 중늙은이를 보더니,

"이제 궁월군은 잠들어 있으니, 이 집에 드나드는 것은 아무도 모릅니다."라고 하였다.

그리고 문지기 칼잡이가 집 안으로 가자고 하니, 중늙은이가 잠깐 머뭇거리며 문지기 칼잡이에게 물었다.

"아무리 그래도, 궁월군이 너를 이 집을 지키라고 하고 문지기로 삼은 것인데, 이렇게 배반하여 도적질을 하러 가서야 되겠느냐?"

그 말을 듣고, 문지기 칼잡이가 소매를 걷어 팔에 온통 그려 놓은 문신을 보여 주었다. 문신은 죄인에게 새겨 놓는 괴물과 귀신의 그림이었다.

"몇 년 전에 고구려 군사들이 백제에 들어와서 큰 난리가 났을 때, 높고 낮은 장군들이 모두가 도망치고, 도성을 지키는 병사들은 한 줌밖에 남지 않았는데, 그중에 마지막까지 눈에 잘 뜨이던 성벽 망루 위에 남아서 화살을 맞아가며 싸우던 것이 바로 저입니다.

그러다가 마침내 힘이 모자라고 마지막 싸우던 칼날까지 부러지는 바람에 고구려 군사에게 붙잡히고 말았던 것을 어르신도 잘 알고 계실 것입니다.

그런데, 싸움이 끝나자, 소리 소문 없이 도망친 장군들은 갖은 이유를 만들어 대며, 어쩔 수 없이 도성에서 나갔다고 하였지만, 저는 잘 보이는 망루 위에서 싸우고 있었으니, 제가 싸우다가 고구려 군사에게 붙잡히는 것을 아니라고 할 수는 없었습니다.

그러니, 장군들이,

'죽을 때까지 두려워하지 않고 싸워야 하는데, 물러나라는 명령이 떨어지지도 않았는데도, 죽지 않고 잡히고 말았으니, 이것은 열심히 싸우지 않은 것이요, 명령을 어긴 것이다.'라고 하면서, 저에게 죄를 주어 죽이려고 하였습니다.

그때 제가 불쌍하고 억울한 것을 아시고, '그래도 칼이 부러지도록 싸웠는데, 죽이지는 말라.'고 하여, 저를 살려 주라고 장군들 앞에서 말씀하신 것이, 바로 어르신이었습니다. 그 때문에, 저는 도망친 병졸이요, 죽일 만한 죄인이라는 뜻으로 이와 같은 문신이 몸에 새겨졌지만, 목숨은 건지게 된 것입니다.

어르신 덕분에 목숨을 건져서 지금껏 살고 있으니, 어르신을 돕는 것보다 더 먼저 해야 하는 일이 어디에 있겠습니까?"

문지기 칼잡이가 말을 마치자, 중늙은이는 반가워하며, 여러 번 고맙다고 하였다.

중늙은이는 문지기 칼잡이에게 말하기를,

"네가 저 궁월군이라는 놈에게 속아서, 재물만 갖다 바치면 백제와 고구려의 싸움을 피해 멀리 섬으로 도망갈 수 있다는 말을 믿고는, 그 많은 재물을 모두 다 날려 없애고 빈털터리로 여기에 오게 되었으니, 내가 네 억울한 마음을 안다."라고 하고는, 같이 몰래 집 안으로 들어갔다.

두 사람은 먼저 부엌으로 들어갔는데, 먹을 것이 가장 귀하였으므로 먼저 곡식과 고기를 말린 포를 가장 먼저 챙겨 훔쳐 담았다.

문지기 칼잡이가 보니, 밥 한 그릇이 금으로 된 그릇에 담겨져 있었는데, 그것을 보고 중늙은이는,

“금붙이는 나에게도 있으니, 귀한 것은 밥이 귀한 것이다. 금 그릇을 들고 가 보아야, 무겁고 쩔그렁거리는 것이 소리만 낼 뿐이니, 일단 저 밥을 훔쳐 들고 가서, 당장 굶주린 처자식에게 한입씩 먼저 빨리 먹여야겠다.”고 하고는, 그릇은 그대로 두고 쌀밥만 훔쳐 담았다.

그러고 나서, 정말로 귀한 보물 몇 가지를 훔친 뒤에, 궁월군이 자고 있는 방 앞으로 갔다.

문지기 칼잡이가 궁월군이 자고 있는 것을 멀리서 보았다. 그러고는 중늙은이에게 말했다.

“궁월군을 죽여서 속은 원수를 갚으십시오.”

그러자 문득 중늙은이는 마음이 약해져서,

“그래도 궁월군이 누구를 칼을 들고 찔러 죽인 것도 아닌데, 내가 그 목숨을 빼앗는 것은 너무 심하지 않으냐? 궁월군 또한, 죽기를 싫어하고 오래 살고 싶어 발버둥을 치는 사람이며, 사랑하는 아들과 딸이 있을 것이니, 목숨을 끊는 것은 너무 험한 일이다. 팔다리를 자르거나, 얼굴에만 칼집을 내어 주면 어떠하냐?”고 말했다.

그러자, 문지기 칼잡이는 화를 내며,

“팔과 다리를 잘못 찔렀다가, 저자가 잠을 깨고 맞서 싸우게 되면, 우리가 도망치기 어려울지 모릅니다. 그러면 우리가 죽을 수도 있지 않겠습니까?”라고 말했다. 그러자 중늙은이는 문지기 칼잡이를 꾸짖으며,

“나는 나쁜 길로는 가지 않는다. 사람을 죽였다가 그 죄를 어

떻게 감당하겠느냐?"라고 소리쳤다.

그런데 그 소리에 자고 있던 궁월군이 깨어나서,

"누가 있어 소리를 지르느냐?"라고 했다. 두 사람이 그 말을 듣고 놀라서, 아무 말도 못하고 우뚝하니 서 있는데, 문지기 칼잡이가 부수고 들어가 그 길로 궁월군을 찌르려고 하니, 중늙은이가 팔을 붙들고 말렸다.

그러자, 다시 궁월군이,

"도둑이 든 것이냐?" 하고 소리치니, 그 소리에 자고 있던 궁월군의 하인들이 깨어나, 사방에서,

"도둑이야! 도둑이야!" 하고 외치는 소리가 들렸다.

그러자 하는 수 없이, 중늙은이와 문지기 칼잡이가 힘을 다하여 도망쳤으니, 절벽 길을 바삐 내려오다가 넘어진 것이 여러 번이고, 잘못 발을 디뎌 떨어져 죽을 뻔한 것도 여러 번이었다.

두 사람은 간신히 궁월군의 하인들은 피해서 도망쳤다.

이 무렵 가락국에는 고구려 군사들에게 무너진 성이 있었으니, 가락국 곳곳에는 고구려 병사들이 태연히 돌아다니는 곳이 많았다. 마침 가락국에 들어와 있던 한 고구려 병사 몇이 바닷가를 달리며 밤 동안 긴 창 쓰는 것을 연습하고 있었는데, 중늙은이와 문지기가 도망칠 때에, 도둑이라고 소리 지르는 사람이 있는 것을 들었다.

그리하여, 온몸을 철갑으로 두르고, 삐죽하게 솟은 투구에 긴 창을 든 고구려 병사들이 길 앞을 막았으므로, 바로 중늙은이와 문지기 칼잡이는 붙잡히고 말았다. 고구려 병사들은 두 사람을

가야 병졸들에게 보냈다.

그러므로, 두 사람은 결국 도둑질을 하고, 궁월군을 죽이려 했다는 죄를 받아, 목이 매달려 죽게 되었다.

그 사연을 듣고, 고구려 병사 하나가 기이한 이야기라고 하고는 노래를 지어 흥얼거리고 다니기로,

"천하사방에 기이한 곳이 많으나, 비단옷 입은 거지가 길목마다 가득한 곳이 또 어디에 있으며, 황금 그릇에 밥 한 공기를 담아 두었더니 그릇은 그대로 두고 밥만 훔쳐 가는 곳이 또 어디에 있으랴." 하고 다녔다.

그 무렵, 협지와 사가노는 비를 피할 움막을 짓기 위하여, 움막을 칠 나뭇가지를 구하러 산기슭으로 올라가려 하였다. 처음에는 협지와 사가노 또한 담장 처마 밑이나 다리 밑에서 비를 피해 보려고 하였는데, 백제에서 와서 길거리에 구걸하는 사람이 너무나 많았으므로, 담장 처마 밑, 다리 밑에도 다 주인이 있었다.

그리하여, 비가 올 때에 처마 밑에 서면,

"이 처마 밑에 있으려면, 쌀 한 줌을 바치라." 하는 사람이 있고, 겨우 쌀 한 줌을 구해 바치고 나면, 잠시 후에 집주인이 나와서,

"내 집 처마 밑에 있지 말고 나가거라."고 하였는데, 그러면,

"이 처마 밑에 있는 자리는 내가 쌀을 주고 산 것이오."라고 말하여도, 집주인은,

"내가 집주인인데, 너희들끼리 무엇을 팔고 산단 말이냐?" 하

고 내쫓는 일이 많았다.

그러므로 하는 수 없이, 공터에 움막이라도 만들어 비를 피하는 수밖에 없었던 것인데, 협지와 사가노가 산으로 오르는 길모퉁이를 돌다 보니 죄를 지은 사람들을 목매달아 놓은 나무가 있었다. 거기에 중늙은이와 문지기 칼잡이의 시체가 매달려 있었다.

죽은 사람들이 매달려 있는 것을 보고, 협지는 크게 놀라,

"저게 무엇이냐?"라고 하고는 겁을 내어 자리를 그대로 피해 버렸다. 협지는 겁을 먹어,

"이곳은 흉한 길이니, 나는 더는 못 가겠다." 하고 가지 않으려고 하므로, 산으로 가지 않겠다고 하였다.

하는 수 없이 사가노 혼자만 길을 가는데, 가면서 보니 매달려 있는 중늙은이와 문지기 칼잡이의 시체 아래에 더러운 자루 하나가 던져져 있었다. 사가노가 지나가다 냄새를 맡아 보더니,

"시체 냄새만 나야 하는데, 음식 냄새가 나지 않는가?"라고 했다. 이상하게 여겨 사가노가 자루를 열어 보니, 그 안에는 짓눌려져 다른 음식과 더럽게 뒤섞인 밥이 있었다. 바로, 고구려 병사가 노래하던, "황금 그릇에 밥 한 공기가 있어도 그릇은 안 훔쳐 가고 밥만 훔쳐 간다."던 그 밥이었다.

사가노는 그 음식의 냄새를 잠깐 맡아 보더니,

"상하지 않았으니, 들고 가면 주인어른께 드릴 수 있겠구나." 하고는 그대로 들고 가서 나누어 먹으려고 하였다. 그런데, 그러다 문득 목매달려 죽은 두 사람의 얼굴이 그다지 험악하지

않았으므로 측은한 생각이 들어, 죽은 시체의 소매와 옷을 뒤져 이름을 확인해 보았다.

그리하여, 사가노는 중늙은이의 이름을 알아냈다.

비가 잠깐 그친 길거리에 나가 보니, 또다시 사람이 지날 때마다 백제 사람들이 손마다 귀한 물건들을 두고,

"밥값으로 해 주시오."

"먹을 것을 가진 것이 있으시오." 하는 사람들이 골목마다 있었다.

"백제에서 오는 사람들마다, 귀한 물건만 들고 모인 숫자가 수십만이니, 참으로 금은은 흔해 빠졌고, 쌀과 보리는 찾기가 어렵구나."

사가노는 그 무리들을 헤쳐 가며, 죽은 중늙은이의 이름을 묻고 다녔다. 그렇게 이곳저곳을 살펴보다 보니, 한 골목 귀퉁이의 담장 처마 밑에, 남자 어린아이 셋과 어른 여자 한 명이 있었다.

다시 비가 오기 시작하니, 남자 어린아이는 담장 처마 밑으로 들어가게 하여 비를 피하게 해 주고, 어른 여자는 자리가 부족하여 처마 바깥에서 비를 맞고 있었다.

사가노가 중늙은이가 죽기 전에 훔친 음식이 든 자루를 여자에게 보여 주며, 사정을 이야기해 주었더니, 여자는 바닥에 주저앉아 통곡을 하기 시작했고, 세 어린아이는 여자에게 왜 우냐고 물어 가는 한편으로 정신없이 자루 속의 음식을 먹었다.

이리하여, 여자는 중늙은이가 궁월군에게 원수를 갚겠다고 간 이야기와 중늙은이가 믿는 것이 있으니, 한 문지기 칼잡이가

자신을 알아보았다고 하더라는 이야기를 사가노에게 해 주었다. 사가노는 그 말을 듣고, 중늙은이와 문지기 칼잡이의 사연을 알게 되었다.

사가노에게 그 이야기를 듣고 있던 하한기는,

"억울한 사연이 절반이요, 더 알아보아야 할 사연이 절반이니, 그때 죽은 그 중늙은이의 이름을 나에게 알려 주지 않겠는가?" 하고 사가노에게 물어보았다. 그러자 사가노는,

"그 이름은 오히려 숨겨서 죽은 사람의 허물을 덮어 주고자 합니다."고 하면서, 이름은 말하지 않으려 했다. 그러기에 하한기는 더는 묻지 않았다.

四章

사가노

사가노와 협지는 가락국에서 버틸 수 있는 만큼 버텼다. 협지의 가족은 다른 백제 사람들처럼, 길거리에 나앉아 귀고리와 목걸이 따위를 들고, 음식을 달라고 지나가는 사람들마다 구걸을 했다.

한번은 협지가 말에게까지 투구를 씌우고 훌륭한 깃대까지 달고 있는 고구려 병사가 지나가는 것을 보고 크게 놀라서, 도망가서 숨으려고 했다. 그러자, 협지의 부인은 협지를 안심시키려고,

“이곳은 이미 고구려 군사들이 한 번 들어왔다가 지나간 곳으로, 백제 사람들과 친한 만큼이나, 고구려 사람들도 들락거리는 곳이오. 고구려 병사 몇몇이 지나다닌다 한들 이상할 것이 있겠

소?"라고 했다. 그러자, 협지는 크게 한숨을 쉬면서,

"고구려 군사와 싸움을 하다가 죽게 되는 것을 피하여, 여기까지 왔는데, 오히려 눈앞에서 고구려 병사들을 보고 그 병사들에게 애원하여 굶어 죽지 않도록 밥을 달라고 해야 할 줄 누가 알았겠소?"라고 말했다.

사가노는 물가에 나가 낚시를 하기도 하고, 가끔 가야 사람으로 부유한 집에 가서 음식 하는 것을 거들어 주거나, 물고기의 회를 뜨는 것을 해 주고는 음식을 얻어 올 때도 있었다.

그러나 하루 종일, 길거리를 다니며,

"회를 뜨오. 물고기를 구워 드리오." 하고 외치고 다녀도, 사가노 한 사람 밥 굶는 것을 피하기가 쉽지 않았다.

그러므로, 이대로 굶어 죽기라도 할까 봐 협지는 큰 근심이었는데, 하루는 악삭(握槊: 백제에서 유행한 말판 놀이의 일종) 놀이 하는 곳에 갔다.

길바닥에서 하는 악삭은 재물을 걸고 노름을 하는 것이었으므로 협지의 부인은 항상 협지에게.

"지금과 같이 위급한 때에, 노름까지 하게 된다면 그야말로 죽는 길뿐이오."라고 하며, 악삭 놀이 하는 곳에는 결코 가서는 안 된다고 일렀다.

그러나, 협지는,

"오늘 굶어 죽으나, 내일 굶어 죽으나 다를 것이 무엇인가? 이럴 바에는 내가 차라리 남은 운에 천지를 모두 걸고 한번 겨루어 보는 것이 좋지 않겠는가?" 하고는 악삭 노름하는 곳에 찾아

갔다.

그곳에 가서는 알밤을 걸고 악삭을 하고 있었는데, 협지는 그날 따라 마침 놀이를 하는 것이 잘되어, 모여든 다른 백제 사람들을 모두 이기고, 한 자루가 족히 가득 차는 밤을 모으게 되었다.

또한 어떤 사람은 여러 알의 밤을 갖고 있다가 모두 노름판에서 날리게 되었는데, 그 사람이 가진 밤이 없게 되었으므로, 난처해하다가 사람들에게 말했다.

"내가 먹을 걱정하지 않고 살 곳을 알고 있으니, 내가 그것을 말하는 것으로 밤 세 알을 쳐 주시오. 내가 만약 이번에도 진다면, 내가 알고 있는 것을 말하겠소."

그러자 어떤 사람이,

"그렇다면 나와 악삭을 노시오." 하고 말하면서, 그것을 받아 주어, 밤 세 알로 쳐 주고 노름을 하려고 했다. 그러자 그것을 보고 있던 협지가 재빠르게,

"차라리 내가 밤 네 알을 그냥 줄 테니, 그 밤을 갖고 나에게만 그냥 먹을 걱정하지 않는 수를 알려 주시오."라고 했다. 그러자, 그 사람은 협지가 주는 밤을 받고, 협지의 귓속에 몰래 한 가지 이야기를 해 주었다.

협지는 그날 부인과 사가노가 있는 곳으로 가서 노름을 해서 따 온 밤을 자랑하며 보여 주었다. 사가노가,

"이 밤은 고소하게 구워 먹기에 좋은 밤입니다." 하고 밤을 구울 준비를 했는데, 부인은 그 많은 밤을 어디서 구했는지 캐물

었다.

마침내, 협지가 악삭으로 노름을 해서 밤을 따 왔다고 하자, 부인은 울고 불며 한탄하면서 말하기를,

"지금 이제 노름까지 하게 되면, 이제 우리는 그야말로 망하는 것 아니오?"라고 했다. 협지가,

"이와 같이 이겨서 배불리 먹을 밤을 구해 왔는데, 무슨 걱정이오?" 하면서 달래기도 하고, 한편으로는,

"이제는 앞으로 다시는 노름을 하지 않겠소." 하고 빌기도 했으나, 협지의 부인은 밤이 새도록 눈물을 흘리며 탄식하기만 하는 것이었다.

날이 밝을 무렵이 되어서, 협지가 두 번 다시 노름을 하지 않겠다고 굳게 맹세하면서, 노름판에서 값을 치르고 들은 이야기를 했다.

"내가 우리가 먹을 걱정을 하지 않고 살아날 방도를 찾아냈소. 이곳의 강가로 가서 배를 타고 북쪽으로 한참 거슬러 올라가면, 다라국이라고 하는 곳이 있다고 하오.

그런데, 그곳에 사람들이 부르기를 옥왕(玉王)이라고 하는 자가 있으니, 돌을 캐고 다듬는 일을 크게 하는 사람이라고 하오. 그러므로, 옥왕은 돌을 캐고 쪼개고 갈 일꾼들을 모으고 있으니, 그곳에 가서 옥왕 밑에서 일을 하면 굶는 일은 없다고 하지 않겠소?

이곳 가락국에서 원래부터 살던 사람들 중에서도 다라국으로 가서 옥왕의 일을 하겠다고 떠나는 사람들이 많다고 하니,

우리도 다라국으로 가면 반드시 굶주림을 피할 길이 있을 것이오."

협지의 그 말을 듣자 그제서야 협지의 부인은 협지를 쳐다보고 협지와 말을 하기 시작했다. 협지의 부인은 협지에게 노름을 하지 말라고 몇 차례를 더 당부한 뒤에야, 협지에게,

"이렇게 귀한 소식을 알게 되었으니, 아직 나에게도 혼인을 잘한 복이 남아 있다 할 것이오. 우리도 다라국으로 가는 길을 알아보도록 하오."라고 말하며 기뻐하였다.

그리하여, 협지는 사가노와 함께 다라국으로 갈 배를 구하기 위해 강가로 가 보았다.

협지는 강가에서 편발희가 사람들을 맞이하고 재물을 받고 배에 태우고, 또 짐을 싣도록 지시를 하는 것을 보았다. 협지가 편발희를 보고 반가워하며,

"그대는 바다를 건너올 때 배에서 보았던 사람이 아닌가?" 하고는,

"혹시 다라국으로 갈 배가 있겠는가? 그곳에 가서 옥왕의 일을 도와 보려고 하네."라며 조심스럽게 편발희에게 물었다.

그러자 편발희는,

"지금 고구려 군사들이 내려온 뒤에, 가락국 사람들 중에도 난리에 휘말려 집과 땅과 다른 재산을 모두 잃고 땅에 나앉은 사람들이 적지 않으며, 고구려 군사들과 원수가 되는 바람에 가락국에서 먼 곳으로 도망치려는 사람들 또한 많습니다. 그러니, 그 사람들이 다라국에는 먹고살 길이 있다고 하여, 옥왕에게 가

는 길을 찾고 있으니, 이는 참으로 한 가지 좋은 길을 찾은 것입니다."라고 대답하더니,

"우리 배를 타려고 하신다면, 이는 제 손님이니 제가 거친 술일지언정, 술과 안주를 조금 대접해 드리며 더 이야기를 하겠습니다." 하고 말하면서, 협지를 안으로 데려갔다.

협지는 오래간만에 마시는 술에 크게 기뻤다. 그러나 편발희는 예전에 협지가 큰 부자일 때에 처음 만났던 사람이었으므로, 협지는 예의를 차리고자 술과 음식을 반가워하는 내색을 하지 않으려, 참고 또 참았다.

편발희는 술을 따라 주며 말하기를,

"아침에 뜨는 배가 있는데, 북쪽으로 가려는 사람들이 많아 이미 자리는 가득 찼습니다. 그러니, 배가 떠날 때에 나와서 혹시 나오지 않는 사람이 있어 빈자리가 있는지 보시고 배를 타야 할 것입니다."라고 하였다.

이때 바깥에서 기다리던 사가노가 보니, 한 사람이 편발희의 부하에게서 쌀을 받아 가는데, 그때 사가노는 알지 못했으나 나중에 알고 보니, 바로 노름판에서 협지에게 "다라국으로 가서 옥왕 밑에서 일하면 굶주리지 않는다."고 알려 준 사람이었다.

사가노가 가만히 살펴보니, 편발희의 부하는

"오늘은 몇 사람에게나 이야기했느냐?" 하고 묻고, 쌀을 받은 사람은,

"쉰 사람에게 이야기했소."라고 하니, 이는 편발희의 무리가 일부러, 사람을 풀어서 다라국에 가서 일을 하면 굶주리지 않는

다고 소문을 내고 있는 것이었다.

협지는 편발희를 만나고 돌아와, 부인에게,

"빨리 짐을 꾸려 북쪽으로 떠나야겠소. 다라국으로 가는 배가 출발하는 곳을 알았으니, 그 배만 타면 굶을 걱정은 하지 않을 것이오." 하고 말했다. 이에, 부인은 기뻐하며 짐을 꾸렸다.

다음 날, 협지는 주위에서 같이 앉아 있던 백제 사람들에게,

"이제 우리는 멀리 다른 곳으로 자리를 옮길까 합니다. 부디, 겨울에 추위 피하는 것을 조심하도록 하시오."라고 하면서 널리 인사를 하며 떠나겠다고 하였다. 협지의 부인은,

"이 사람들이 우리가 가는 길을 알게 되면, 따라오려고 할 것이고, 그러면 자리다툼이 걱정일 것이니, 어디로 가는지는 숨기고 말하지 말도록 합시다."라고 하였으므로, 그대로 숨겨서 말하지 않았다.

그런데, 배 타는 곳에 나가 보니, 배를 타려는 사람들이 너무 많아서, 반나절이나 기다렸지만 결국 협지와 그 딸린 식솔들은 배를 타지 못하고 돌아오고 말았다. 아침에 떠나갈 것이라고 인사하는 사람들이 민망하여, 협지는 다른 곳으로 갈까 하였으나, 걸인들이 차지하고 있는 자리에 틈이 없었다. 그러므로, 결국 원래 있던 자리도 다른 걸인들에게 쫓길까 싶어, 급히 원래 자리로 돌아갔다.

아니나 다를까, 그새 다른 사람이 그 자리를 차지하여,

"떠났으면 이 자리는 빈자리인데, 이제 와서 나보고 비키라고 하는 법이 어디 있소?" 하고 다투기도 하였으나, 겨우겨우 제자

리를 찾을 수 있었다.

이와 같이 몇 번을 "떠난다", "돌아왔다" 하면서 헛걸음을 하고 나서야 협지는 다라국으로 가는 배를 탈 수 있게 되었다.

그런데 배를 타기 전에 배에 있는 자리에 앉으려고 하니, 편발희의 부하들이 와서,

"뱃삯을 내시오."라고 했는데, 그 뱃삯이 너무 비싼 값이었다.

협지가 왜 그렇게 비싼지 따지자,

"도착하여 옥왕을 만나고 일할 자리를 얻기 위해서는 또 값을 치러야 하는데, 그 값까지 한데 합하여 받는 것이오."라고 했다. 협지는,

"또 왜국 섬에 있는 집과 땅을 미리 샀다가 도중에서 날리는 것처럼, 이번에도 미리 값을 치렀다가 잃게 되면 어쩌나." 하고 망설였으나, 배에 타려고 하는 사람들이 많아, 머뭇거리고 있으면 내리라고 소리치는 사람들도 있었다. 그러니, 협지의 부인이,

"하는 수 없소. 굶는 것보다 나으니 값을 치르시오."라고 말했다. 그런데, 협지는 이미 금은과 장신구들을 모두 팔아 버려서 남은 것이 마땅히 없다고 하였다. 그러므로, 협지는 뱃삯을 내라는 부하들에게 닦달을 당하고 있었다.

그것을 보고, 편발희가 오더니,

"딱하게 되었으니, 입고 계신 옷이라도 벗어서 값을 치르시면 어떻겠습니까? 백제 도성의 가장 좋은 옷이니, 조금 모자란 것이 있더라도 구하기 어려운 물건이니 받아 드리도록 하겠습니다."라고 했다. 그러자, 협지의 부인은 고맙다고 말하며, 편발희

의 손을 잡고 감동하면서, 앉아 있던 구석으로 가서 입고 있던 옷을 벗어 주고, 편발희의 부하가 입고 있는 낡은 옷과 바꿔 입었다.

이렇게 해서, 편발희는 값을 모두 받은 것으로 하고 배를 강물로 떠나보냈다.

편발희는 산기슭에 있는 큰 집으로 들어가더니, 거기서 염한을 만났다.

편발희는 염한에게,

"이것이 바로 여섯 번째로 발라먹은 것을 일곱 번째로 발라먹는다는 것입니다."고 하였다.

한동안 배는 흘러흘러 강물을 거슬러 올라갔으니, 그 와중에도 아름다운 경치가 있고, 강바람에 운치가 있을 때가 있었다. 배에 타고 있는 한 백제 사람이,

"한수(漢水) 물가의 버드나무, 잎이 하나 떨어질 때마다, 한 번 울며 떠난 사람을 그리워하노라." 하고 백제 도성에서 유행하던 청승맞은 노래를 부르니, 배에 타고 있던 백제 사람들은 저마다 끌어안기도 하고, 눈물을 훌쩍거리기도 하였다. 그러자, 같이 배를 타고 있는 가락국 사람들이,

"그것이 백제의 노래요?" 하고 묻기에, 다른 노래도 있다고 가르쳐 주며 부르게 되었으니, 한동안 백제 사람과 가야 사람들이 서로 노래를 하며 웃기도 하고 울기도 하였으니, 굶기는 하였으나 오래간만에 즐겁다 할 만하였다.

높은 산이 있는 굽이굽이 길을 지나, 마침내 옥왕이라는 사람

이 있다는 들판에 오게 되었다. 그러니 협지의 부인이 그 풍경을 보고 협지에게 말하기로,

"이곳은 산이 깊고 물도 맑으며, 들도 좁지는 않으니, 먹을 것은 반드시 더 많을 것 같소."라고 하였다.

옥왕의 부하들은 천막을 쳐 놓은 곳으로 사람들을 데려갔다.

그리고 옥왕의 부하들은 갑자기 대나무로 만든 통을 가져왔다. 그러더니, 옥왕의 부하들이 배를 타고 온 사람들에게 말하였다.

"통 속에 있는 것을 사람들에게 꺼내 보시오."

협지가 손을 넣어 보니, 통 안에 있는 것은 붕붕거리고 날아다니는 벌레였다.

본시 귀부인이었던 어떤 아름다운 여자는 벌레가 징그럽다고 피하는 사람도 있었고, 어떤 남자는 손이 서툴러 잘못하여 벌레를 놓쳐 도망치게 하기도 하였다. 그와 같이 벌레를 제대로 붙잡아 꺼내지 못하는 사람들은 모두 옥왕의 뜰을 나가 다른 곳으로 가라고 하니, 벌레를 잘 잡은 사람들만 줄을 지어 남게 되었다.

사가노가 벌레를 붙잡아 자세히 살펴보았더니, 벌레의 날개에 반짝거리는 색깔이 아름다웠으며, 햇빛에 비춰 보니 빛이 들어오는 방향에 따라 그 날개 색이 갖가지로 변하였다.

옥왕의 부하가 말했다.

"그것이 바로 비단벌레라고 하는 것이니, 그 날개를 떼어 낸 것을 백 개, 천 개씩 모아서 붙여 놓으면 매우 빛깔이 아름다우

므로, 그릇이나 칼집, 상자나 모자에 붙여서 장식하여 보물로 삼는 것이다. 너희는 보여 주는 대로, 비단벌레의 날개를 잘라내어 손질해 보라."

그렇게 하고는 사람들에게 비단벌레 날개를 떼어 내서 모양대로 자르는 일을 시켰는데, 대부분 사람들이 서툴러 일을 제대로 하지 못했다. 다만, 몇몇 손재주가 좋은 사람들만이 비단벌레 날개를 잘 다룰 수 있었다. 사가노는 날개를 떼는 칼을 주자, 그 칼을 붙잡고 움직이는 모양이 옛날 작은 물고기를 정밀하게 회를 뜰 때와 같았으므로, 매끈하게 비단벌레 날개를 손질할 수 있었다.

그러나 협지는 날개를 찢는 것이 서툴러 모양이 곱지 않게 되었으니, 어쩔 수 없이 쫓겨나게 되었다. 협지는,

"이만하면 곱지 않소?" 하고 따지기도 하였으나, 옥왕의 부하는 그 자리에서 일하게 해 주지 않았다.

그리하여 사가노는 하루 종일 천막 아래에서 비단벌레 날개를 떼는 일을 하고, 비단벌레를 들판에 가서 붙잡거나, 비단벌레 애벌레를 먹이고 키우는 일을 하게 되었다.

일을 마치고 나자, 옥왕이라는 자가 새로 들어온 일꾼들의 얼굴들을 한 번씩 보았는데, 옥왕은,

"저 백제 놈들 때문에 내가 이 꼴이 되었으나, 나는 그래도 자비를 알고 있으니, 너희들에게 이렇게 베푸는 것이다."라고 말하고는, 일꾼들에게 쌀과 보리를 나누어 주었다.

사가노가 나중에 다시 협지를 만나 들어 보니, 협지가 말해

주는 사연이 다음과 같았다.

"본시 이 근방이 빛나는 좋은 돌이 많이 나는 곳이었으니, 이 곳에서 좋은 돌을 고르고 갈고 닦아 옥구슬을 만드는 사람들이 많았다. 그 옥왕이라는 자 또한 이곳에서 옥구슬을 만드는 일로 재물을 모은 인물이었고, 나중에는 재물 모은 것이 많아져서, 금은과 보석, 여러 장신구를 만드는 일들까지 하게 되었다고 한다.

그런데, 요 몇 년 사이의 난리에 백제와 가락국에서 도망쳐 오는 사람이 점차 많아졌으니, 도망치는 사람들은 항상 귀한 것만 챙겨 오므로, 다들 금붙이, 은붙이와 좋은 구슬만 걸치고 도망치는 법이다. 그러니, 백제 사람들은 모두 길가에서 좋은 구슬을 헐값에 팔고 다만 몇 그릇의 쌀과 움막집을 얻고자 하니, 이제 옥구슬만큼 흔한 것이 없어지게 되어, 옥왕이 한탄하기로 '옥구슬이 밥 몇 숟가락보다도 못하다.'고 하게 되었다고 한다.

그 바람에 큰 부자였던 옥왕은 날이 갈수록 재물이 줄어들게 되었다고 하니, 이제 다만 옥왕이 하는 일이라고는 비단벌레를 기르고 잡아 그 날개를 뜯어 장신구를 만드는 일을 하는 것이 하나요, 멀지 않은 곳에 또 철이 나는 산이 있으니 그곳에서 철을 캐는 일이 또 한 가지다.

그러므로, 손이 벌레를 만지는 것에 익숙한 사람은 뽑아서 비단벌레 키우고 다듬는 일을 시키고, 손이 무딘 사람은 철산으로 보내서 철 캐는 일을 시키는 것이다."

사가노가 그 말을 듣고 협지에게 물었다.

"그러면 주인마님께서는 철산에 올라 철을 캐는 힘든 일을 하셨단 말입니까?"

그러자, 협지의 부인이 대신 말하였다.

"철산에 가서 철을 캐는 것은 일이 힘들어 몸이 다치게 된다. 그러므로 이는 할 일이 아니다. 또한 일을 하다 잘못할 때마다 상스러운 자들이 '아둔하다'고 욕하며 웃고 때리려고 하는 것을 차마 견딜 수 있겠느냐? 그래도 도성의 8대성(大姓) 중 하나인 협씨 명문가의 자손으로 어찌 이런 일을 할 수 있겠느냐?"

그러므로, 협지의 식솔은 하는 일 없이 놀게 되었고, 다만 사가노 홀로 옥왕의 비단벌레 키우는 곳에 가서 일을 하고 얻어 오는 것으로 살아가게 되었다.

그 신세를 협지가 한탄하여,

"놀고먹는 신세면서도 이와 같이 괴로운 자리가 또 있겠느냐?" 하며 한숨을 쉬니, 협지의 부인이 협지를 위로하는 것이,

"그래도 다라국의 이 마을에 와서는, 이 마을을 다스리는 하한기라는 사람이 그 인심이 좋아서, 길바닥에 걸인들이 추위에 떠는 것을 불쌍히 여겨 짚으로 지붕을 덮은 작은 오막살이라도 비를 피할 곳을 나누어 주니, 한결 시름을 덜지 않았소?"라고 하였다.

사가노가 벌어 오는 곡식은 사가노 혼자서 먹기에 맞는 정도의 양이었으므로, 협지와 그 가족들이 모두 그것을 나누어 먹으니 먹을 것이 모자라 돌아가며 굶는 때가 많았다. 사가노가 곡식이나 고기를 받아 오면, 집에서 놀던 협지와 그 부인이 사가노를 멀리서부터 맞아 주었으며, 사가노가 밥을 짓거나 고기를

구워 주는 것을 구경하곤 하였다.

협지와 그 부인은 그와 같이 굶어 죽는 것을 겨우 면하면서도, 혹시 사가노가 만든 음식의 맛이 나쁠 때에는,

"오늘은 음식이 너무 짜다."고 하거나,

"이 음식에는 양고기 살을 같이 삶아 먹었다면 좋지 않겠느냐."고 하였는데, 사가노는 그 말을 듣자 협지와 부인이 불쌍하여, 다만,

"예, 예, 그렇습니다."고 하기만 하였다.

그와 같이 양식이 부족하였으니, 가장 많이 굶는 것은 협지의 부인이 데려온 기르던 개였다.

개는 먹을 것을 제대로 찾아 먹지 못해서 눈에 띄게 수척해져서 그 몰골이 못나게 변해 갔다. 그러니, 볼 때마다 협지의 부인이 측은하게 여겼다.

"이대로 살아 있는 것을 굶겨 죽일 수야 없으니, 네가 처결하라."

협지의 부인이 사가노에게 그렇게 말하자, 사가노는 놀라면서 되묻기로,

"아끼시던 강아지인데, 이대로 잡아서 그 고기를 먹자는 말씀이십니까?"라고 했다. 그러니 협지의 부인이 말하기를,

"차마 그럴 수야 있겠느냐. 산과 강을 돌아다니며 무엇이라도 잡아먹고 살 수 있도록 멀리 풀어 주고 오도록 해라."고 하였다.

사가노와 협지는 개를 데리고 가서, 산속으로 들어가서 개를 멀리 올려놓고 개가 물어 오라고 나뭇가지를 던져 준 뒤에, 재

빨리 뒤를 돌아 도망쳐 산을 내려왔다.

그런데, 지쳐 숨을 고르고 있으니, 어느새 개가 뛰어가는 사가노와 협지를 따라 달려 내려왔다. 사가노가 협지에게 말했다.

"주인어르신 내외께서 요즘 기운이 없으시고 고달픈 일이 많아 개와 함께 걷고 달리는 일이 없었습니다. 그런데, 오랜만에 이와 같이 산에서 뛰어다니니, 개가 다만 뛰어다니며 재미있게 노는 줄로만 알고, 우리가 개를 버리고 도망가려는 것을 모르나 봅니다."

협지가 그 말을 듣더니 과연 그렇다고 하고는,

"그렇다면, 우리를 찾기 어려운 밤에 다시 개를 버리도록 하자."고 했다.

그리고 밤이 되어 다시 개를 데리고 산에 올라와 개를 적당히 풀어 주고 도망쳐 내려오려고 했는데, 몇 차례를 그렇게 하여도 개는 그대로 계속 따라오는 것이었다.

협지가 화가 나서,

"이놈, 네놈도 내 꼴을 조롱한단 말이냐. 어서 썩 가지 못하겠느냐?" 하고 호통을 치며 화를 냈다.

그런데, 그러자 개는 다만 자기가 짖는 소리와 꼬리를 흔들며 아양을 떠는 것이 부족해서 그런 줄로만 알고 바닥에 바짝 엎드리더니, 주인을 올려다보며 꼬리만 더욱 힘차게 흔드는 것이었다.

이에 협지가 개를 불쌍히 여겨, 다시 개를 데리고 돌아왔다. 그리고 밤늦게 개를 그대로 데리고 돌아온 사연을 말하자, 그만 협지의 부인은 그 이야기를 듣고 눈물을 흘리는 것이었다.

그러니, 협지와 협지의 가족이 다 같이 통곡을 하게 되어 마침내 온 가족이 부둥켜 안고 소리 내어 울게 되었다.

이때, 허름한 집들이 다닥다닥 좁게 붙어 있었으니, 협지가 사는 옆집들이 가까이에 붙어 멀지 않았다. 그 집들에 살던 사람들이 깊은 밤에 자다가 우는 소리를 듣고 깨어,

"깊은 밤중에 누가 이런 소리를 내어 잠을 깨우는가?" 하며 소리를 지르고 화를 내며 욕을 하였다.

그런데, 그중에 한 여자가 그날 밤 사연을 듣고, 다음 날 아침에 찾아와서는,

"개를 그냥 버리면 다시 찾아오는 것도 근심거리이거니와, 만일 개가 길거리를 다니다가 배가 고파서 남의 음식을 훔쳐 먹게 되면, 그 주인을 찾아 값을 물게 하고 죄를 물을 것이니, 그것을 어찌할 것인가? 하물며 배가 고픈 개가 어린아이를 물기라도 하면 죄가 크지 않겠는가?

그러므로 내가 한 가지 방책을 알려 주겠네. 자네와 같은 근심을 갖고 있는 백제 사람들이 많이 있는데, 바로 개 버리는 벼랑이라는 곳이 있으므로, 그곳에 개를 버리도록 하게."라고 했다.

그 말을 듣고 협지의 부인이 다시, 개 버리는 벼랑이 어디인지 물어보니, 그 여자가 답하기를 이렇게 말했다.

"먼 옛날에 저 산 너머에 초팔혜국(草八兮國)이라는 작은 나라가 있어서 그 임금이 작은 궁궐을 짓고 살았다고 하네. 그런데 그 궁궐에서 귀하게 키우는 암캐에 이 동네의 수캐 한 마리

가 자꾸 달라붙으니, 임금이 개가 좋은 강아지를 낳지 못할까 봐 근심이 많았네.

그리하여, 이 동네 개 주인에게 개를 죽이라고 하였으니, 그 개 주인이 차마 개를 칼로 죽이지는 못하고, 개가 다시 기어올라 오지 못하도록 벼랑 비탈로 개를 밀어 던져서 개를 떼어 버렸다고 하네. 그 이야기를 듣고는 개를 버리는 사람들은 항상 그 벼랑에다가 개를 떠밀고 온다네."

협지의 부인이 그 이야기를 해 주었으므로, 협지도 개 버리는 벼랑으로 개를 데리고 갔다. 가 본즉, 이미 그곳에 몇몇 굶주린 사람들이 개를 던져 넣고 있었다.

막상 개를 떠밀어 버릴 때가 되어, 또 개가 짖으며 협지를 바라보기에, 협지는 망설였으나, 뒤에서 줄을 서서 기다리는 사람들이 소리를 질렀으므로, 협지는 얼떨결에 개를 버리고 돌아오게 되었다.

그리하여 개는 없어졌다고는 하나 먹을 것이 늘어난 것은 아니었으므로, 굶주리기는 매한가지였다. 협지의 부인이 말하기로,

"비루먹은 개라고 할지언정 반가워하며 재롱부리는 것이 있어서 반가웠는데, 그것을 괜히 없앴나 보오." 하고 후회할 때도 있었다. 그럴 때마다, 또다시 누군가 훌쩍거리기 시작하면, 또다시 세 사람이 같이 통곡을 하게 되는 것이었다.

그러다 마침 이웃에서,

"이곳에는 고구려의 제도를 배워 와서, 굶주린 사람들에게 곡

식을 꾸어 주고 이자를 쳐서 받는 것이 있어서 진대법(賑貸法)의 제도가 있으니, 그런 곳을 찾아 곡식을 빌려 먹으면 어떠하오?" 하고 말하자, 협지의 부인은 곡식 빌려 주는 곳에 가서, 빚을 지고 먹을 것을 얻어먹게 되었다.

그런데, 협지와 협지의 부인이 다시 한 번 배불리 밥을 먹고 나니, 이제 사가노가 벌어 오는 작은 음식을 먹으며 버틸 때마다, 또 배불리 음식을 먹고 싶다는 마음이 간절하게 되었다. 또한, 해어진 옷을 바느질할 실을 구하거나, 어린아이들의 옷을 맞추어 줄 재물도 필요하였으므로, 재물이 부족한 것이 더욱 심하게 느껴졌다.

마침내, 협지는 다시 곡식 빌려 주는 곳에 가서 더 빚을 졌고, 이와 같이 몇 차례를 반복하다 보니, 어느새 갚기 어려울 만큼 많은 빚을 지게 되었다.

그렇게 되고 나자, 협지의 부인은,

"이제 어차피 갚지 못할 만큼 빚을 많이 진 것은 매한가지요. 좀 더 빚을 진다고 무슨 차이가 있겠소? 차라리 한번 쓸 만큼 써 보기라도 해 보지 않겠소?"라면서 더 빚을 졌으므로, 마침내 도저히 빚진 것을 갚을 수조차 없게 되었다.

협지는 협지의 아내가 근심을 하고 있어 얼굴이 어두워지면,

"빚진 것을 근심한다고 하여, 빚이 저절로 갚아지는 것이겠소? 빚진 것은 잠깐 잊도록 하오."라고 했는데, 그렇게 지내다가, 하루는 빚쟁이들이 찾아와 행패를 부리며,

"빚을 갚지 못하면 사람 몸이라도 내어놓아야 하는 것 아니냐?"

라고 하면서, 협지의 자식들을 데려가겠다고도 하고, 아직 협지의 부인이 늙지 않았으니 값어치가 있다면서 협지의 부인을 데려가려고도 하였다.

사가노는 협지와 함께 행패 부리는 빚쟁이들을 막아 보려고 했으나, 두 사람 다 본시 싸울 줄을 모르고 겁이 많은지라, 흠씬 두들겨 맞을 뿐이었다.

이에 협지는 근심이 깊어져, 밤새도록 잠 한숨을 이루지 못하고, 낮에도 멍하니 말 한 마디 똑바로 하지 못하고 걱정만 하게 되었다.

사가노는 협지가 그러한 것이 측은하게 여겨져, 협지를 위로할 생각을 하였다. 사가노는 비단벌레 기르는 곳에서 신 산딸기가 열리는 곳에 가서 버릴 만한 산딸기를 모아서 술을 담그었는데, 교묘한 솜씨로 재주를 부렸으므로, 비록 거친 술이었지만 먹을 만한 맛이 되었다.

사가노는 술이 익자, 집으로 오는 길에 그 술을 들고 와 협지에게 주었다.

협지는 그날따라 덜 어두운 얼굴로 있었는데, 사가노가,

"제가 이런 것을 구해 오게 되었습니다."라면서 술을 바치자, 더욱 밝은 얼굴이 되어 마치 감동하여 울기라도 할 것같이 되었다. 사가노는 기뻐서,

"좋은 음식은 오래 두고 보는 것이 아닙니다." 하고는, 협지에게 먼저 맛을 보게 하고 자기도 협지에게 술을 받아 마셨다.

한 잔씩 술을 마시고 나자, 협지가 사가노에게 물었다.

"나는 네가 해 주는 것을 매번 먹고 살았는데, 너는 스스로 과연 가장 먹고 싶은 것이 무엇이냐?"

그러자, 사가노는 골똘히 생각하다가 대답하기를,

"이곳의 물에 장어가 사는 것이 괜찮은 것을 보았으니, 좋은 장어를 잡아다가, 고소하게 구워서 흙냄새가 살짝 나는 듯 마는 듯하게 만들어 먹으면 그것이야말로, 밤잠을 자다가 꿈에 먹어 보고, 꿈에서 깨어나면 안타까워서 주먹으로 바닥을 치게 되는 맛 아니겠습니까?" 하였다. 그러자, 협지는 말없이 몇 잔의 술을 더 마시더니,

"내가 마음을 먹었으니, 오늘 네 소원대로 하자."고 하고는 사가노를 데리고 집밖으로 나갔다.

그리고 협지는 사가노와 함께 동황댁(東黃宅)의 집으로 갔다.

동황댁은 난리 때에 고구려에서 내려왔다가 다시 돌아가지 않고 머물러 사는 사람이었다. 동황댁은 술장사를 했는데, 고구려의 풍속대로 밤새 술을 마시는 집이었으며, 고구려의 번화한 거리와 같이 그 집에는 여러 유녀(遊女)들도 있었다.

그러므로, 산에서 철을 캐는 험한 일을 하던 사람들이 재물을 조금 움켜쥐게 되면, 그것을 유녀들과 함께 술을 먹어 치워가며 하룻밤 사이에 없애는 곳이 바로 동황댁 술장사하는 곳이었다. 이곳에서는 동황댁과 유녀들이 술에 취한 듯 만 듯 흐느적거리며 다니면서 술을 따르고 춤을 추는 것이 대단히 기이한 구경거리였다.

어떤 술꾼들은 말하기로,

"난리 때에 저 여자의 가족이 화살을 맞아 비참하게 죽는 것을 저 여자가 보았는데, 그러고 나서 정신이 나갔기 때문에 저러고 다닌다고 들었소."라고 하는 사람도 있었는데, 과연 볼수록 독한 술을 팔면서 이상한 춤을 추고 소리를 내어 웃기도 하는 것이 괴이하였다.

사가노가 이상하게 여겨,

"이곳은 재물이 조금 쓰이는 곳이 아닐 텐데, 빚을 더 얻은 것입니까?" 하고 협지에게 물었더니, 협지는 잠시 궁리하다가 적당히 지어내서 거짓으로 말하기를,

"그게 아니라, 내가 오늘 또 노름을 해서 재물을 좀 얻었는데 그 이야기를 집안에는 할 수가 없으니, 너에게 쓰려고 하는 것이다."고 하였다. 사가노는 그 말을 믿고, 협지가 사 주는 장어를 먹고 술을 마셨다.

그런데, 술을 한 잔 두 잔 마시는데, 술이 사람을 취하는 기색이 대단하여 몇 모금 마셨는지 모르는 사이에 정신이 다 혼미하게 되었다.

사가노가 비틀거리고 있으니, 협지의 옆에 앉은 동황댁이 웃으면서,

"그것이 바로 유화가 해모수에게 따라 주었다는 고구려 술이니, 칠일내성(七日乃醒)이라는 것이오. 한 모금 마시면 바다 깊은 곳에서 미녀와 함께 몇 년 동안이나 헤엄치는 것 같고, 두 모금을 마시면 하늘로 치솟아 날개가 달린 군사 백만을 이끌고 용을 타고 날아다니는 것과 같지 않겠소?"라고 하였다.

기이한 술에 사가노가 정신이 없는 와중에, 동황댁은 술을 부어 가며, 사가노의 흥을 돋우었다. 동황댁이 계속해서 말했다.

"그대는 이 협씨 가문 큰 어르신의 종이오. 그러니 그대의 몸뚱아리가 통째로 바로 이 협씨 어르신의 것이 아니겠소. 그런데, 지금 이 협씨 어르신이 곤란을 당하여 그대의 몸뚱아리를 쓰려고 한다면, 가진 것을 쓰는 것이니 쓸 수 있지 않겠소?"라고 말했다. 사가노는 술김에 유쾌하게,

"내가 두려워하는 것도 없고, 다른 것 따질 것도 없이 모시는 분이 바로 주인어르신이니, 그 말은 당연하다 하겠습니다."고 하였다.

그러고 나서, 동황댁이 같이 술잔을 들어 노래를 하고는 또 말하였다.

"그렇다면, 어차피 한 번 살고 한 번 죽는 삶에, 어떻게 죽을 것인지 잘 고르는 것도 근심거리인데, 그대는 오늘 좋은 죽는 자리를 한번 보아 두면 어떻겠소?

윗마을에 한 장군 어르신이 있는데, 지난번 난리 때 가야 군사를 따라가서 고구려 군사와 싸우다가 죽었던 것을 이번에 그 뼈를 찾아왔다고 하오. 그러므로, 그 장례를 치르려고 하는데, 저 북쪽의 부여와 예맥에서부터 내려온 풍속에 사람의 장례를 치를 때는 귀한 것을 같이 묻어 주는 것이 장례를 잘 치르는 것이고, 귀한 것 중에는 사람의 목숨만큼 귀한 것이 없으므로, 장례를 잘 치르려고 하면, 살아 있는 사람을 같이 묻어 주는 것만큼 좋은 것이 없다고 하오.

바로 이것이 순장이니, 이제 그대는 그대의 몸을 팔아 이 장례 때에 같이 묻히면 어떠하겠소?

그러면 그대가 묻힐 때에 천 사람이 같이 슬퍼할 것이고, 좋은 무덤에 같이 묻혀서 갖가지 좋은 물건들과 함께 선녀들이 이끄는 가운데 저승으로 갈 것이오. 이것이 한 몇 년 더 비루하게 살다가 슬퍼해 주는 사람도 없이 죽어서 길바닥 구석에서 썩어 가는 것보다 낫지 않겠소?"

사가노는 그 말을 듣고, 무슨 말인지도 잘 모른 채로 어렴풋이 그저,

"좋습니다. 좋습니다." 하였는데, 그랬더니 동황댁은 다시 한 번 춤을 추며 술을 입속에 부어 주어, 사가노는 정신이 깜빡 잃을 정도가 되었다.

사가노가 마지막으로 생각나는 것은, 협지가 눈물을 흘리며,

"내가 너에게 죄를 지었다."고 하는 모습과, 자신이 장어의 살을 마지막으로 다시 한 점 먹고는, 장어의 맛에 대하여,

"이것은 너무 많은 부분을 태웠으니, 태운 듯한 색이 약간 나기만 하면 좋은 것이지, 이렇게 많이 태우면 맛이 덜합니다. 너무 많이 돌려 가며 굽지 말고, 몇 차례에 나누어 굽는 것이 좋았을 것입니다." 하고 술김에 말한 것뿐이었다.

사가노가 여기까지 말을 하자, 그 이야기를 듣고 있던 적화랑은 이야기를 듣다가 가슴이 아플 지경이 되었다. 하한기가 사가노에게 말했다.

“이것은 협지가 빚을 갚을 방편을 마련하기 위해, 죽은 사람 묻을 때 산 사람을 같이 묻는 자리에다가 너를 팔아 치우고 그 값을 챙긴 것이다. 그렇지 않느냐?”

사가노는 대답을 똑바로 하지 못하다가,

“그렇게 해서 제가 무덤에 들어가게 된 것입니다.”라고만 하였다.

사가노가 술이 깨서 눈을 떠 보니, 눈을 떠도 앞이 깜깜하여 놀랐는데, 한참 사정을 모르고 머뭇거리고 나서야, 자기가 무덤에 같이 파묻는 사람이 된 것을 알게 되었다. 사가노는 좁고 깜깜한 곳에 누워서 그대로 죽는가 싶어 겁을 먹고 있다가, 마침내 두려워 우는 소리를 내기 시작했다.

우는 소리를 내다가 들으니, 주위에 사가노와 비슷하게 산 채로 묻힌 사람들이 있는지, 옆에 있는 무덤에서 또 우는 소리가 들려왔다. 땅속에서 죽어 가며 내는 사람의 울음소리가 좌우와 아래위에서 들려오니, 사가노는 더욱 겁이 나서, 마치 정신이 혼미해져서, 이제 정말 죽어서 저승에 오게 되어 저승의 혼백들이 지옥에서 울고 있는 소리를 듣는 듯하기도 하였다.

그런데, 바로 옆에서 한 여자의 앙칼진 목소리가 크게 들렸다.

“이놈, 이렇게 가까운 곳에서 그렇게 째지는 소리를 내고 있으니, 여기 모주님께서 정신이 어지럽지 않으냐. 이제 여기를 뚫고 나갈 방도를 찾아야 하는데, 네놈이 우는 소리 때문에 이 모주님께서 마음이 어지러워 방도를 떠올리지 못하겠다.”

그 호통치는 것이 무서웠으므로, 사가노는 자기도 모르게 울음을 뚝 그쳤다.

그러고 나서도 옆에서 나는 소리가 계속 들려왔으니, 그 말하는 것이 이러하였다.

"만약 한 번 더 우는 소리를 낸다면, 내가 나가거든 바로 네 목을 칼로 찔러 당장에 울지 못하게 만들어 줄 것이고, 만약 내가 나가지 못하고 여기서 네놈과 함께 지옥에 가게 되거든, 만 년 동안 네놈 귀에 달라붙어 귀 고막이 천만 번 억만 번 터지도록 내가 울어 주겠다."

사가노가 묻힌 무덤 바로 옆에, 그 여자가 산 채로 묻혀 있는 무덤이 있었으니, 말소리가 잘 들리고 통하였던 것이다.

이야기를 마치며, 사가노가 하한기에게 말하였다.

"바로 그때 제 바로 옆자리에 묻혀 있던 사람이, 다름 아닌 출랑랑이었습니다."

그 이야기를 듣고 적화랑이 이상하게 생각하여 바로 뒤이어 캐물었다.

"그렇다면, 그게 바로 너와 출랑랑이 무덤 속에서 만났다는 말의 뜻인 줄은 알겠다.

그런데, 그러다가 도대체 어떻게 해서 역적질을 하게 되었으며, 또한 역적질을 하게 되었다고 한들, 도대체 사람을 죽일 때에 무엇으로 죽였는지는 왜 말을 하지 않는 것이냐? 이제 네 사연을 다 말하였으니, 사람을 죽일 때 무엇으로 죽였는지도 말을 해 보거라."

그러나 그 말을 듣자, 사가노는 다시 고개를 숙이면서 눈을 피하고 아무 말을 하지 않는 것이었다.

적화랑이 더 호통을 치려고 했으나, 곧 하한기가 그것을 말렸다.

대신에 하한기는 적화랑에게,

"내가 이제 대강 짐작 가는 바가 있네. 이제 그 출랑랑이라는 죄수의 이야기를 들어 봐야 하지 않겠는가?" 하고 말했다.

그리하여, 하한기와 적화랑은 사가노 앞을 떠나갔다. 적화랑은 "왜 바른대로 말하지 않느냐!" 하고 호통을 치다가도, 가기 전에는 부하에게 말하여 사가노에게 자기가 먹으려던 떡과 고기를 한 그릇씩 더 주라고 명령했다.

하한기와 적화랑은 다시 깊은 밤의 어두운 굴을 걸어서, 이번에는 출랑랑이 갇혀 있는 곳으로 갔다. 발소리가 들리니, 주위의 죄수들이 또다시 지르는 소리들이 들렸는데, 그 와중에,

"지금 여기 이 모주님께서 내일 죽을 것을 앞두고 마지막으로 한숨 밤에 잠을 자려고 하는데, 이렇게 시끄럽게 하는 놈들은 내가 지금이라도 당장 박차고 나아가 모두 죽여 없애서 영영 잠에서 깨지 못하도록 해 주겠다." 하고 소리치는 것이 들려왔다.

적화랑이 그 소리를 듣고 말하기를,

"길이 어두워 잠깐 헤맬 뻔하였으나, 저 소리를 들으니 출랑랑이 있는 굴이 있는 쪽을 알겠네." 하고는, 하한기를 안내했다.

하한기와 적화랑이 가 보니, 출랑랑은 자고 있는 것 같았다. 몇 걸음 더 걸어오기 전까지만 해도 출랑랑이 잠을 자지 못한다고 소리치는 것을 들었으니, 실제로 자는 것은 아닌 듯하였으므로, 일부러 자는 척하고 있는 것 같았다.

"죄인은 일어나서 하한기 어르신께서 묻는 말에 답하라."

적화랑이 엄한 목소리로 이야기하였다. 그러나 출랑랑은 계속 잠을 자는 척만 하였다.

몇 차례 더 적화랑이 말하고 나서야, 출랑랑은 일어났는데, 하한기 앞으로 바짝 얼굴을 내밀었다. 얼굴은 고운 기색도 있었으나, 피가 묻어 흘러내리는 것이 말라붙어 더럽고 흉측한 것 또한 심했다.

출랑랑이 소리쳤다.

"도대체 모주님께 듣고 싶은 이야기가 무엇이냐? 여기 이 모주님을 성심으로 모시는 부하들에게도 내가 들려주는 말씀이 많지 않으신데, 왜 여기에서 내가 말을 해야 하느냐."

출랑랑의 이야기를 듣고, 하한기가 짐짓 딴 이야기를 하는 듯이 말하였다.

"이야기를 하는 것이 싫다면, 듣는 것은 어떠냐. 옛날 고천다가 보물이 될 만한 칼을 만든 것이 네 자루가 있었다. 그중에 두 자루가 용봉도이고, 한 자루의 칼은 용문도, 나머지 한 자루는 봉문도이다. 내가 그 네 자루 칼이 어디에 가 있게 되었는지 모두 이야기해 준다면 너는 듣겠느냐?"

그 말을 듣자, 출랑랑은 안색이 변하였다.

하한기가 몇 차례 더 말을 하다가, 마침내,

"그것이 궁금하다면, 너는 네가 어떻게 해서 사가노를 만나게 되었는지 그 이야기를 하라."고 여러 번 말하였다.

그러므로, 결국 출랑랑이 그간의 일을 이야기하기 시작했으니, 출랑랑이 하는 이야기는 다음과 같았다.

五章

출랑랑

출랑랑은 가락국의 명문인 출(出)씨 집안의 딸로, 아버지인 출선주(出船主)는 본래 여러 척의 배를 거느리고 사방에 배를 띄워 장사를 하는 사람이었다.

출랑랑이 어릴 때에, 고구려 군사들이 쳐들어온 난리를 만나게 되었는데, 출선주는,

"혹시라도 싸움에 휘말려 사람이 다치게 되면 큰일이다."라고 하여, 집을 피해서 잠깐 산속 깊은 곳에 움막을 치고 지낸 일이 있었다.

그런데 그때 고생을 하다가 출랑랑의 어머니는 병을 얻었다. 그 때문에 난리가 끝나고 다시 집으로 돌아왔을 때는 다만 며칠을 더 살지 못하고 출랑랑의 어머니는 죽고 말았다.

다른 식솔이 남지 않았으므로, 출선주는 출랑랑을 아껴하며 길렀는데, 이에 출랑랑은 바라는 것은 많아지고, 참는 것은 배우지 못하였다. 출랑랑은 먹고 싶은 것이 생기면 해가 질 때까지 밥상 앞에서 울면서 떼를 써서라도 먹었고, 싫어하는 벌레가 있으면,

"저렇게 징그러운 것이 있어서, 만약 내 팔등에 앉기라도 하면 어쩌란 말이냐?"라고 하여, 온 집 안의 파리, 모기를 없애느라 종들이 밤새도록 고생하였다. 그러다가도 우연히 새벽에 눈을 떴을 때, 집 안 마루에 붙어 있는 잠자리 한 마리라도 있으면,

"징그러운 벌레가 있다."고 하며, 집 안이 왕왕 울리도록 울어대었으므로, 벌레를 없애고 나서도 한참 더 울어, 온 집안사람들이 벌레가 많은 여름철에는 잠을 자기가 어려울 지경이었다.

그런가 하면, 날아다니는 참새가 신기하여 잡고 싶으면,

"참새를 잡아 다오."라고 울며 떼를 써서, 온 집안의 종들이 참새를 붙잡아 바칠 때까지 소리를 지르며 날뛰다가도, 잡아서 마침내 제 손에 들어온 참새를 보면 두어 번 살펴보고 나면 오히려 이제는 재미가 없어져서, 집안의 종들이 한나절 내내 붙잡은 참새라 하더라도 먼지를 털어 버리듯이 버리고 다른 재미난 것을 찾아 뛰어가곤 하였다.

한편 출선주가 배를 띄워 하는 장사는 갈수록 그 이득이 줄어들어 갔다. 출선주는 종들에게 말하기로,

"배를 띄워 장사를 하는 데에는 용녀라는 자가 그 힘을 날이 갈수록 키우고 있으니, 그 등쌀에 밀려서 다른 뱃사람들은 장사

를 하기가 갈수록 어려워지는구나." 하였다.

배를 타고 장사하러 가는 사람들의 처지는 출선주와 다들 비슷했다. 좋은 물건을 구하러 가면, 용녀와 용원당이 보낸 사람들이 먼저 물건을 차지하는 일이 많았고, 힘들게 물건을 구한 것을 팔아 보려고 하면, 용원당 사람들이 훨씬 더 싼값에 물건을 파는 바람에 손해를 보는 일이 많았다.

이에 장사를 하던 다른 배 주인들이 용녀를 미워하여, 서로 재물을 모아, 용녀를 싫어하는 뜻으로 용녀의 얼굴을 괴물처럼 그려서 머리에 뿔까지 그려 놓은 것을 철판 위에 새겨 놓았다. 그리고 그 철판에 새겨진 괴물 얼굴을 용녀의 부하들에게 보이며 용녀를 욕하였다.

출선주는 장사를 하는 다른 사람들과 무리를 이루고 있었고, 또 아버지뻘 되는 다른 배 주인들도 그 괴물 얼굴을 만드는 일에 재물을 보태었기 때문에, 거기에 재물을 보탰었다. 그러나, 그러면서도,

"어차피 세력으로 이기지 못할 것인데, 이런 것을 만들어 용녀를 욕보이려고 한들 부질없는 짓이다."라고 말했다.

나중에 다른 장사꾼과 배 주인들이 하나둘 망하자, 결국 그 철판에 새겨 놓은 괴물 그림까지 팔렸으므로, 결국 그조차도 용녀의 손에 들어가고 말았다. 용녀는 자기의 얼굴이라면서 욕을 하기 위해 뿔이 둘 달린 괴물같이 그려 놓은 것을 보더니,

"보기가 우스운 것이 있구나." 하고 말하며 웃었다.

그러고는 용녀는 도리어 그 얼굴을 자신의 부하들인 용원당

의 표시로 삼아, 용원당의 무리들이 허리에 두르는 띠에 그 표시를 새기도록 하였다.

일이 이와 같았으니, 사람들이 그 괴물 얼굴을 볼 때마다,

"용녀를 우습게 보고 용녀를 욕하던 사람들이 다 망해서, 그 작은 철판 조각 하나라 할지라도 모든 재산이 용녀에게 다 팔렸다."는 것을 떠올리며 말하게 되었다. 용녀는 그것을 즐겁게 여겼다.

출선주는 망한 것까지는 아니었으나, 몇 차례 배를 띄워 하는 장사를 하면서 적지 않은 손해를 보았다. 그러고 나서는,

"더 이상 배를 띄워서는 이득을 보기 어렵겠구나. 당나귀에 짐을 싣고 등짐을 지고 다니며 팔아 보면 어떻겠는가?"하고 주위 사람들과 의논하였다. 그리고 마침내,

"일이 좀 험하다 하더라도, 이익이 큰 일이 좋겠습니다."고 하는 사람이 있어서, 신라를 들락거리며 장사를 할 생각을 하게 되었다.

출선주의 종들 중에는 도는 소문을 듣고,

"신라 사람들은 고구려 사람들과 한편이 되어 가야 사람들, 백제 사람들을 원수로 여기는 사람들이 많다고 들었는데, 가야에서 가장 큰 나라인 가락국 사람으로 신라에 들어갔다가, 혹시 흉한 일이라도 당하면 위험하지 않겠습니까?" 하고 걱정하는 사람들도 있었다.

그러나 어린 출랑랑은 그런 사정을 모르고, 그저 힘겹게 출선주가 장사를 하고 돌아오면,

"왜 서라벌 사람들이 파는 꿩고기를 꼬챙이에 꽂아 구운 것을 가져오시지 않았습니까?" 하고 떼를 썼다. 그러면서 출선주를 때리며 꿩고기를 달라고 졸라 댔는데, 그러므로 출선주가 출랑랑을 보며 말하기를,

"반파국(叛波國) 사람들은 정견모주(正見母主)를 신령이라고 높이 모시며 두려워한다고 하는데, 우리 집에도 이렇게 모주님이라 할 만한 사람이 한 사람 있으니, 나는 우리 집의 모주님이 참으로 무섭다. 우리 집의 모주님에 비하면, 신라 사람들 중에 사납다는 사람이 있다고 해도 두려울 것이 있겠느냐?" 하면서 크게 웃었다.

사람들 중에는 출랑랑이 너무 고집이 세고 행패를 부리는 것이 심한 것을 근심하는 사람도 있었다. 그러나 출선주는,

"저 아이는 어미를 너무 어릴 때 잃어 돌보아 주는 사람이 없었으니, 심성이 가득 차지 못한 곳이 많아서 저러한 것이다. 하물며 마음대로 뛰어 노는 것을 말려서야 되겠느냐."라고 하면서 다만 측은하게 여길 뿐이었다.

얼마 지나지 않아, 출선주가 신라를 오고 가는 길이 자리를 잡았고, 출선주는 서서히 재물을 모으며 집안을 키워 나가게 되었다.

특히 출선주는 신라의 서라벌을 통해서 고구려를 지나 천 리, 만 리 떨어진 먼 곳의 물건을 들여오는 것으로 꽤 많은 이득을 보았다. 출선주는 유리로 만든 물건을 주로 가져왔는데, 잘 만든 색유리로 만든 술잔이나 접시는 작은 물건이라고 해도 대단

히 값이 높은 보물이었다.

출선주의 무리들은 여러 차례 북쪽을 오가는 장사꾼들과 물건을 사고팔다가 한 가지 꾀를 내게 되었다. 그것은 주둥이가 둘이 달린 교묘하게 만든 주전자를 쓰는 것이었다. 이 주전자는 가운데에 수레바퀴 모양이 달려 있는데, 그것을 모르는 사이에 살짝살짝 돌리면, 내부에 숨겨진 장치가 움직여 두 개의 주둥이에서 서로 다른 것을 나오게 할 수 있었다.

그런데, 고구려나 옛 동예 땅에서 온 장사꾼들은 술을 대접하면 마시는 것을 대단히 좋아했으므로, 출선주의 무리들이,

"우리 다 함께 크게 취해 보도록 합시다."라고 하면서, 술을 주면 취하는 줄도 모르고 기분 좋게 마셨다.

이때 주둥이가 둘이 있는 주전자를 이용하여, 북쪽을 다니는 장사꾼들은 독한 술을 마시게 하고, 출선주의 잔에 따르는 술은 물이나 다름없는 묽은 술을 따르게 하니, 술에 취하며 밤이 깊어 갈수록 북쪽을 다니는 장사꾼들은 크게 취하여 정신을 잃을 정도가 되었으나, 출선주의 무리들은 짐짓 술에 취한 척하면서도 실은 정신이 또렷하였다.

그러면 그와 같이 북쪽을 다니는 장사꾼들이 술에 취하여 정신이 없고 호기로운 틈을 타서,

"지금 우리의 사이가 부모 형제보다 멀 것이 없는데, 야박하게 작은 재물을 따지지 마시고, 통쾌하게 물건 값을 정하면 어떻겠습니까?"라고 좋은 말로 구슬리면, 북쪽을 다니는 장사꾼들은

"북쪽으로 갈수록 땅이 넓으니, 그 다니는 사람들의 마음도 넓고, 씀씀이도 넓다."고 크게 웃으면서, 술에 취하여 약속을 하였다. 그러므로, 출선주는 갖고 있는 물건을 한결 더 비싼 값에 팔고, 또한 사들일 물건을 한결 더 싼값에 살 수 있었다.

이때, 출선주의 한 수하가,

"기왕에 술에 취하여 정신이 깨어 있는지 마는지 모를 놈들인데, 열 배, 백 배의 값으로 팔아넘기면 안 될 것이 있습니까? 출선주 어르신께서는 이와 같이 좋은 술수를 찾아 놓으시고는 겨우 이만한 이득만 더 얻고 가시는 것입니까?"라면서, 더 값을 높이 받고 물건을 팔려고 하자, 출선주는 안 된다고 하면서 답하기를,

"너무 욕심을 많이 내어서는 안 된다. 이자들이 본래 사려던 값에서 일 할, 이 할을 더 준 것은 '내가 술김에 실수를 했구나.' 하고 뒤늦게 스스로 후회하며 뉘우칠 뿐이다. 하지만, 우리가 두 배, 세 배의 값을 받고 물건을 팔면, 저자들이 '가야 가락국에서 온 놈들께 속았구나.' 하고는 우리에게 원한을 품지 않겠느냐?

장사하던 자가 손해를 보면 돌아갈 길이 막막해지는 것이니, 막막한 사람이 원한을 품으면, 우리에게 험하게 덤벼들어 자칫 큰 싸움이 나고 사람 목숨을 잃을지도 모르는 것이다."라고 하였다.

이와 같이 출선주가 재물을 벌어들였는데, 한 번은 파란색 유리로 만든 작은 술잔 하나를 구한 일이 있었다. 신라의 서라벌

에서 만난 장사꾼에게 구한 것이었는데, 매우 비싼 물건이었다.

출선주는 주위에 말하기로,

"이것이 잘못해서 깨어지거나, 누군가 훔쳐 가기라도 하면, 손해가 막심할 것이다. 그러므로, 다 같이 힘을 합하여 밤낮을 가리지 않고 재빨리 지름길로 지나가서 바로 가야 땅으로 돌아가도록 하자."고 하고는 바삐 길을 재촉하였다.

그런데, 출선주의 무리 중에 도둑과 내통하여, 유리 술잔이 숨겨져 있는 보따리가 어디 있는지 알려 주고 훔치기 좋도록 도와주는 사람이 있었다.

처음에 지름길로 길을 바삐 가면서, 출선주는 그 길을 같이 가고 있는 한 고구려 사람을 의심하여,

"신라와 고구려는 친하니, 신라에 고구려 사람이 다니고 있는 것은 이상한 일이 아니나, 저 사람이 우리 가야 사람을 원수로 여겨 갑자기 우리와 싸우기라도 하게 되면, 우리가 갖고 있는 보물에 마음을 품어 크게 도둑질을 하려고 들지도 모른다."라고 하였다. 그리고 그 고구려 사람을 경계하고 피하려 하였다.

그런데, 막상 출선주의 무리와 내통한 도적이 유리 술잔을 훔쳐 가려고 하자, 그 고구려 사람이 나서서 술잔 훔쳐 가는 것을 막아 주었다. 특히, 그 고구려 사람은 칼을 쓰는 재주가 대단하였다.

그러므로 잘은 모르나, 이름난 고구려 칼잡이는 아닌가 싶을 정도였다. 고구려 칼잡이의 도움으로 도적을 몰아내고, 출선주는 고마워하며,

"제가 이와 같이 재주가 많고 의로우신 분을 의심했으니, 저의 죄가 많습니다."라고 하고는, 가야의 집으로 데려가 크게 대접하기로 하였다.

이렇게 되어, 고구려 칼잡이가 출선주의 집에 오게 되었는데, 출선주가,

"험한 길을 다니다 보면, 싸움에 휘말리거나 몸을 지켜야 할 일이 있습니다. 그러니 저희 집에서 머물고 쉬시며 노시다가, 가끔 적적하시면 저희 집안사람들에게 칼 쓰는 법을 가장 쉬운 것이라도 조금씩 알려 주시면 어떠하겠습니까?" 하였다.

그리하여, 고구려 칼잡이가 칼 쓰는 것을 사람들에게 알려 주려고 했는데, 고구려 칼잡이는 힘이 셌던 데다가, 칼을 움직이는 방법이 너무나 교묘하여, 집안사람들이 따라 하기가 쉽지 않았다.

그런데 옆에서 어린 출랑랑이 그 신기한 모양이 재미있어 보여 칼 쓰는 것을 따라 했는데, 제법 그 모습을 갖춘 형상이 그럴듯한 것이었다.

처음에 출선주는,

"칼을 휘두르는 것은 위험한 일이니, 연습을 하다 다칠까 무섭다."고 출랑랑을 말렸으나, 출랑랑은 요령 있게 본 대로 칼 쓰는 것을 흉내 내며,

"이와 같이 내가 재주가 좋은데, 스스로 다칠 일이 어디 있습니까?"라고 하였다. 그러나 출선주는 다시 출랑랑을 말리며,

"칼 쓰는 것은 본시 목숨을 노리고 하는 일이니, 이는 무서운

일이다. 네가 칼 쓰는 일을 익힌다면, 언젠가 칼 쓰는 재주 때문에 험한 일을 겪지 않겠느냐? 그러니 칼 쓰는 것을 익히는 것은 일부러 두려운 일을 끌어들이는 것이다."

라고 하였다. 그러자 출랑랑은 나무로 만든 칼을 품에 안고 주저앉아 떼를 쓰기를,

"내가 이와 같이 솜씨가 좋은데, 나를 왜 말리는 것입니까? 내가 칼 쓰는 것을 배우지 않게 막는다면, 나는 이 자리에 앉아서 일어나지도 않고, 밥도 먹지도 않고, 잠도 자지도 않겠습니다."
고 소리치는 것이었다.

출선주는 출랑랑에게 맛있는 것을 사 준다거나, 좋은 옷을 사 주겠다며 달랬으나, 출랑랑은 말을 듣지 않았다. 한 집안의 종이 한편에서 그 모습을 보다가 중얼거리기로,

"먹고 싶은 것은 다 얻어다 주고, 입고 싶은 옷은 다 지어 주는데, 먹을 것, 입을 옷을 준다고 한들 아씨의 귀에 들어오겠습니까." 하였다. 하는 수 없이 출선주는 출랑랑이 칼을 쓰는 것을 배우도록 해 주었다.

출선주는,

"저 아이가 본시 다른 일도 그러하였으니, 칼을 들고 하루 이틀쯤 휘둘러 보고 나면, 이제 싫증이 나고 재미가 없어져서 지루해하며 그만둘 것이다. 아무 말 없이 하게 해 주면 그냥 그만두지 않겠는가." 하였는데, 출랑랑은 그 말을 들었는지 어쨌는지, 도리어 칼 배우는 일은 한 달이 가고 두 달이 가더라도 게을리 하지 않는 것이었다.

칼을 쓰는 것을 가르치는 고구려 칼잡이 또한 출선주에게 말하기로,

"어린아이가 칼을 들고 내려치는 모습이 힘이 있고 또한 아름다운 점까지 있으니, 참으로 따님의 솜씨가 훌륭합니다."라면서, 출랑랑이 배우고 익히면서 솜씨가 느는 것에 감탄하였다.

그러다 보니, 고구려 칼잡이도 출랑랑에게 가르치는 것이 흥에 겨워, 한 번 둘이 칼을 잡으면 해가 지는 줄을 모르고 베고 찌르는 것을 몇 백 번, 몇 천 번을 게을리하지 않았다.

고구려 칼잡이는,

"이제 배우시고 있는 것은, 옛날 괴유(怪由)라는 고구려의 칼잡이가 만든 칼 쓰는 법인데, 괴유는 크나큰 칼이라도 싸리나무 가지처럼 가볍게 들고 부리는 솜씨가 뛰어난 사람이었다고 합니다. 그 묘한 칼 쓰는 법을 제대로 익힌 사람이 없었는데, 아씨가 한번 배워 보시겠습니까?"라고 하면서, 괴유의 도법(刀法)을 가르쳐 주었는데, 어려운 것인데도, 출랑랑이 제법 잘 따라 하는 것이었다.

고구려 칼잡이는 놀라서 홀로 감탄하기를,

"이 아이의 칼 쓰는 재주는 그냥 보아 넘길 것이 아니구나."하고는, 더 정묘한 것을 가르쳐 주면서 말하기를,

"이 칼 쓰는 법은 매우 훌륭한 것이나, 익히다 보면 약간씩 이상한 점이 있고, 이치에 맞지 않는 것이 있습니다. 이런 것들은 스스로 잘 맞게 바꾸어 쓰셔야 합니다."라고 잘 일러 주었다.

나중에, 고구려 칼잡이가 시일이 지나 집을 떠나고 나서도,

출랑랑은 혼자서 칼 쓰는 법을 익히는 것을 게을리하지 않았다. 그러니 집안의 종들에게 세 명, 네 명이서 떼로 덤벼 보라고 하고는 혼자서 싸우며 막아 보는 것을 즐겨 했으므로 집안 종들이 괴로워하는 일도 많았다.

그런데 그렇게 칼을 휘두르며 뛰고 구르다가도, 문득 지렁이와 거미 같은 벌레가 눈에 보이면 질겁을 하며, 출랑랑은 온몸에 소름이 돋아 들고 있는 칼을 던지며 징그럽다고 멀리 피하였으므로, 보고 있던 출선주는,

"그래도 여자아이로구나." 하고 재미있어 하여 웃었다.

출선주는 이와 같이 출랑랑이 칼 쓰는 것을 좋아하는 것을 보고는, 다시 신라와 고구려를 오가며 장사를 할 때, 칼 쓰는 법에 대한 것을 두루두루 알아보고자 하였다. 출선주는 그 고구려 칼잡이를 한 번 더 만나게 되어, 칼 쓰는 법에 대한 일에 대해 여러 가지로 더 물어보고는, 마침내 괴유도법(怪由刀法)을 설명해 놓은 두루마리 책을 구하였다.

출선주는 괴유도법에 대해 써 놓은 두루마리 책을 출랑랑에게 선물로 주었는데, 출랑랑은 그것을 받고는,

"이런 보물이 있습니까?"라고 기뻐하며, 밤잠을 자지 않고 괴유도법의 칼 쓰는 것을 시험해 보았다. 그 기뻐하는 것을 보고, 출선주 또한 매우 흐뭇해하였다.

이와 같이 세월이 흘러, 출랑랑 또한 얼마간 나이가 들었는데, 때는 영락 연중(年中)이었다. 백제에서 아방이 옥좌를 차지하고 나서 고구려 군사와 싸우려 드는 일이 많았다.

마침, 가야 사람들도 백제로 가서 고구려 군사와 싸우려는 사람들이 많았는데, 출선주 또한, 다른 여러 가락국의 장사꾼들이 계를 만든 것에 들어가 있었으므로, 주위에서,

"지금 담덕이라는 어린 고구려의 임금에게 백제에서 한번 세상 무서운 것을 알려 주려고 한다는데, 같이 가서 한번 큰 공을 세워 보지 않겠는가?" 하면서 싸움터에 가자는 사람들이 많았다.

출선주 또한 재물이 적지 않은 명문가의 자손이었으므로, 주위의 늙은 갑부들과 벼슬아치들이,

"출씨 가문에서는 당연히 빛나는 갑옷에 좋은 깃발을 준비하여 싸우러 가야 하지 않겠는가?" 하며, 날마다 싸우러 갈 것을 말하였다.

출선주는 근심하였으나, 마침내 같이 일하던 사람들을 모아 놓고 이렇게 말하였다.

"고구려 군사들은 모두 규율이 엄하고 무기를 쓰는 것이 능숙하니, 쉽게 싸워 이길 수 있는 상대가 아니다. 이와 같이 쉽게 생각하고 나아가는 것은 위험한 일이라 할 것이다.

그러나, 가문이 대대로 가락국에서 명문을 자처하였으니, 이와 같은 때에 어찌 싸우는 것을 피할 수 있겠는가? 또한 이제 여러 사람과 어울려 장사를 하며 살아가는 가운데에, 같이 내세우는 말을 함부로 따르지 않고 버티다가는 곧 장삿길이 막혀서 사는 것이 어려워질지도 모르니, 나는 싸움터로 가고자 한다."

그러고는 출선주가 같이 싸움터에 가고자 하는 사람들을 모아, 떠날 채비를 하였다.

그러자 그것을 주위에서 묻고 들었던, 출랑랑이 나섰다.

"제가 칼 쓰는 재주는 출씨 집안에서 제일이니, 저도 같이 가게 해 주십시오."

그러나 출선주는 반대하기를,

"너는 여자의 몸으로 한평생 이 집안에서 편하게 살았는데, 어찌 험난한 싸움터에서 지낼 수 있겠느냐? 게다가, 내가 집안을 비운 동안에는 네가 집의 주인이 되어 마님 노릇을 해야 할 것인데, 네가 집에 없으면 안 되지 않겠느냐?"고 하였다.

그러나, 출랑랑은 떼를 쓰며 울부짖기를,

"저도 아버지를 따라가겠습니다. 저도 아버지를 따라가겠습니다." 하는 것이었다.

마침내 출선주는 한숨을 쉬면서,

"내가 이 무서운 모주님의 뜻을 어찌 거스를 수 있겠느냐."고 말하고는 허락하는 양하였다.

출선주는 떠나기 전날 밤에 재물을 풀어 소고기를 굽고, 돼지고기를 삶아 크게 잔치를 열고, 그동안 힘써 같이 일했던 사람들과 같이 싸움터로 떠날 사람들과 함께 푸지게 음식을 먹고, 좋은 술을 많이 나누어 먹도록 하였다.

출선주는 출랑랑에게,

"너 또한 내일 싸움터로 떠날 것이니, 이 술을 나누어 먹도록 하라."고 하고는, 출랑랑에게 술을 주었는데, 장사를 할 때 쓰던 주둥이가 둘 달린 주전자로 술을 따라 주는 것이었다. 그렇게 해서, 출선주는 자신은 묽은 술을 마시고, 출랑랑에게는 독한 술을 주었다. 그러므로, 출랑랑은 본시 술을 마셔 본 적이 없고 또한 술을 마실 줄 모르는 몸이라 금세 그 독한 것에 취하여 곯아떨어지고 말았다.

출랑랑이 다음 날 저녁이 되어서야 일어나 보니, 집 안이 조용하여 밤새 시끌벅적하던 사람이 아무도 없었다. 주위에 물어보니, 출선주는 벌써 배를 타고 나아가 백 리 바깥으로 떠났다고 하였다.

그러자 출랑랑은 놀라서,

"아버지께서 모주님, 모주님 하시다가 이와 같이 속일 수가 있느냐." 하면서 늦게라도 뒤따라가겠다고 하였으나, 물가로 나아가 보아도 벌써 배는 떠나고 없었으며, 떠나기 전에 군사들이 말과 소를 먹인 꼴과 풀만 어지럽게 흩어져 있었다.

그리고, 집안의 사람들이 하나둘 찾아와,

"출선주 어르신께서 떠나시기 전에 말씀하시기로, 아씨께서 이제 마님이시니 집안의 크고 작은 일은 모두 아씨께 아뢰고 일을 하라 하셨습니다. 그러니, 우리가 갚아야 할 물건의 값과 받아야 할 빚을 따져 받는 일들을 아뢰고자 합니다." 하고 여러 집안의 많은 일을 물으며 간청하였다. 그러므로, 하는 수 없이 출랑랑은 집을 지키며 남아 있게 되었다.

출랑랑은 다음 날부터, 항상 사람을 보내어,

"백제에서 싸움은 어떻게 되었다고 하느냐?" 하고 아버지 출선주가 간 싸움터의 소식을 물었다. 그런데, 처음에는 백제군의 사기가 높으며, 백제의 임금 아방이 지혜롭고, 백제에는 높은

장군들이 많으니 이길 것이 분명하다고 하였다. 그러므로, 출랑랑은 안심하며,

"이제 곧 아버지께서 고구려 임금의 목을 잘라 들고 오시겠구나." 하며 기뻐하였으나, 갈수록, 고구려 군사가 싸우는 것이 만만치 않으며 백제 군사가 지는 일도 있다는 소식이 들리는 것이었다.

마침내, 한 종이 다른 종들과 함께 떠들다가 말하기로,

"지금 고구려 군사들이 백제 군사를 크게 무너뜨려, 백제의 임금이 고구려 군사들 앞에 나아가서 살려 달라고 빌며, 영영 노객이 되겠다고 맹세하며 애걸했다고 한다. 그러니, 출선주 어르신께서도 이와 같이 소식이 없는 것을 보면, 그때 고구려 군사에 패할 때에 싸움터에서 돌아간 것이 아니겠느냐?"고 하였다. 이것은 바로 백제의 조정에서 '병신년의 변고'라고 말하는 일이었으니, 백제 군사들이 다시없이 크게 고구려 군사에게 패한 것이었으며, 죽은 백제 군사도 매우 많았다.

그런데 그 말을 우연히 출랑랑이 듣고 겁이 나서 얼굴이 퍼렇게 되더니, 곧 다시 얼굴이 하얗게 질리면서 크게 화를 내며,

"허황된 소리를 하여, 집안을 어지럽히는 놈은 내가 죽여 버릴 것이다."

고 하고는 달려들어 그 말을 한 종을 해치려고 하였다. 주위의 다른 사람들이 수십 명이 몰려들어 출랑랑을 말렸으므로, 겨우 종은 몸을 구할 수 있었다.

그러자, 출랑랑 주위에서는 고구려 군사가 이긴 일과 백제 군

사들이 진 일은 말하지 않고, 백제 군사들이 조그만 승전을 거둔 것만을 출랑랑에게 말하였다.

그러는 중에 한 출선주의 수하는 듣기 좋은 이야기를 출랑랑에게 많이 하여 출랑랑이 그 수하를 믿게 되었다. 출랑랑은 본시 장사를 하고 집안을 다스리는 일에는 관심이 없었으므로 차차 장사하는 것의 많은 일들을 그 수하에게 맡기게 되었다.

그 수하는 출랑랑에게 말하기를,

"이와 같이 오래도록 출선주 어르신께서 안 계시니 우리가 장사하는 일이 적어, 재물을 모으고 있는 것이 없습니다.

이제 곧 출선주 어르신께서 돌아오실지도 모르는데, 그동안 출랑랑 마님께서 좋은 물건을 사들이는 데에 재물을 쓰셔서 그것으로 비싼 값을 받아 재물을 더 모으시게 된다면, 출선주 어르신께서는 출랑랑 마님께서 장사와 재물을 다스리는 것에도 재주가 많으신 것을 알고, '참으로 내 딸이다.' 하면서 기뻐하시지 않겠습니까?" 하였다.

그 말을 듣고 출랑랑은 맞다고 여겼는데, 한편으로는 출선주가 만약 영영 돌아오지 않으면 집안을 꾸려 나갈 방도를 찾아야 한다고 생각하는 마음도 없지 않았으므로, 수하에게 재물을 모을 방도를 말해 보라고 하였다.

이때, 이 수하는 출선주가 없는 틈을 타서 재물을 가로챌 꾀를 꾸미고 있었다.

수하는 같이 모의한 사람들과 짜기로,

"이 망해가는 집에 이제 아는 것이 없고 등짐 한 번 져 보지 않은 여자아이를 두고 매양 '마님', '모주님' 하면서 모시고 있으니, 이게 무슨 우스운 꼴인가? 어차피 이 집안은 망할 것이니 허황되게 그 재물이 흩어지기 전에 우리가 갖도록 하세."라고 해 두었다.

이 수하는 그리고 다라국의 옥왕과 짜고, 출랑랑에게 이렇게 말했다.

"지금 백제 사람들이 가야 쪽으로 들어오는 사람들이 많은데, 백제의 도성 사람들은 사치스러운 것을 좋아하므로, 반드시 구슬을 엮은 목걸이와 발과 같은 것을 찾는 사람들이 많을 것입니다.

다라국의 옥왕이라고 하는 자가 구슬을 만드는 일을 크게 하고 있으니, 우리가 미리 재물을 풀어, 구슬을 사들였다가, 백제 사람들에게 팔게 되면, 큰 이익을 볼 수 있을 것입니다."

출랑랑은 그 말을 그럴듯하다고 여기고, 집안의 재물로 옥왕에게 구슬을 사라고 하였다.

그러나, 그렇게 재물을 구슬 값으로 옥왕에게 주고 났더니, 나중에 집안의 종들이 말하기로,

"이는 옥왕이 우리를 속인 것입니다. 백제의 사람들이 거지 떼가 되어 가락국에 밀어닥치고 있으니, 저마다 밥 한 그릇을 먹기 위해 금붙이 은붙이를 아까워하지 않고 팔고 있습니다. 그러니, 백제 사람들이 팔기 위해 내놓는 구슬 또한 한없이 많으므로, 이제 구슬 하나 값이 밥 한 숟가락 값만 못하다고 하는 시절이 되었습니다."라고 하였다.

출량랑은 뒤늦게 수하를 찾았으니, 이미 그 수하는 도망친 뒤였다. 나중에 다시 재물을 주고받을 것을 따져 보니, 집안의 재물들을 거의 다 털어서 구슬을 산 것이었으므로, 이제 먹을 것조차 부족하게 되었다.

"곡식이 없으면 집안의 많은 종들이 어떻게 지내겠는가?" 하고 헐값에 그 구슬들을 모두 팔아 곡식을 사 모았으니, 잠깐 사이에 집안의 많은 재물이 모두 없어지고 다만 겨우 먹고살 쌀과 보리만 조금 있을 뿐이었다.

이는 옥왕이 산더미같이 남아 있는 자신의 구슬이 이제 백제 사람들이 밀어닥친 덕택에 값이 떨어지자 그 손해를 메워 보기 위해, 그 수하와 궁리한 속임수였다. 그러니, 구슬 값이 오를 것이라고 말하면서 비싼 값에 구슬을 사들이게 하고는, 대신에 수하에게 그 이익을 떼어서 나누어 준 것이었다.

어느새 출량랑의 집에 재물이 없어졌다는 이야기가 퍼져 나가자, 사방에서 빚쟁이들이 몰려들었다.

"내가 빚을 진 것이 무쇠 덩어리 세 근이오."라고 하면서, 집안의 항아리나 솥을 가져가는 사람이 있는가 하면,

"안 받으려면 안 받을 수도 있는 것이나, 장사하는 사람의 도리라는 것이 있으니 빌려 준 것은 이자를 쳐서 받는 것이오. 무쇠 덩어리 네 근 어치는 받아 가야겠소."라고 하고는 몇 마디 위로의 말을 한 뒤에, 집 안의 옷가지와 신발을 가져가는 사람도 있었다.

이리하여, 집안의 재물이 모두 흩어지게 되었으므로, 마침내

출랑랑은,

"이제 길이 이와 같이 막막하니, 너희들은 각자 흩어져 살길을 찾도록 하라."고 하고는 종들을 모두 풀어 주어, 나가게 하였다.

그러고 나서, 휑한 집안을 돌아보니, 지붕과 기둥이 있을 뿐이고, 온 집이 텅텅 비어 있었다.

그러니 다만 예전부터 내려오는 것으로 남아 있는 것이라고는 출랑랑이 항상 들고 있는 괴유도법 두루마리뿐이었다. 이에 출랑랑은 괴유도법만 몇 번씩 들여다보며, 답답한 마음에 하루 종일 텅 빈 집 안을 뛰어다니며 칼 휘두르는 일을 하였다.

결국, 나라에서 세금을 걷으러 오는 관리들이 나타나,

"밀린 세를 받아 가야 할 것이 있으니, 낼 재물이 없으면, 집과 땅을 팔아서라도 내도록 하라."고 했으므로, 출랑랑은 이제 곧 잠을 잘 집조차 빼앗기게 될 것을 알게 되었다.

마침내 출랑랑은 어느 아침에 집에서 나와, 갈 곳을 모르고 길을 걸어 다녔다. 그와 같이 다니다가, 바닷가에 이르러서는 파도가 치는 것을 보고 서러운 마음에 크게 소리 내어 울어 볼까도 하였다. 그런데, 어디에서,

"모주님, 모주님." 하고 하는 소리가 나기에, 문득 어디에서인가 아버지가 와서 부르는가 언뜻 생각하고 부끄러워 눈물을 그치려 하였는데, 돌아보니, 아침 일찍 정견모주 산신령을 모시는 서낭당 나무 밑에 나와 무엇인가 산신령에게 비는 사람이 기도하며 내는 소리였다.

출랑랑은 갑자기 아버지가 어디서 나타날 것이라고 생각했

기에 스스로 화급히 돌아보았는가, 생각해 보니, 황탄하고도 헛헛하여 울음이 나오려던 것을 참고, 그저 코가 막힌 소리로 한 번 웃고 말았다.

마침 바닷가 길을 돌아가려는데, 배를 타려는 사람들이 분주히 오가는 와중에 한 사람이 꿩고기를 꼬챙이에 구워 팔고 있었다. 출랑랑은 먼 훗날 이 꿩고기 팔던 사람을 다시 찾아내려고 삼한을 샅샅이 뒤졌는데, 그때 알게 된 바에 따르면 이 꿩고기 파는 사람은 급량부(及梁部) 이(李)씨 가문 먼 갈래의 후손으로 이름을 영주(榮周)라 일컫는 사람이었다. 그러나 이날은 출랑랑은 그가 누구인지도 몰랐으며, 출랑랑이 그를 찾아다니게 될 줄도 조금도 모르고 있었다.

그러자 영주는,

"신라 사람들이 즐겨 먹는 특별한 맛이니, 여기 가락국에서도 맛보는 기회를 얻지 않겠소."라고 지나가는 사람들에게 소리치고 있었다.

출랑랑은 그것을 보니 옛날 꿩고기를 사 오지 않았냐고 보채던 것이 생각나서, 그대로 허리를 굽히고 꿩고기를 들여다보았다.

그러자, 꿩고기 팔던 사람이 말하기로,

"이보시오. 사지 않을 것이면 가도록 하오." 하고 말했다. 그러자 출랑랑이 화가 나서,

"이놈, 내가 왜 이 꿩고기를 사지 않을 사람이라고 하며 박대하느냐?" 하고 따졌다. 그러니 영주는,

“내가 이 장사를 삼한 방방곡곡을 다니며 수십 년이다. 사람이 서서 멈추어 꿩고기를 보는 행색만 보면, 재물을 내어 꿩고기를 살 사람인지, 그저 냄새만 맡고 침만 흘리며 다른 손님 오는 것만 방해하다가 갈 사람인지, 바로 알아볼 수 있다. 너 또한 비록 어디서 훔쳤는지 좋은 옷을 걸치고 있기는 하나, 이 꿩고기를 사 갈 행색은 아니다.”라고 하며 소리쳤다.

그러자, 출랑랑은,

“어찌 네놈 따위가 내 행색이 이러니, 저러니 말을 하느냐?” 하며 화를 내어 눈을 부라렸다. 그러자 그 소리를 듣고는, 근처의 덩치 좋은 뱃사람 셋이 영주의 곁에 왔는데, 꿩고기 팔던 사람은 그 뱃사람들에게,

“형님, 이 미친 여자가 대뜸 이놈, 저놈 하며 나를 욕하더니, 내가 오늘 장사하는 것을 망치려 합니다. 벌을 주어야 하지 않겠습니까?” 하였다. 그러자 그 뱃사람은 출랑랑에게,

“이 아우는 너와는 아무 상관없이 이 자리에서 장사를 하고 있을 뿐이고, 네가 앞에 서 있는 것이 싫어서 가라고 했을 뿐인데, 너는 왜 아우에게 행패를 부리느냐?”라고 말하고는 출랑랑을 바닥에 내팽개치려고 억센 힘으로 출랑랑의 팔목을 움켜쥐었다.

출랑랑은 마치 잠깐 뱃사람의 눈빛을 살펴보더니, 빠르게 손을 뻗어 한 손으로 꿩고기를 굽던 꼬챙이를 뽑아 쥐었다. 그리고 그 꼬챙이로 마치 칼을 휘두르는 것처럼 움직여 뱃사람의 팔뚝을 찔렀으니, 쑥 찔렀다 나오는 것이 얕지 않아 피가 철철

흘렀다.

그리고 출랑랑이 호통을 쳐,

"이놈, 어디에 함부로 손을 대는 것이냐?"라고 하니, 뱃사람 셋이 화가 나서 출랑랑을 덮쳐 때리고 짓밟으려 하였다.

그러나, 출랑랑은 날쌔게 피하면서 계속하여 꼬챙이를 칼처럼 휘둘러 뱃사람들을 찌르고 때렸다. 세 뱃사람들이 계속 출랑랑을 따라오며 붙잡으려고 하였으나, 다만 계속 피를 흘려 따라오는 길 사이에 핏자국을 흘렸을 뿐, 넘어지고 자빠지면서 결코 출랑랑에게는 손을 댈 수 없었다.

마침내, 싸움 구경을 하려고 배를 타려던 사람들과 배에 타고 있던 사람들이 와글와글 몰려들었으니, 한참을 사람들 사이를 헤치고 싸우면서 뱃사람 셋이 지칠 때까지도 출랑랑은 조금도 힘이 들지 않은 것 같았다.

그러고 있는데, 뿔이 둘 달린 괴물 모양을 새긴 허리띠를 한 사람들이 한 무리 달려왔다. 이는 용원당의 칼잡이들이었으니, 그중에 맨 앞에 선 사람이 바로 여당아였다.

여당아가 소리치기를,

"배에 실을 짐이 아직 산처럼 쌓였는데, 이게 무슨 소란인가?" 하였다. 그에 뱃사람 셋이 말하기를,

"이 미친 여자가 우리 아우를 욕보이므로, 제가 예의를 가르쳐 주려 하였는데 미친 사람들은 힘이 세고 빠르므로, 제가 고생하고 있습니다."라고 대답했다.

그 말을 듣고 여당아가 출랑랑을 바라보니, 꿩고기 꼬챙이를

칼을 잡은 것처럼 들고 이쪽을 노려보고 있는데, 들고 있는 모습이 그럴듯해 보였다. 그리고 여당아가 자세히 살펴보니, 뱃사람 세 명의 온몸에 그 꼬챙이에 찔린 자국이 있었으므로, 출랑랑이 솜씨가 좋아서 뱃사람 셋을 상대한 것을 잘 알 수 있었다.

"네놈이 네 재주만 믿고 함부로 용원당의 일을 방해해서야 되겠느냐?"

여당아가 호령하자, 출랑랑은 더욱 사나운 눈빛으로 여당아를 보며 들고 있는 꼬챙이를 높이 올려 찌르려 하였다.

그러자 여당아는 단숨에 들고 있던 칼을 꺼내어 꼬챙이를 날름 잘라 버렸으니, 출랑랑은 손에 든 것이 없어졌다.

여당아는 출랑랑을 보고 웃고는,

"용녀 어르신께서는 널리 재주 좋은 사람을 쓰고 계시므로, 용원당에서 칼을 쓰는 여자들도 없지 않으니, 너 또한 이와 같이 길에서 행패를 부리는 것보다는 용원당에서 일을 해 보면 어떠하냐?"고 하였다. 그러고는 꿩고기 팔던 영주에게 들고 있던 철패 하나를 던져 주며 말했다.

"꿩고기는 내가 살 테니, 먹고 싶은 만큼 주도록 하라."

그런데, 출랑랑은 손에 쥐고 있던 남은 꼬챙이 한 조각을 세게 던져서 여당아의 손등을 맞추었다. 여당아는 손을 움직여 피했으나, 그 조각이 스쳐 작은 상처가 났다.

출랑랑이 말했다.

"얻어먹고 싶지 않소."

여당아는 상처가 난 손을 만지며 놀랐으나, 한편으로는 출랑랑의 솜씨가 뛰어나다고 생각하여, 다시 웃음을 웃었다.

결국, 이러한 사연으로 출랑랑은 용원당의 무리들을 알게 되었으며, 이윽고 달리 갈 곳이 없어, 배를 타고 다니며 용원당의 한 사람이 되어 칼잡이로 일하게 되었다. 그러니 몇 달이 지나지 않아 출랑랑이 칼 솜씨 좋은 칼잡이라는 것이 점차 주위에 이름이 나게 되었던 것이다.

六章

염한

출랑랑이 뿔 둘 달린 괴물이 그려진 허리띠를 두르고 용원당으로 일을 하게 되었을 때, 용원당에는 여러 가지 규칙이 많고, 먼저 일을 배운 사람이 나중에 일을 배운 사람을 가르친다고 하여, 엄히 따지는 것 또한 많았다.

그런데, 출랑랑은 이런 많은 일들을 따르지 않았으므로, 용원당의 다른 칼잡이들이 출랑랑에게 벌을 주려고 하였다.

그런데, 그때마다 출랑랑은 무섭게 쏘아보는 것이 사나웠으며, 다른 때에도 주위의 다른 사람들과 말도 몇 마디 하지 않는지라, 무릇 배에 탄 사람들이 가까이하기를 꺼려 하였다.

다만 서로 수군거리는 중에,

"본래 귀한 가문의 딸이었다가, 집안이 난리통에 망하면서 넋이 나갔는데, 옛날 용녀 어른께서 그 아버지와 같이 장사를 하던 친분이 있어서 용원당으로 거두어들여 데리고 다니는 것이다."라고 하는 말도 있었고, 어떤 사람들은,

"고구려 군사들이 몰래 기른 귀신의 자식이라고 하는데, 신통력을 부릴 줄 알기 때문에 젓가락 하나로 덩치 큰 뱃사람 셋의 눈을 찔러 죽였다고 하더라."고 말하고 다니는 사람들도 있었다.

그러는 중에 한번은 새로 들여오는 누에벌레가 든 통을 옮기는 일을 거들고 있는데, 출랑랑은 벌레를 싫어하였으므로, 일을 하는 곳에서 멀찌감치 떨어져 있으려 하였다.

그것을 보고 용원당의 한 칼잡이가 참지 못하고 화를 내어,

"이제 겨우 칼을 잡아 보는 어린것이 왜 도대체 어찌 이리 예의를 모르는가?" 하며 성을 냈다. 그러나 출랑랑은 따지는 것을 제대로 쳐다보려고도 하지 않았다.

그러자 칼잡이가 더욱 노하여,

"내가 알아보니, 너는 망한 집안의 딸로 너를 돌보던 아비가 죽고 나니 스스로 쌀 한 톨 구할 방법이 없어, 행패를 부리던 것이라고 들었다. 그저 붙잡고 떼를 쓰기만 하면, 어디 너희 죽은 아비처럼 너를 귀하게 여기며 하고 싶은 대로 다 해 줄 줄 알았느냐?"라고 꾸짖었다.

그러자 출랑랑은 치밀어 오르는 것 때문에 눈이 튀어나올 듯하여, 참지 못하고 달려들었으니, 칼잡이는 놀라서 칼을 뽑아 들고 출랑랑을 막으려 하였다.

출랑랑은 칼잡이가 칼을 빼 든 것을 한 번 피하고는, 스스로도 칼을 뽑았는데, 상대의 칼을 쉽게 자신의 칼로 젖히고는 칼날을 비틀어 바로 목을 찌르려 하였다. 그것이 매우 위급해 보였으므로, 칼잡이 주위에 있던 다른 용원당의 칼잡이 하나가 재빨리 자기 칼을 뽑아 출랑랑의 칼을 막았다.

그러자 출랑랑은 들고 있던 칼에 힘을 주어 뽑았다가 가까이 내던지면서 내리쳐서, 두 칼잡이의 칼에서 칼을 놓치게 하고는 자기도 칼을 던져 버렸다.

그리고 처음 출랑랑에게 따졌던 칼잡이에게 들러붙어, 그대로 두 다리로 목을 조르듯이 휘감고는 바닥에 자빠뜨렸다. 그러고 나서, 두 손으로 얼굴을 치기 시작했으니, 칼잡이가 소리지르다가 정신을 잃도록 때려서 얼굴에 피가 흐른 것이 주먹을 칠 때마다 사방으로 푹푹 튈 때까지 말도 하지 않고 두들기는 것이었다.

이후로, 출랑랑을 두고 사람들이 말하기를,

"저 아이에게는 마귀가 씌어 있다."고도 하였으니, 용원당의 다른 칼잡이들은 더욱더 출랑랑을 가까이하지 않게 되었다.

배를 타고 오가는 사이에, 출랑랑은 백제에서 도망쳐서 왜국 섬으로 가는 사람들을 데리고 가는 배를 탈 때도 있었다. 그렇게 되면, 출랑랑은 백제 사람들 사이에서 백제와 고구려의 싸움 소식을 유심히 들었다. 그러다가 가끔 사람들에게,

"혹시 병신년의 변고 때에, 가락국에서 백제로 간 출선주가 싸웠던 일에 대해 들어 본 적이 있소?" 하고 묻기도 하였으나,

아는 사람은 없었다.

그러다가, 한 사람이,

"병신년의 변고 때에는 고구려 군사가 매우 크게 이겼으니, 살아남은 사람은 겨우 몇몇이 있으므로, 살아남은 이들은 이제 모두 고향으로 돌아갔을 것이오. 나머지는 다 죽어서 썩어 가는 뼈만 흩어져 있으니, 누구 뼈가 누구 뼈인지 찾아 갖고 오는 것조차 힘든 일이오."라고 말했다.

그 말을 듣고 출랑랑은 아무 말도 하지 않았다. 그러나 그날 밤에 출랑랑은 문득 홀로 아무도 없는 뱃머리에 올라가더니, 시커먼 밤물결이 일렁여 파도치는 것을 한참 보다가 한동안 흐느껴 울기 시작했으니, 파도가 쳐서 물이 튀는 것이 달빛에 비칠 때마다 울면서 떨어지는 눈물이 끝없이 그 위로 줄줄 흘렀다.

그것을 몰래 본 칼잡이가 있어서,

"마귀에 들린 여자라더니, 참으로 그러하다."고 서로 속삭거렸다.

그러다가 한번은, 백제 사람들을 싣고 가는 배를 타고 가는 바닷길에서 신라 배를 마주친 일이 있었다.

배들을 이끌고 가는 우두머리는 여당아였는데, 여당아는 신라 배의 깃대 세운 것을 유심히 보았다. 그러더니,

"우리 배의 재물을 빼앗아 가려는 신라 놈들이다. 고구려와 신라는 한패로, 가야, 백제를 적으로 두고 싸움터에서 싸운 일이 많다. 그러나 신라와 가야 사이는 지금 원수라고 할 수 있다. 저 신라 놈들이 우리를 곱게 대하지는 않을 것이니, 싸워서 몰

아내야 할 것이다."고 하였다.

그러고 나서, 칼잡이들에게 배의 위치를 지킬 곳들과 신라의 배와 마주하게 되면 싸울 것을 이야기해 주었다. 그러면서 여당아는 말하기를,

"신라의 화살 쏘는 기계가 좋아서 그것이 위험하다. 그러므로, 멀리서 화살로 서로 싸운다면 우리가 불리하다. 신라 놈들의 말을 순순히 듣고 재물을 내어주는 척하면서, 신라 놈들이 재물을 가지려고 우리 배에 바짝 붙게 되면 그때 칼을 들고 맞서 싸우도록 하자."고 하였다.

그러면서, 출랑랑에게는 싸움을 많이 해 본 적이 없으니 맨 뒷자리에서 재물과 사람들을 마지막까지 지키라고 하였다.

그런데 출랑랑은,

"싸움을 많이 해 본 적이 없는 나 같은 사람이야말로 지금 제일 쓸모없는 것이니 아까울 것이 없지 않소? 맨 앞에 내세워 제멋대로 싸우다가 신라 놈들의 힘을 빼게 하고 내가 죽어 없어져도 아까울 것이 있겠소?"라고 말하며, 자기는 바로 죽어도 좋으니 맨 앞에서 서서 싸우겠다고 하였다.

이에, 출랑랑을 미워하거나, 마귀가 들렸다고 생각하던 다른 용원당 칼잡이들도 그렇게 하라고 하므로, 여당아는 출랑랑을 맨 앞에 세우게 되었다.

신라 배가 다가와 닿고, 그 위로 신라 사람들이 건너오기를 기다리며, 칼잡이들이 모두 꼼짝 않고 초조하게 서서는, 칼집에 손을 대고 신라의 배가 가까워지는 것을 보고 있었다. 신라 배

가 점차 커지다가 마침내, 신라 배에 탄 신라 사람들의 모습이 분명히 보이고, 나중에는 신라 사람들의 얼굴 표정과 서로 중얼거리는 말소리까지 잘 들리게 되었다.

용원당 칼잡이들은 말을 하지 않고, 노려보고 있기만 하였으니, 다만 파도가 부딪쳐 철썩거리는 소리와 배의 나무들이 삐걱거리는 소리만 계속해서 귀에 들렸다. 이제 잠깐 후면, 신라 배가 와서 닿아 부딪치는 소리가 나고, 신라 사람들이 몰려올 것을 생각하여 다들 칼 손잡이를 쥐었으니, 칼 손잡이에 손바닥에서 묻은 땀이 미끌거려 하나같이 몇 차례 손의 땀을 닦았다.

그런데 그때, 아직 배가 닿으려면 몇 발자국 거리는 떨어져 있는 것처럼 보였을 때, 갑자기 출랑랑이 공중으로 뛰어올랐다. 그리고 출랑랑은, 배와 배 사이를 성큼성큼 건너뛰어, 신라 배의 복판으로 날아들었다.

신라 사람들이 놀라서 모두 출랑랑을 둘러싸고 섰는데, 한 신라 사람이,

"항복하고 가진 것을 다 내어놓아라. 그렇지 않으면 죽이겠다."고 말하며, 칼끝으로 위협하였다. 그런데 "죽이겠다."는 말을 채 끝내지 못하여, 출랑랑이 칼을 뽑아 그 칼을 든 팔을 잘라 버렸으므로, 칼을 손에 쥔 채로 팔이 떨어졌다.

출랑랑이 말하기를,

"이제 피가 흐르는 반만 남은 팔뚝으로 나를 죽이려고 하면 어떻게 해야겠는가? 이빨로 물어뜯어 죽이겠느냐?"라고 하면서 웃더니, 다시 칼을 휘둘러 팔이 잘린 신라 사람의 볼에 칼집

을 내어 얼굴에서 피가 쏟아지게 하였다. 그러니, 신라 사람이 아파서 소리를 지르며 바닥에 주저앉아 뒹굴었다.

이때 파도가 크게 쳐서 배들이 기우뚱하였고, 마침내 배들이 서로 부딪쳐 또다시 흔들렸는데, 그 틈을 타고 기울어지는 내리막을 다시 출랑랑은 달려 내려갔다. 그러다가 다시 뛰어오르니, 몸놀림이 매우 재빨랐으므로, 출랑랑을 따라오는 신라 사람들은 가까이 오지 못했으며, 넘어지고 쓰러지기도 하였다.

출랑랑이 두 번째로 가까이에 있던 신라 사람의 다리를 찔러 주저앉게 하고, 다시 다른 사람의 한쪽 눈을 베어 내어 쓰러지게 하자, 여러 신라 사람들이 두려워 가까이 오지 못했다. 그러는 동안, 다른 용원당 칼잡이들이 신라 배로 건너와서 싸우게 되니, 신라 사람들이 싸우는 것이 곧 힘겨운 형세가 되었다.

신라 사람들 중에 우두머리인 듯한 자가 출랑랑을 먼저 잡으려고 화살을 쏘려고 하므로, 출랑랑은 잠깐 돛대 뒤에 몸을 피하였다. 그리고 신라 사람이 화살을 한 대 쏘고, 두 번째 화살을 쏘려는 틈을 타서, 돛대 위를 기어올라 가더니, 안개 낀 바다를 밝히려고 걸어 둔 등잔을 집었다. 그리고 출랑랑은 그것을 돛대에 던져 배에 불을 질러 버리는 것이었다.

그랬더니, 신라 사람들은,

"불을 꺼라. 불부터 꺼라."라고 하는 사람들도 있고,

"가야 놈들을 죽여라."고 소리치는 사람도 있으며, 한편으로는 칼에 찔려 쓰러지며 괴로워 소리 지르기를,

"아프다, 아프다. 살려 주오, 살려 주오."라고 외치는 사람도

있었다.

그러니, 점차 불길이 타올라 검은 연기가 피어오르고 빨건 불꽃에 뜨거워서 도망치려는 피 흘리는 사람들이 기어 다니는 모습이 참혹하였다. 그 모습이 무서워서, 숨어 있던 백제 사람들이 오히려 보기를 꺼려서 고개를 돌리기도 할 정도였다.

그리하여, 마침내 신라 배가 공격해 오는 것을 물리쳤다. 이에 여당아는 출랑랑에게,

"너의 칼 솜씨가 큰 흠이 없으니, 더 솜씨를 갈고닦는다면, 나중에는 용녀 어른께서 눈여겨보시는 날도 오지 않겠느냐?" 하고 말해 주었으나, 다만 출랑랑은,

"다음에도 맨 앞자리에 세워 주시오."라고 말할 뿐이었다.

과연 얼마 지나지 않아 다시 한 번 신라 사람들의 배를 마주칠 때가 있었다. 이때는 출랑랑이 염한과 편발희가 백제 사람들을 태우고 오는 배를 타게 되었을 때였다.

전과 마찬가지로 다가오는 신라 배가 보이므로, 출랑랑은 싸울 준비를 하고, 칼을 손에 쥐려고 하였는데, 여당아는 배의 깃발을 유심히 보더니,

"싸울 채비를 하지 말라."고 말했다.

출랑랑이 이상히 여겨,

"저것은 신라 배이니 이 배에 들어와 노략질을 할 것이 아니오? 왜 싸우지 않고 놓아둔단 말이오? 그러면 마음대로 노략질을 하도록 두는 것이란 말이오?" 하고 물었다.

그러자, 이야기를 듣고 있던 염한이 출랑랑에게 말했다.

"바로 그러하다."고 하였다. 출랑랑이 이상히 여겨,

"도대체 금은을 가득 갖고 있는 백제 사람들이 타고 있는 배를 일부러 노략질하는 신라 배에 갖다 바치는 법이 어디 있소?" 하고 다시 따져 물었다.

염한이 답했다.

"아직 어려서 일을 잘 모르느냐? 저 배는 비록 신라의 배이나 우리와 내통하고 있는 배다. 우리가 저 신라 사람들이 나타나는 곳에 일부러 이 배를 데려온 것이다. 저 배는 노략질을 하여 이 배를 타고 있는 백제 사람들의 재물을 모두 빼앗아 갈 것이다. 우리는 저 배를 타고 있는 무리들과 싸우지 않을 것이니, 저 신라 사람들은 어려움 없이 쉽게 재물을 빼앗아 갈 수 있는 것이다.

그러고 나서, 노략질을 마치고 신라로 돌아가고 나면, 나중에 긴밀히 고맙다고 인사를 한다면서, 노략질한 물건의 절반을 다시 우리에게 선물로 돌려주니, 우리는 가만히 앉아서 막대한 재물을 얻는 것이다."

그 말을 듣고 출랑랑은,

"그것은 우리가 우리 배를 탄 사람들의 물건을 도둑질하는 것과 마찬가지가 아닌가?" 하고 말하였다. 그에 염한은 또 답하기를,

"따지자면, 도둑질을 하는 것은 신라 사람들이다. 신라 사람들이 스스로 원한이 깊어 백제 사람들의 물건을 빼앗는 것이지 우리가 우리 손으로 도둑질을 하느냐? 우리에게 무슨 죄가 있

느냐?" 할 뿐이었다. 출랑랑은 굴하지 않고 다시 물었으니,

"배를 지키기 위해 창칼을 들고 있는 사람들이 이렇게 많이 있는데, 신라 사람들이 도둑질을 하는데 일부러 막지 않는다고 하면, 그것이 죄가 있는 것 아니냐?" 하였는데, 염한은,

"신라의 노포가 좋아서 강한 화살을 많이 쏘기 때문에, 우리가 싸워도 이길 가망이 없으므로 싸우지 않는 것뿐이다. 그것이 무슨 죄란 말이냐?"라고 하면서,

"죄라니, 아랫사람으로 윗사람에게 따지는 것이 심하구나."라고 출랑랑을 질책하였다.

그러나, 출랑랑은 계속하여 따졌다.

"진실로 신라 사람과 싸우려는 뜻이 있다면, 나중에 선물로 노략질하는 것을 돌려받는 것은 무슨 짓인가?"

그 말을 듣고, 편발희가 대신 답하기를,

"주는 귀한 선물을 그렇다면 받지 않을 까닭은 무엇인가? 본시 가야의 장사꾼들은 삼한 78국은 물론이요, 바다 건너 탐라국과 왜국 섬까지 두루두루 다니고 있으니, 나라가 서로 싸우고 있다고 한들, 고구려와 신라에도 발길을 끊지 않고 다니는 것 아니냐. 그러면, 비록 어떤 신라 사람들에게 노략질을 당한다고 한들, 또 어떤 신라 사람들에게 선물을 받을 수도 있지 않으냐?"고 하였다.

"그렇지만, 그 사람이 그 사람이고, 애초부터 노략질을 하기 전에 서로 다 짜고 있는 것 아니냐?"

출랑랑이 그렇게 말하고는 더 할 말이 없어 머뭇거리니, 염한

은 편발희의 눈치를 보고 한 번 웃더니,

"우리 배에 태워 가는 사람이 노략질 당할수록 우리에게 득이 되니, 이것이 바로 네 번 발라먹은 것을 다섯 번 또 발라먹는다는 것이다."라고 말했다.

이윽고, 신라 사람들이 출랑랑이 타고 있는 배에 다가오더니 옮겨 탔다. 그러고는 같은 배에 타고 있는 백제 사람들의 재물을 빼앗으려고 하였다. 이미 다른 용원당 칼잡이들은 항복하여 칼을 바닥에 던지고 가만히 서 있어 움직이지 않았다.

그러나, 출랑랑은 갑자기 자리에서 앞으로 나가 서더니,

"집 없이 이제 외롭게 떠도는 사람들이 가진 재물을 어찌 이와 같이 도적질하도록 놓아둘 수 있겠는가?" 하고는, 칼을 뽑아 드는 것이었다.

그러자, 여당아가 출랑랑을 꾸짖었다.

"너는 망한 가문의 자손으로 재물을 모두 잃어 밥을 굶을 지경이었는데, 내가 너의 재주를 높이 사서 일하게 해 준 덕으로 먹고살고 있는 것을 잊었느냐? 너는 어찌 네 멋대로 경박한 일을 하려는 것이냐?"

출랑랑은 여당아 쪽은 보지 않고, 한 신라 사람이 감을 쌓아 놓은 곳에 가서 그것을 집어 가려는 것을 지켜보고 있었다.

출랑랑은,

"이 배에 있는 물건에 손을 대지 말라."라면서 칼끝을 겨누었다.

그러자, 여당아가 다시 출랑랑에게 말했다.

"네가 지금 일을 그르치게 되면, 본시 예상하던 이익에 못 미치게 되어, 큰 손해를 입을 것이므로, 용원당의 많은 사람들이 해를 입게 될 것이다. 그렇다면 그중에는 꿈꾸던 벼슬자리를 잃게 되고, 일하는 자리를 잃어 가족이 굶주리게 되는 사람도 있을 것이다.

이미 일이 다 정해져 있는 것인데, 네가 혼자 갑자기 나서서 이와 같이 덤벼 본다고 한들, 여기에 있는 이 많은 신라 사람들을 당할 수 있겠느냐, 도대체 무엇이 달라진다는 말이냐? 다만 너를 먹여 주고 재워 주고 너를 여기에 데려온 내가 욕을 먹는 것밖에 무슨 차이가 있느냐?

다른 말 말고, 내가 시키는 대로 칼을 손에서 놓으라."

그 말을 듣고 출랑랑이 잠깐 말없이 있더니, 문득 비실비실 웃었다. 그러고는 출랑랑이 대답하는 것이 다음과 같았다.

"너도 참 딱하구나. 너는 용녀가 내려 준 뿔 그려진 허리띠를 두르고 있으니, 네가 내 언니나 숙모라도 된 것 같으냐? 네가 나에게 곡식과 재물을 준 것은, 내가 칼질을 하는 값으로 곡식과 재물을 준 것뿐이다. 그렇다고 해서, 내가 너를 스승으로 모시고, 너는 상전이 되며 내가 노비가 되는 것이냐?

고작 철조각 허리띠의 모양이 손톱 반만큼 더 큰 것을 두르고 있다고, 대단한 위세를 누리는 양, 근엄히 눈을 부라리고 있으면, 무서워하는 사람이 누가 있느냐, 다만 비웃음 거리가 아니냐?"

거기까지 말했을 때에, 출랑랑이 실실거리고 웃는 소리가 들리는 중, 신라 사람이 감 쌓아 놓은 것에 손을 데려고 했다.

그러자 바로, 출랑랑은 칼을 휘둘러 그 신라 사람의 손가락 끝을 베어 버렸다. 그러니, 손가락 끝에서 피가 흘러 붉은 감 위에 다시 흩어졌다.

그러자 바로 용원당의 모든 칼잡이들이 칼을 다시 집어 들고 출랑랑에게 덤벼들려고 하였으며, 신라 사람들은 화살과 노포를 출랑랑에게 겨누었다. 곧 신라 사람들은 화살을 쏘았으니 빗나간 화살 한두 발이 떨어졌다. 출랑랑은 피할 길을 뚫기 위해, 용원당 칼잡이 하나를 겨누어 높은 곳을 향해 찔렀다가 그것을 막을 때에 재빨리 한 번 더 다리 쪽으로 휘둘러 자빠지게 하였다. 그러더니 출랑랑은 자빠진 칼잡이를 가볍게 짓밟고 뛰어 사람들 사이를 빠져나갔다.

칼에 베인 사람들이 소리를 지르고, 신라 사람들이 쏘는 활이 배 곳곳에 떨어지니, 배에 타고 있던 백제 사람들도 놀라 소리를 지르기 시작했다. 평생 닭 잡는 것 한 번 보지 못한 백제의 귀부인들은 칼이 몇 번 번쩍하는 것에 놀라서 눈물을 흘리며 우는 사람들도 있었다.

신라 사람들이 화살을 쏘는 것이 점점 더 많아졌으므로, 출랑랑은 배의 방 안으로 들어갔다.

방 안에는 많은 재물을 낸 백제의 갑부들이 드러누워 자거나, 술판을 벌이고 노는 자리가 있었는데, 갑자기 피를 묻힌 출랑랑이 들어오고 바깥에서 쏜 화살이 박히는 소리가 들리니 판이 엎어졌다. 그러므로 사람들이 놀라 뛰쳐나가려고 하고, 술잔이 쏟아져 술 방울이 흩어지고, 잔이 깨지는 소리가 울려 퍼지고, 자빠지고 넘어지는 사람들이 나무 바닥을 출렁거리게 하고, 연주하던 악기의 줄이 끊어져 이상한 동물이 우는 것 같은 소리가 길게 들리는 가운데 뛰고 달리는 사람들의 발소리가 두들기는 것이었다.

곧 신라 사람들이 쏜 노포의 큰 화살이 벽을 꿰뚫고 들어왔다. 그러므로, 출랑랑은 더 깊이 피해야겠다고 여기고, 다시 문을 박차고 나아가 더 깊은 곳으로 들어가려고 하였다.

그러니, 지키고 있는 칼잡이가 있었으므로, 한 칼로 한 사람의 귀를 잘라 놀라게 하고, 발을 들어 다른 사람의 윗니를 차올렸다. 이에 지키는 자들은 둘 다 주춤거리며 칼날을 휘둘렀으나 다 빗나가고 쓰러져 바닥에서 뒹굴게 될 뿐이었다.

그리하여, 출랑랑이 배의 가장 깊은 곳으로 들어섰는데, 그곳에 보니 황금과 보석으로 만든 갖가지 귀한 보물들이 여러 귀한 그릇 속에 담겨서 동물 가죽과 비단에 포장되어 쌓여 있었다.

이때 출랑랑의 등 뒤에서 칼잡이들과 여당아가 들이쳤다. 출랑랑은 재빠르게 뒷걸음질 쳐서 반대쪽 벽으로 붙었다.

이에 여러 칼잡이들이 소리를 지르며 달려들어 출랑랑을 찌르려고 하는데, 출랑랑이 빠르게 칼날을 여러 번 휘둘러 치며, 칼날의 방향이 달라지게 해서 몸을 피하고는, 교묘하게 옆으로 파고들어 가까이에서 칼잡이들의 눈을 찌르고 발을 찍었다. 그러자, 눈을 다쳐 보이지 않는 칼잡이들이 소리를 지르며 마구 칼을 휘두르니, 좁은 배의 구석에 사람들이 많았으므로 자기 편의 칼에 자기가 베이게 되기도 하였다.

몇 차례 칼잡이들이 출랑랑에게 달려들었으나, 모두 이기지 못하고 잘리고 베여 자빠지게 되었다. 그러자 칼잡이들은 겁을 먹어 출랑랑을 둘러치고만 있을 뿐 함부로 나서지 못하고 칼을 들고 머뭇거리고만 있었다.

출랑랑이 낄낄거리며 웃으며 말하기를,

"한 놈이 죽을 각오를 하고 달려들어 내 칼에 배가 찔려 꽂혀 있으면, 내가 칼을 다시 뽑아 휘두르기 어려울 테니, 그때 다 같이 달려들면 이 몸을 조각조각 자를 수 있을 텐데, 하나 먼저 죽을 만한 놈이 없어 다들 벌벌 떨고 죽는 것을 겁내고 있구나."고 하였다.

그러자, 여당아가 주위에 말하기를,

"저것이 아직 어린 여자라 팔 힘이 세지 못해서 짧은 칼을 쓰고 있으니, 너무 가까이 달려들지 말고, 팔 힘이 좋아서 긴 칼을 쓰는 사람이 멀리서 칼질을 하면 조금씩 상처를 낼 수 있을 것이다."라고 하였다. 이 말을 듣자, 한 덩치 큰 사나이가 용기를 얻어 주춤주춤 칼을 들고 나서려고 하였다.

출랑랑이 주위를 보니, 한발 떨어진 곳에 금빛으로 번쩍거리는 칼이 하나 걸려 있었다. 그 칼은 손잡이 끝에 고리가 달려 있으며, 거기에 봉황의 머리가 새겨져 있는 봉문도(鳳文刀)가 있었다. 봉문도는 금과 은으로 장식된 보물로 출랑랑은 그 칼이 매우 훌륭한 것을 알았다. 다만 한 걸음 디뎌야 칼에 손이 닿을 만한 거리였으므로, 출랑랑이 봉문도를 잡으러 가는 틈에 칼날이 들어오면 그대로 죽게 될 것 같았다.

본시 봉문도는 고천다가 만든 네 자루의 보물 중에 하나로, 사람의 키와 길이를 비교할 만한 아주 큰 칼이었다.

용녀가 이 칼을 얻었을 때, 여당아에게 묻기로,

"이 칼이 어떠하냐?" 하고 묻자,

"이 칼이 너무 커서 들고 다니거나 휘두르기도 어려웠거니와, 칼 손잡이 한쪽이 더 무겁고 다른 쪽이 더 가볍게 기울어져 있어서, 싸울 때 쓰는 칼은 아닙니다."라고 하였다.

용녀는,

"실로 그러하다. 그러므로, 이 칼은 칼싸움을 하기에는 소용이 없으나, 이렇게 큰 칼을 위엄 있게 보이기 위해 지니고 있거나, 금으로 아름답게 장식한 것을 보여 주며 자랑하기에 좋을 것이다. 그러므로, 칼을 들고 싸울 장군에게 이 칼을 줄 것이 아니라, 칼은 자랑만 할 줄 아는 칼 쓸 줄 모르는 글만 읽는 선비 부류에게 선물로 주도록 하라."라고 하였다.

그러므로, 백제의 한 대신에게 뇌물로 준 것인데, 그 대신은 사랑하는 한 유녀에게 다시 그 칼을 선물로 주었다. 그러다가 그 유녀가 고구려와 싸움이 벌어지는 것을 피하여 백제에서 도망치는 길에 올랐으므로, 이 봉문도 또한 이 배에 와 있게 된 것이었다.

이에 여당아와 다른 칼잡이들은 봉문도는 실제로 싸우는 데는 아무 쓸모가 없는 장신구라고만 생각하고 있었다. 또한 출랑랑에게 덤벼들 기세인 사나이가 그대로 칼질을 연이어 하게 되면, 출랑랑이 봉문도를 집기도 전에 그 목을 베어 낼 수 있을 것으로만 생각하였다.

과연, 사나이가 긴 소리를 지르며 커다란 자기 칼을 출랑랑에게 내질렀다.

출랑랑은 벽에 바짝 달라붙으며 피했으나, 사나이의 칼이 컸으므로 끄트머리에 베이게 되어 몸의 옷자락이 길게 잘라지며 상처가 생기고 말았다.

그런데 이때, 옷자락이 잘리는 바람에 출랑랑의 살결이 그대로 드러났으니, 얼굴에 피가 튀어 있고, 손발에 땀과 진흙이 가득하였는데, 드러난 살은 아직 부유한 집안의 귀한 딸 모습이 그대로 남아 있어 기이하게도 환하게 희기만 하였다. 그러니, 사나이는 그것을 보고 그만 정신이 팔려 어리둥절하니 멍하게 그대로 보고 있기만 하고 말았다.

사나이가 멍한 틈을 놓치지 않고, 출랑랑은 그대로 뛰어 기나긴 봉문도를 붙잡은 다음, 칼집에서 뽑는 그대로 앞으로 내밀어 사나이의 목을 쳤다.

그러니, 봉문도의 칼날이 극히 날카로워, 그대로 사나이의 목이 잘려 나가서, 멍한 표정으로 눈을 뜬 채로 사나이의 머리통이 떨어졌다. 출랑랑은 새로 뽑은 긴 칼을 앞으로 바로잡고 겨누면서,

"이놈이 그래도 죽으면서 마지막으로 본 것이 하늘 아래에서 보기 힘든 아름다운 것이었으니, 이놈이야말로 운이 좋게 죽었다. 죽을 때 본 것이 영영 남아 극락왕생이로구나."라고 말하며

웃어 대는 것이었다.

출랑랑이 봉문도, 기나긴 칼을 들고 흔들 때, 칼을 쓰는 수법이 괴유도법이었으니, 본시 괴유도법은 큰 칼을 쓰는 것이라서, 손에 꼭 맞게 칼이 움직였다.

그동안 보통 길이의 칼을 잡고 괴유도법을 쓸 때에는 괴유도법이 맞지 않는 점이 가끔 있어서 칼을 휘두르다가도 문득 이상하게 느껴지는 점이 있었는데, 무겁고 큰 칼을 쓰니 바로 그러한 칼에 어울리는 수법이었다. 출랑랑은 다른 칼을 쓸 때에는 괴유도법이 어울리지 않았던 까닭을 그제야 깨닫고 매우 기뻐하였다.

다른 칼잡이들이 보기에는 출랑랑은 긴 칼을 휘청거리듯이 들고 움직이는 것처럼 보이는 것 같았는데, 그러면서도 그 칼날 끝이 살아 있는 뱀이 고개를 움직여 가며 먹이를 물려고 하듯이 날카롭게 움직여 살과 뼈를 따라다니며 잘라 내려고 하는 것 같았다.

마침내, 출랑랑이 봉문도를 휘두르며 앞으로 나서자, 몇 명의 칼잡이들이 억지로 소리를 지르며 막아섰다. 그러나 숫제 봉문도와 맞부딪치게 되자 칼잡이들이 든 칼의 칼날이 픽픽 부러져 나갔다.

출랑랑이 뛰어나가는 사이에, 좌우에 있던 칼잡이들의 머리카락이 잘려 검은 털이 사방에 날리고, 손가락과 발가락 끝이 잘려 살 조각들 또한 흩어졌으므로, 바닥에 칼잡이들끼리 뛰는 사이에 피에 묻은 붉은 발자국이 어지럽게 찍혔다.

다시 출랑랑이 칼잡이들이 가로막은 것을 뚫고, 배 위로 올라오자, 급히 신라 사람이 화살을 쏘려고 했다. 그러나, 출랑랑은 긴 봉문도를 화살 쏘는 자에게 던지듯이 찔렀다. 신라 사람은 화살 든 손이 칼에 찍혀 소리를 질렀다. 그러자 출랑랑은 그 손을 다친 신라 사람을 등지어 화살을 피한 채로, 그 뒤에 서 있는 칼잡이의 어깨를 칼로 찍었으며, 신라 사람들이 같은 편을 잘못 화살로 맞힐까 우왕좌왕하는 사이에, 앞으로 덤벼 오는 칼잡이 둘을 더 상대했다.

출랑랑이 찢어진 옷을 반쯤 걸친 채로, 온몸에 튄 피를 바른 채로 앞뒤로 뛰어다니며 사람 키만 한 칼을 휘두르니, 그 모습이 과연 제정신인 것도 아닌 것 같았고, 사람도 아닌 것 같았다. 겁을 먹어 신라 사람들과 칼잡이들이 주춤거리는 사이에 또 몇 사람, 몇 십 사람이 더 쓰러져 가는지 세기도 어려웠다.

이제 배 위에 있는 사람들은 용원당, 신라 사람들뿐 아니라, 배에 타고 있는 백제 사람들까지도 겁을 먹어 출랑랑으로부터 도망치려고 하였다.

구석으로 숨어 있던 염한 또한 겁을 먹어,

"저것이 마귀에 들렸다더니, 참으로 마귀로구나."라면서 어떻게든 피하고자 하였다. 염한은 겁을 먹어 정견모주의 흙인형을 붙들고,

"모주님 살려 주십시오. 정견모주님 살려 주십시오." 하면서 간곡히 빌었다.

그러던 중에 편발희가,

"이곳으로 피하시오." 하고 염한을 부르는 소리가 들렸다. 염한이 보니, 그사이에 편발희는 배에 실어 놓은 작은 뗏목을 내려 배에서 도망치려고 하고 있었다.

염한이 편발희가 탄 뗏목으로 뛰어내리자마자, 편발희는,

"어서 힘을 다해 빨리 돛을 올리시오."라고 하였다. 염한은 뗏목의 돛을 올렸는데, 바람이 제 방향으로 불지 않아, 뗏목은 출랑랑이 싸우고 있는 배를 떠나지 않고 그 자리에 그대로 맴돌고만 있었다.

그러는 사이에 출랑랑의 칼에 맞아 죽는 것이 싫어서 맨몸으로 바다로 뛰어드는 칼잡이들이 여럿 보일 지경이 되었고, 신라 사람들 또한 배를 물리며 멀리서 화살을 쏘았으므로, 화살이 끊임없이 비가 되어 쏟아졌다.

그런데도 뗏목은 그 자리에만 있었으므로, 편발희가,

"바람의 방향이 맞지 않으니, 어찌합니까." 하고 두려워하자, 염한은 정견모주 흙인형을 들고,

"모주님, 정견모주님, 부디 바람을 불어오게 하여, 살려 주십시오. 바람을 불게 해 주십시오. 살려 주십시오." 하고 눈을 질끈 감고 정신없이 소리를 내며 기도하였다.

그런데 그때, 하늘에서 범이 덮치는 것처럼 훽 하고 떨어지는 것이 있었다. 염한과 편발희가 보니, 그것이 바로, 뗏목으로 뛰어내린 출랑랑이었다. 출랑랑이 떨어지면서, 봉문도를 휘두르니, 염한이 들고 있던 흙인형에 맞아 인형이 산산조각으로 깨어져 바다의 파도 위로 흩어져 버렸다.

"여기 모주님이 계시다."

출랑랑이 그렇게 말하고 웃기 시작하니, 싸우는 사이에 흐트러져 풀린 머리가 어느새 불기 시작하는 바람에 날려 불타는 것과 같은 모양이었고, 웃는 입안으로 얼굴에 묻은 피가 줄줄 흘러내려, 하얀 이 사이로 핏물이 맺히고 이의 뾰족뾰족한 끝마다 피가 방울방울져 있었다. 그 모습을 보고, 염한은 부들부들 떨면서,

"모주님, 살려 주십시오. 모주님, 살려 주십시오."라고 출랑랑의 발 앞에 엎드려 빌었으니, 마침 바람이 점차 거세져서, 세 사람이 타고 있던 뗏목이 그대로 떨어져 나와 큰 바다로 흘러갔다.

한참 뗏목은 물결을 따라 흘러갔다. 뗏목이 배들로부터 멀리 떨어져서 보이지 않을 지경이 되었을 무렵, 출랑랑은 염한에게 말했다.

"배가 고프다. 먹을 것을 찾아야 하지 않겠느냐? 육지로 올라가라."

염한은 그때까지도 출랑랑이 자기 쪽을 보면 덜덜 떨었다. 염한이 두려워하며 겨우 대답하기를,

"뗏목이 작으니 움직이기가 어렵습니다. 억지로 배의 방향을 바꾸려다가 큰 파도를 견디지 못하여 뒤집어지면 어쩌겠습니까?"라고 하였다.

그러자, 출랑랑이 말했다.

"해가 질 때까지 육지에 닿지 않으면 죽이겠다."

그러니 염한은 오직 엎드려 빌며,

"모주님, 잘못했습니다. 분부대로 하겠습니다."라고 용서를 구할 뿐이었다.

그러다 얼마 지나지 않아, 출랑랑은 벌러덩 누워서 잠을 자기 시작했는데, 그러자 염한은 소리를 죽여 작은 목소리로 한탄하기를,

"망망한 큰 바다에 작은 뗏목을 의지해 떠 있는 것 또한 두려운 일인데, 머리 뒤에 마귀가 누워서 자고 있으니, 어찌 살 수 있을 것인가?"라고 하였다.

그러다가, 염한은 출랑랑이 잠을 든 틈을 타서 몰래 죽여 볼까 궁리하기도 했으나, 편발희가 그것을 말리며,

"저것은 마귀가 들린 미친 것이므로, 가까이해 봐야 자칫 우리 몸만 다칠 뿐입니다. 그저 저것의 손아귀를 벗어날 때까지는 엎드려서 빌고 비위를 맞추며 도망칠 기회를 노릴 수밖에 없습니다."라고 하였다. 그러자 염한은 이도 저도 할 수 없어 소리내어 울려고 하니, 편발희는,

"그대가 바다 위에서 살아 온 것만 햇수로 헤아려도 몇 년입니까. 그대가 바다 위에서 배를 움직이는 솜씨는 세상에서 보기 드문 훌륭한 것이니, 재주를 다하면, 부디 해가 지기 전에 육지에 닿을 수 있을 것입니다."라고 하여 염한을 북돋아 주었다.

이에 염한이 힘을 내어 이리저리 배를 움직였으니, 해가 져서 출랑랑이 염한을 죽이려고 할 때에 육지가 보였고, 편발희가 출랑랑의 발을 붙들고 염한을 살려 달라고 빌었으므로, 세 사람은 같이 육지에 오르게 되었다.

세 사람은 육지를 걷다가 바닷가 바위 사이에 한 불빛이 있는 곳을 찾아갔다. 염한이 먼저 기어가 가만히 그곳을 보고 오더니, 얼굴이 하얗게 변하여 겁을 냈다. 염한이 말하기를,

"이곳은 신라 해적들이 모여 있는 소굴입니다. 도망쳐야 합니다."라고 했다. 그러고는 먼저 나서서 뛰어가려고 했다. 그런데, 출랑랑은 염한을 따르지 않고 가만히 염한을 노려볼 뿐이었다. 출랑랑의 눈을 보자 염한은 그만 두려워 다리에 힘이 빠져서 도망치려던 것을 멈추고, 바로 무릎을 꿇고 앉았다.

출랑랑이 말했다.

"저곳에 먹을 것이 있을 것 같지 않느냐?"

염한이 대답했다.

"한바탕 도적질을 한 신라의 도둑들이 숨어서 잔치를 하고 있는 듯하니, 고기와 술은 있겠습니다만, 저 신라 도적 떼거리들이 몇 명이나 되는지 알 수도 없고, 신라 해적들은 싸움에 밝은 것이 장군들보다도 더하다고 하니, 만약 잘못 눈에 띄어 저 해적 놈들이 우리를 노리게 되면 큰일입니다. 천하사방은 넓디넓어 삼한에만 일흔여덟 개의 나라가 있다고 했으니, 먹을 것을 찾으려고 하면 얼마 지나지 않아 달리 먹을 것 구할 곳이 없겠습니까? 이곳에서는 바삐 도망쳐야만 합니다."

그러나 출랑랑은 그 말을 듣지 않고 해적 소굴 쪽으로 걸어갔다. 염한이 부들부들 떨면서 움직이지 않고 있으니, 출랑랑은 고개를 돌려 염한을 쳐다봤다. 그러자 염한은 마지못해 출랑랑을 따라 해적 소굴을 향해 걸어가며 탄식하기를,

"아아, 내가 나쁜 짓을 많이 하고 살아, 하늘의 벌을 받아서 마귀에게 이끌려 지옥으로 끌려가니, 곧 해적들이 이 몸을 채 썰어 죽이겠구나."라고 하였다.

그러나 출랑랑은 바로 그때 그대로 해적 소굴로 뛰어들어 갔다.

출랑랑이 소리를 지르며 소굴 안으로 들이치는 것을 보더니, 해적 몇이 놀라 칼을 던지며 덤벼들었다. 그러나 출랑랑은 단숨에 해적 두목과 그 바로 아래의 부하를 반 토막을 내 버렸다. 그리고 출랑랑은 번쩍거리는 칼을 휘두르며 해적들에게 겁을 주는데, 그 모습이 두려워 그 뒤를 같이 따라온 염한과 편발희조차도 끔찍하여 고개를 돌리게 될 지경이었다. 이에 해적들은 이내 두 손을 땅에 짚고 머리를 조아리며 "살려 달라."고 출랑랑에게 빌기 시작했다.

이와 같이 출랑랑은 해적들을 부하로 거느리게 되었다.

염한과 편발희가 해적 무리들과 함께 어울려서 보니, 그 무리 중에는 신라 사람만 있는 것이 아니라, 난리를 피해 도망쳤다가 먹고살 길이 막막해서 해적이 된 백제 사람과 가야 사람도 있었고, 본래 고구려 군사였으나, 싸우다 죽는 것이 싫어서 대열에서 빠져나와 도망친 고구려 사람도 있었다.

출랑랑의 부하가 된 해적 무리들의 행적에 대해서는 전해지는 이야기가 거의 없다. 다만 출랑랑과 그 부하 도적 떼들이 한참 그 근심거리가 되었을 때에, 용원당에서 그 무리들을 붙잡기 위해 사람들에게 알린 말들이 남아 있을 뿐이다.

순서를 따지면 출랑랑의 부하가 된 무리 중에 가장 우두머리라고 할 만한 자가 하의성(河宜成)이었고, 미모가 출중하여 무릇 사람을 속여 재물을 빼앗을 때 남자를 홀리는 역할을 하는 여인이 있었으니 최서(崔瑞)라 하였고, 포악하여 매번 칼을 들고 먼저 달려드는 사나이가 있었으니 배차랑(裵次郎)이라 하였고, 궁리를 하는 것이 꾀가 많아 교묘한 수를 잘 짜내는 사나이가 있었으니 손백(孫伯)이라 하였고, 바다의 물이 흐르는 것과 배를 움직이는 것을 잘 아는 사나이가 있었으니 이길(李吉)이라 하였고, 술을 마시고 노래를 하며 우스운 소리를 잘하는 사나이가 있었으니 석일(石一)이라 하였고, 짐짓 남을 흉내 내고 얼굴을 다른 사람처럼 꾸미는 것을 잘하는 사나이가 있었으니 소훈(蘇訓)이라 하였고, 눈과 코가 잘생기고 목소리가 아름다워 뭇 여인들이 따르고 흠모하게 하는 것이 재주라 하는 사나이가 있었으니 정중(鄭仲)이라 하였고, 말이 없고 함부로 몸을 움직이지 않으나 아픈 것 괴로운 것을 참고 견디는 것이 뛰어나므로 사람을 몰래 죽이는 솜씨가 뛰어난 여인이 있었으니 설낭(薛娘)이라 하였고, 나이가 많고 몇 십 년에 이르도록 갖가지 도둑질에 온통 끼어들었으므로 도적들 사이에 이름이 높아 임금님과 같다고 하는 늙은이가 있었으니 점공(點公)이라 하였다.

이와 같이 무리 중에는 칼과 도끼를 휘두르는 솜씨가 꽤 뛰어난 도적도 있었으니, 배차랑과 설낭이 출랑랑의 칼 솜씨와 겨루어 보기도 하였다. 그러나 어떤 도적도 출랑랑이 봉문도를 휘두르는 것에는 잠깐을 배겨 내지도 못하였다.

그리하여, 출랑랑은 해적들을 이끌고 근처를 다니며, 용원당의 배들을 덮쳐 도적질하는 일을 시작하였다. 얼마 지나지 않아 출랑랑의 무리는 넉넉한 곡식과 적지 않은 보물들을 얻게 되었다.

그러는 사이에 가야의 뱃사람들 사이에,

"바다를 떠도는 도적 두령 중에 '마귀모주'라는 여자 두령이 있는데, 긴 칼을 뽑아 겨누면, 칼이 저절로 길어져서 십 리 바깥으로 도망친 배에까지 칼이 닿는다더라." 하는 소문이 돌기도 하여, '마귀모주'라는 이름이 여기저기에 퍼지게 되었다.

염한과 편발희는 그와 같이 출랑랑을 모시고 다니며 고초를 겪는 사이에 어느새 정이 들어, 마치 혼인을 한 부부와 같이 되었으며, 날마다 출랑랑을 벗어나 도망칠 기회만 찾았다. 그러나 두 사람이 출랑랑을 두려워하는 것이 마치 실지로 산신령을 두려워하듯이 하였으므로, 벗어날 기회가 없었다.

그러는 동안, 염한은 차차 출랑랑의 눈치를 보다가 한 가지 이상한 것을 알게 되었다. 출랑랑이 도적질을 하며 사람을 그처럼 쉽게 죽이고 다니면서도, 사람들이 많이 탄 배를 노략질할 때에, 어린 딸과 그 아버지가 같이 있어서, 아비가 두려워하는 딸을 지키며 겁내지 않도록 어르는 모습을 보면, 출랑랑의 얼굴이 달라지는 것이었다.

그러면, 출랑랑은 갑자기 무슨 생각나는 것이 있는지 한참 그것을 쳐다보기도 하고, 혹은 아버지와 딸을 보고 마음이 약해지는지, 부하들에게 호통을 쳐서,

"이놈들아, 모주님께서 명령을 내리시니, 이 아이에게 꿩고기 구운 것을 주도록 하라."라고 하며, 그런 아버지와 딸에게 물건을 빼앗기는커녕 도리어 재물을 줄 때도 있었다.

이에 염한이 편발희에게 몰래 말하기를,

"마귀모주가 제 아버지를 그리워하는 것인가?" 하니, 편발희는,

"마귀모주의 성질이 저러하니, 어릴 때에 그 아버지가 마귀모주를 달래느라 얼마나 고생이 심하였겠습니까. 마귀모주가 지금 그때를 생각하니 그 아버지에게 이제 효도를 하고 싶어도, 효도할 아버지가 없으므로 안타깝고 미안하여 저와 같이 슬퍼할 때가 있는 것 아니겠습니까?" 하고 말했다.

염한이 다시 궁금해하여,

"그렇다면, 마귀모주의 아비는 죽은 것인가?" 하니, 편발희가 중얼거리기로,

"저런 마귀 들린 것 곁에 있으면 누구인들 일찍 죽지 않겠습니까. 우리도 언제라도 틈을 보아 마귀모주로부터 도망쳐야 합니다."라고 말했다.

마침 염한의 눈치로, 출랑랑의 아버지가 고구려와 백제가 싸운 난리 끝에 죽은 것은 아닌가 싶기도 하였으므로, 한번은 다른 말을 하는 척하면서, 출랑랑에게,

"병신년의 변고 때에 죽은 사람이 많아서 다 죽었다고는 하나, 더러는 백제의 곳곳에 흩어져 살아남은 사람이 있다고도 하고, 고구려로 끌려가서 살아 있는 사람도 몇 있다고 들었습니다."라는 말을 하니, 출랑랑이 갑자기 염한에게 봉문도 칼끝을

겨누면서,

"다시 바른대로 말하라. 어디에 어떻게 사람들이 살아 있는 수가 있다고 했느냐?"라면서 계속 다그쳐 묻는 것이었다.

염한은 칼에 찔려 죽을까 봐 두려워했으나, "배를 타고 다니는 사람들 사이에서 떠도는 소문을 들었을 뿐입니다. 오직 모주님께 음식을 구해 바치고 모주님의 옷을 빨고 잠자리를 돌보는 것만 밤낮으로 생각하는 제가 다른 것을 무엇을 알겠습니까. 제가 무엇인가를 모르는 것은 오직 제가 모주님만을 알고 있기 때문이니, 모르는 것을 죄로 여기지 마시고 다만 불쌍히 여겨 주십시오."라고 말하며 손을 비비는 소리에 자던 사람이 깰 정도로 싹싹 빌었다. 염한은 얼마 후에 이런 일이 있었다고 편발희에게 말했다. 그랬더니 편발희는,

"그것을 알아 두신 것을 잊지 마십시오. 언젠가 마귀모주에게 꾀를 쓸 것이 있을지 모릅니다." 하고 말했다.

그러던 중, 출랑랑의 도적 떼들이 노략질을 하여 얻은 물건 중에 한 주전자가 있었다. 그 주전자의 모양은 가운데에 바퀴 같은 것이 달려 있고 양쪽에 물이 나오는 구멍이 둘이 있는 것이었다. 문득 출랑랑이 그 물건을 알아보더니,

"저것을 어디에서 구했느냐?" 하고 말하며, 길길이 날뛰며 부하 도적들을 다그치는 것이었다. 출랑랑이 살펴보니, 물건들 중에 옛날 출랑랑의 집안이 망하기 전에 쓰던 귀한 물건들이 여럿 있었다.

사정을 알아보고, 염한이 말했다.

"저것들은 다라국의 옥왕이라는 자가 팔아 치운 것입니다."

그 말을 듣고, 출랑랑이 구슬 값이 떨어진 것과, 옥왕이 망한 것에 대해서 말하다가, 예전에 자신이 구슬을 샀다가 손해 본 일을 이야기하게 되었다.

그런데, 그 말을 가만히 듣고 있던 편발희가,

"앞뒤 사정을 가만히 살펴보면, 이것은 옥왕이 모주님을 속여 먹은 것 아닌가 합니다." 하고는, 옥왕이 도망치는 사람들이 몰려드는 바람에 구슬 값이 내리는 것을 미리 알고 있었으면서도, 그 소식이 전해지기 전에 사실을 숨기고 비싼 값에 구슬을 몰래 팔아 넘기는 수법으로 출랑랑을 속여 먹였을 것 같다는 이야기를 했다.

그 말을 듣자 출랑랑은 과연 편발희의 설명이 맞는 듯하므로 자신이 속은 것을 알고 크게 노하여,

"당장에 옥왕을 잡아 죽여야겠다. 내가 지금 다라국으로 쳐들어가서 옥왕에게 칼을 들이대고 내가 사고판 구슬들을 모두 그 놈에게 먹여 놈의 배를 터뜨린 뒤에, 놈이 아파서 소리를 지르면 귓구멍으로 남은 구슬들을 하나하나 밀어 넣어 머리통을 터뜨려 버리겠다."고 소리쳤다. 그러고는, 배를 타고 강물을 거슬러 올라가 다라국의 옥왕을 찾아가자고 하였다.

그러자 도적 부하들 중에는,

"강물을 가는 길은 물살이 있고 폭이 좁으므로 배로 빨리 움직이기 어려우니, 바다에서 움직이는 것처럼 빨리 들이치고, 빨리 도망치기가 어렵습니다. 더군다나 다라국의 옥왕이 사는 곳

은 하한기라는 자가 다스리는 곳과 가깝지 않습니까? 하한기는 도적을 방비하는 것으로 이름이 높은 사람이니, 그자에게 붙잡히는 것 또한 위험하지 않겠습니까." 하고 다라국으로 가기를 꺼려 하는 자도 있었다. 어떤 기록에는 이 말을 한 부하가 백하라고도 하고, 어떤 기록에는 이 말을 한 부하가 하의성이라고 하기도 한다.

그러나, 출랑랑이,

"하한기라는 벼슬아치에게 도적질한 죄로 붙잡히면 곱게 목이 잘려 죽겠지만, 지금 내 손에 죽는다면 그렇게 돼지고기 삶아서 썰어 낸 것처럼 반듯한 모양으로 잘려서 죽을 수나 있을 것 같으냐?" 하고 성을 내었으므로, 하는 수 없이 출랑랑의 도적 떼들은 강물을 거슬러 다라국으로 가게 되었다.

그러나, 과연 다라국으로 가는 길은 쉽지 않았다. 출랑랑의 패거리를 싫어하는 무리들이 삼한에 한둘이 아니었으니, 다른 배와 마주칠 때마다 출랑랑은 싸워야 했다.

관가의 군사로 출랑랑과 같은 도적 떼를 방비하는 무리들이 출랑랑을 잡고자 했고, 출랑랑의 무리에게 해적질을 당한 신라 사람의 배들이 출랑랑을 죽이려 들었다. 한편으로는 본시 출랑랑의 무리 중에 신라 도적들이 많았으므로 백제 사람의 배들이 출랑랑의 무리를 미워하여 덤벼들기도 하였고, 출랑랑과 원한을 진 가야 용녀의 무리들과 용원당이 출랑랑을 죽이려고 하기도 하였다. 그때마다 좁은 강물에서 다른 배가 따라붙어 가며 화살을 쏘며 달려들었는데, 이것을 피하기가 쉽지 않았다.

특히, 그중에서도 용원당의 여당아는 출랑랑을 큰 원수로 여기고 있었다. 여당아는 출랑랑이 강을 거슬러 다라국으로 들어온다는 소식을 듣자 말하기를,

"그것이 나를 조롱하여 비웃은 것이 심하니, 반드시 내가 그것에게 벌을 내려야만 아랫사람들이 나를 우러러보는 위세가 설 것이다."라고 하면서, 용원당 칼잡이들을 풀어 출랑랑을 잡을 생각을 하였다.

그러므로 용원당 칼잡이들 중에는 신라에서 구한 화살 쏘는 기계까지 구해서 출랑랑을 찾아다니며 괴롭히는 자들까지 있었다. 출랑랑이 뛰어다니며 봉문도로 용원당 배의 돛을 찢고, 삿대와 노를 부수기를 여러 차례 하여, 간신히 그 쫓아오는 것들을 피하였다.

이리하여, 밤길을 따라 몰래몰래 움직여 한 새벽에 이르러 간신히 출랑랑의 무리들은 다라국의 옥왕이 사는 곳에 도착하게 되었다.

출랑랑이 배에서 내려 옥왕을 찾아가려고 하자, 도적들은 다들 겁이 나서 주춤거렸다. 특히 편발희는 염한의 아이를 임신하여, 배가 불러 만삭이 가까운 상태였으므로 움직이는 것도 쉽지 않았다. 이에, 염한이 목숨을 걸고 출랑랑 앞에 두 손을 짚고 엎드려 말하였다.

"모주님께 비옵니다. 모주님께 비옵니다. 저희들은 본시 바다에서 돌아다니는 수적(水賊)이니, 물을 떠나면 싸울 줄을 모릅니다.

오히려 모주님께서 신령님과 같은 솜씨로 봉문도를 휘두르며 원수를 잡으려 할 때에 저희들이 이리저리 뛰어다니면 방해만 되지 않겠습니까. 저희가 죽는 것이 두렵다면, 모주님께 무슨 말을 더 하겠습니까마는, 다만 저희는 모주님께서 원한을 갚을 때에 오히려 번잡한 모습을 보이지 않기를 원할 뿐입니다.

저희는 여기서 모주님을 기다리면서 배를 숨기기 좋은 곳으로 배를 옮겨 두고, 연기를 피워 올려 신호를 할 터이니, 그 연기를 보고 이쪽으로 돌아오는 길을 찾아오시면 되는 것입니다. 모주님께서 옥왕이라 하는 그 살점 하나하나를 거머리에게 뜯어 먹여야 마땅한 원수를 죽여 뜻을 이루셨을 때에, 다른 귀찮은 일 없이 오직 연기가 오르는 신호를 보시고 배로 돌아오시기만 하면, 그때 저희들이 이 배로 떠날 채비를 모두 해 놓았다가 모주님께서 오시자마자 바람처럼 떠나면 되지 않겠습니까? 만약 지금 이곳처럼 눈에 잘 뜨이는 곳에 배를 두었다가, 용원당 여당아의 무리나, 하한기의 병사들에게 보이게 된다면, 배를 잃어 고초를 치르지 않겠습니까?

저희는 여기에 남아서 배를 숨기게 해 주십시오. 그까짓 돌캐는 놈 따위에게 벌을 내리는데, 모주님의 위엄 외에 또 무엇이 더 필요하겠습니까?"

출랑랑은 염한이 거슬리는 소리를 하는 것이 기분 나빠서, 봉문도를 뽑으려 하였다. 그러나 염한은 출랑랑의 눈치를 보고 재빨리 덧붙이기로,

"지금 제 딸이 태어나려고 하고 있어서, 안사람의 배가 저와

같이 불렀는데, 만약 제가 모주님 곁에서 멍청하니 서 있다가 죽게 되면, 그 딸은 아버지를 모르니 나중에 보고 싶어도 누구를 찾겠습니까?"라고 말했다.

그러자, 출랑랑은 부하들이 다 같이 엎드려 비는 것을 한번 둘러보고는, 편발희에게 옥왕이 있는 곳으로 가는 길을 소상히 물었다. 그리고 혼자 떠나면서,

"연기로 제대로 신호를 하지 않으면, 내가 설령 죽는다 하더라도 지옥에서 다시 돌아와서 너희들을 죽일 것이다." 하고 말했다.

출랑랑이 떠나고 나자 편발희는 염한에게,

"배 속의 아이가 태어나지도 않았는데, 아들인지 딸인지를 어찌 안다고 딸이 아버지를 그리워할 것이라고 하였습니까?" 하고 물었더니, 염한이,

"그와 같이 말을 했으므로, 내가 죽지 않은 것이오." 하고 대답했다.

그러다가 출랑랑이 멀어져 보이지 않을 정도가 되니, 편발희가 말하기로,

"지금은 이제 마귀모주로부터 도망칠 기회입니다." 하고 말하기로, 출랑랑을 그대로 두고 배를 타고 도망치자고 말했다. 그러나 염한은 출랑랑을 두려워하여 꺼려 했다.

"만약 도망치려던 것이 들통 나면, 그때는 모두 다 마귀모주에게 지극히 잔인한 방법으로 죽게 될 것인데, 차라리 마귀모주를 따르며 목숨을 부지하는 것이 낫지 않겠는가."

그러자 편발희가 염한을 다그쳤다.

“그러나 그 마귀라는 것을 옆에 두고 어찌 자식을 키우겠습니까?”라고 편발희가 말했다.

그러자, 염한이 용기를 내어 다른 도적들을 설득하여 도망치자고 했다. 이때 도적들 중에 손백(孫伯)이 말하기를(어떤 판본에는 소훈[蘇訓]이 한 말이라고 하기도 한다),

“모주님께서는 신통력이 있으니, 만약 신통력으로 우리를 찾아내어 다시 돌아와 죽이면 어떻게 할 것인가?”라고 하는 것이었다. 그러자 편발희가 궁리 끝에 말하기로,

“내가 다라국에는 여러 차례 오간 적이 있으니, 이곳에는 또 한 가지 신통한 것이 있소.”라고 하면서, 한 가지 꾀를 내었다.

그러는 동안, 출랑랑은 옥왕이 있는 집까지 갔으니, 아직 아침이 겨우 밝아 올 무렵이라, 주위는 고요하였다. 출랑랑이 집 문 앞을 보니, 몽둥이를 든 사람 둘이 집을 지키다가 문에 기대어 잠이 들어 있었다.

출랑랑이 가만히 다가가 몽둥이 든 사람 둘의 목을 봉문도 칼 하나로 나란히 갖다 대고는,

“문을 열어 주지 않으면 죽이겠다.”고 하여, 문을 열게 했다.

그리고 옥왕의 집 안으로 들어갔으니, 잠을 깬 아이 하나가 일어나 출랑랑을 보았다.

출랑랑은 여러 부자들에게서 빼앗은 갖가지 귀한 옷들을 닥치는 대로 아무렇게나 겹겹이 걸쳐 입었으므로, 울긋불긋한 색깔이 엉망으로 뒤섞여 있었고 머리카락에는 금은 비녀와 장신

구들이 괴상하게 덕지덕지 달려 있었다. 그러한 행색으로 어슴푸레한 아침에 마당 한가운데에 서 있으니, 과연 귀신의 꼴이라 할 만하였다.

아이는 출랑랑을 보고는,

"누님은 누구시오?" 하고 물었다. 그러자 출랑랑은 그대로 칼을 뽑아 죽이려고 하였는데, 키가 자기 반밖에 오지 않는 어린 아이를 죽이는 것이 민망하여, 죽이지 않고,

"소리를 내면 죽이겠다."고 말만 하였다. 그러니 그 말을 듣자마자 아이가 길게 소리를 지르면서,

"도적이오!" 하는 것이었다.

그 말을 듣고, 옥왕의 집에 있던 그 부하들이 몽둥이와 칼을 들고 나왔는데, 그중에는 옛날 출랑랑을 속여서 구슬을 사게 했던 출선주의 수하도 있었다. 출랑랑은 그 수하를 알아보았으나, 그 수하는 출랑랑을 알아보지 못하였으니, 그도 스스로 거느린 부하가 몇이나 되었다.

출랑랑은 봉문도를 휘둘러 여러 사람에게 상처를 입히고, 칼 든 사람의 칼을 부러뜨렸다. 옥왕의 부하들이 출랑랑에게 욕을 하니, 출랑랑이 외쳤다.

"네놈들이 작당을 하여, 사람의 재물을 속여 빼앗을 때에 나중에 원한을 갚는 사람이 있을 것을 두려워하지 않았느냐?"라고 말했다.

그러자 어떤 사람은,

"우리는 시키는 일을 한 것뿐이니, 시킨 사람이 잘못이요, 우

리가 무슨 원한이 있느냐?" 하였다. 그러자 출랑랑은,

"너희들은 사람을 속여 먹는 것을 뻔히 알고도 일을 도왔다. 왜 죄를 짓는 것을 알았다면, '이대로 떠나서 길바닥에서 구걸을 하며 살지언정 그런 일은 못 하겠소.' 하고는 시키는 짓을 안 할 마음은 먹지 못하였느냐? 너희가 쫓겨나고 밥줄이 끊길 것을 두려워하여, 죄를 짓는 일을 시키는 대로 그대로 하였으니, 그 또한 너희는 너희 욕심을 부려 죄를 지은 것이다."고 말을 하고는, 다시 칼질을 하며 날뛰었다. 이에 옥왕의 부하들이 무수히 출랑랑의 칼에 찔리고 베여 죽었으니, 힘써서 싸운 자들은 그 자리에서 죽었고, 애써서 도망친 자들은 몇 걸음 뛰는 동안을 더 살았다가 붙잡혀 죽었을 뿐이었다.

출랑랑은 옥왕이 있는 곳까지 갔는데, 옥왕은 칼 쓰는 것에 서툴러 활을 쏘려고 했다. 그러나 옥왕이 화살을 먹이고 활 시위를 당길 때 겁을 먹어 손이 떨렸으므로, 화살을 잘 쏠 수가 없었다.

그리하여, 그 틈에 출랑랑이 달려들어 옥왕을 찌르려고 하였다. 옥왕은 급한 대로 상자에서 무엇인가를 꺼내어 던졌는데, 그것은 옥왕이 가진 구슬 중에 보물로 어두운 곳에서도 밝은 빛을 내는 경어목(鯨魚目)이라는 것이었다.

출랑랑은 경어목이 얼굴에 날아오는 바람에 눈이 부셔서 잠깐 멈칫했으니, 그 틈에 옥왕은 기어가고 굴러가서 도망쳤다. 출랑랑이 곧 따라잡았으므로 옥왕은 다시 도망쳤으니, 천막이 서 있는 곳으로 도망치고, 풀섶을 잘라 쌓아 놓은 곳 사이로 기

어들어 도망쳤다.

그러나 계속해서 출랑랑의 봉문도가 따라오며 내리치므로, 겁을 먹어,

"저리 가라! 저리 가라!" 하고 애처롭게 소리를 질렀다.

그러다가, 옥왕이 한 상자들이 높이 쌓여 있는 구석으로 몰리게 되었다. 출랑랑은 이제 옥왕을 붙잡았다고 생각하여, 웃음을 짓고 칼을 쳐들었다.

그때 옥왕이 조금이라도 버텨 보려고 닥치는 대로 물건을 집어던졌는데, 쌓여 있던 상자 하나를 던지게 되었다.

그 상자는 옥왕이 비단벌레로 장식을 할 때에 쓰기 위해 비단벌레를 모아 두던 것이었다. 그런데 그 상자를 출랑랑이 봉문도로 베어 버리자, 상자 안에서 수백 마리의 비단벌레가 날개를 퍼덕거리며 출랑랑에게 쏟아졌다.

얼굴 위로 벌레들이 떨어지자, 출랑랑은 소리를 질렀으니, 온몸에 바싹 소름이 돋고, 속이 뒤집힐 것 같으며, 살갗이 울룩불룩 튀어나오는 것과 같았다. 옷자락 사이로 벌레들이 쏟아져 기어들었으므로, 출랑랑은 옷을 찢고 칼을 휘두르며 날뛰었고, 몸을 움츠리고 이리저리 굴러다니며 괴로워하였다.

그 틈을 타고 옥왕이 화살을 쏘아 대니, 출랑랑은 팔다리에 화살이 스쳐 지나가고, 더러는 비껴 박힌 것도 있어서 다치게 되었다. 출랑랑은 일단 비단벌레 떼에서 벗어나야겠다고 생각하고 재빨리 기어서 뜰로 기어 나왔는데, 그러자, 자기가 들어온 소식을 집안의 아녀자들이 알렸는지, 하한기의 병사들이 자

기를 붙잡으러 오고 있었다.

출랑랑은 어쩔 수 없이 몸을 피해 도망쳐야겠다고 생각하고, 재빨리 담을 기어올라 넘어 옥왕의 집을 빠져나왔다. 샛길을 찾아 달려가면서 보니, 과연 출랑랑의 부하 도적들이 약속했던 대로, 아침 하늘 한쪽으로 멀리서 연기가 피어오르는 것이 보였다.

출랑랑은 그 연기가 나는 쪽으로 뛰어갔다. 그런데 연기가 올라오고 있는 곳은 물가가 아니라 길거리의 한편에 있는 집이었다. 출랑랑은 기이하게 여겨서, 그 집의 문을 가만히 열고 들어갔다.

그런데 들어가 보니, 집 안이 고요하였고 이상한 냄새가 났는데, 한쪽에서 문득 가만히 노랫소리 같은 것이 나는 것이었다. 그러고는 한 여자가 걸어 나왔다.

여자는 춤을 추는 것도 아니고, 노래를 하는 것도 아니었는데, 춤추는 것과도 비슷하고 노래하는 것과도 비슷한 모양으로,

"다쳐서 아픈 곳이 있다면, 이 술을 한 잔 마시면 아픈 것을 잊어 금방 낫지 않겠소?" 하는 것이었다.

이 사람은 동황댁이었으니, 바로 장례를 치를 때에 산 사람을 같이 땅에 묻어야 하는 일이 생기면, 사람을 산 채로 묻기 전에 그 사람이 겁내는 것을 달래기 위해 술을 취하게 하여 정신을 잃게 하는 것을 장기로 하는 사람이었다.

편발희가 낸 꾀에 따라, 염한이 이 집의 동황댁에게 찾아와 미리 부탁을 하며 좋은 술 한 항아리를 값으로 주었던 것인데, 염한은 동황댁에게 미리 말해 두기로,

"연기를 피워 올리면 한 여자가 올 것이니, 그 여자는 이번에 무덤에 산 채로 끌어다 묻기 위해 준비한 여자요. 그 여자를 술에 취하게 한 뒤에 묻어 버리게 하시오."라고 했다.

그렇게 말해 두고, 염한과 편발희와 도적들은 모두 출랑랑을 남겨 두고 강물을 따라 재빨리 도망쳤던 것이다.

출랑랑은 그것을 모르고 동황댁에게 자기 부하들이 이 집에 있는지 물었다.

"여기에 수염 난 사내와 머리를 한쪽으로 묶은 계집도 같이 숨어 있느냐?" 하면서, 염한과 편발희를 찾았다. 그런데 동황댁은 대답도 하지 않고 괴이한 몸짓을 계속하며 술을 권하므로, 출랑랑은 꼭 그렇다고 하는 줄 알고, 저도 모르게 술 한 잔을 받아 마셨다. 그런데 그렇게 술을 마시자 과연 술기운이 독하게 바로 돌아 화살을 맞아 아픈 것이 사라지는 것 같았다.

"기이하구나."

출랑랑은 연거푸 독한 술을 마셨다.

동황댁은 취해 가는 출랑랑에게,

"혹시 저승에서 만나고 싶은 사람이 있소?" 하고 묻는 것이었다. 그 말을 듣고 한참 술을 마시던 출랑랑은 문득 취한 기운에 눈물을 흘리며,

"있소." 하였다가, 다시 웃으며,

"저승에 안 계실 수도 있소." 하기도 하였다. 그러니 동황댁은,

"저승에서 만나고 싶은 사람이 그와 같이 있다면, 이제 저승으로 한번 가 보는 것이 어떻겠소." 하고 말을 했으니, 그러는

사이에 출랑랑은 정신이 멀어져 그만 술이 취한 것이 심해져서 쓰러지고 말았다.

그러고 나서, 동황댁의 사람들이 출랑랑의 화살 맞은 것을 뽑고, 옷을 갈아입혀 단장을 시키고는, 뼈가 실려 온 장군의 무덤 옆에 있는 장군 부인의 무덤에 그대로 묻어 버렸던 것이다.

나중에 출랑랑은 술에서 깨어나 속은 것을 알고, 무덤 속에서 빠져나가려 하였으나 별다른 수가 없으므로 답답해하였다. 그런데, 마침 비슷한 처지로 무덤에 갇혀 죽어 가는 산 사람들이 우는 소리가 차차 들려왔다. 특히 바로 옆 무덤에 사가노가 묻혀 있어서 특히 크게 울어 대므로 그 소리가 귀를 울리니, 마음이 자꾸 혼란스러워졌다.

그리하여, 출랑랑은 옆에 같이 묻혀 있는 사가노를 향해 소리치기로,

"이놈, 이렇게 가까운 곳에서 그렇게 째지는 소리를 내고 있으니, 이 모주님께서 정신이 어지럽지 않으냐. 이제 여기를 뚫고 나갈 방도를 찾아야 하는데, 네놈이 우는 소리 때문에 이 모주님께서 마음이 어지러워 방도를 떠올리지 못하겠다." 하였다. 이에 사가노는 울음을 그치므로, 출랑랑이 다시 호통을 쳐서 다음과 같이 말했던 것이다.

"만약 한 번 더 우는 소리를 낸다면, 내가 나가거든 바로 네 목을 칼로 찔러 당장에 울지 못하게 만들어 줄 것이고, 만약 내가 나가지 못하고 여기서 네놈과 함께 지옥에 가게 되거든, 만 년 동안 네놈 귀에 달라붙어 귀 고막이 천만 번 억만 번 터지도

록 내가 울어 주겠다."

여기까지 출랑랑은 하한기와 적화랑에게 이야기했는데, 이때 이야기하는 것을 멈추고 출랑랑이 하한기에게 따져 물었다.

"내가 여기까지 이야기를 했으니, 이제는 말해 보아라. 내 봉문도는 도대체 어디로 갔느냐?"

그러자 적화랑이 대신 답했다.

"너는 아직 너와 사가노가 왜 역적질을 했는지 말하지 않았다. 또한 너는 역적질을 했다는 것을 말하면서도, 허공을 죽일 때에 무엇으로 죽였는지는 계속 말을 하지 않고 있다. 그 이야기는 언제 밝히겠느냐?"

그러자 출랑랑은,

"이 모주님께서는 내일 아침에 죽을 것인데, 지금 마지막으로 달콤하게 잠을 자는 것을 참고 참아 가며 너에게 이러한 긴긴 이야기를 하고 있는 것이다. 그런데 너는 앞으로 수백, 수천 번을 밤마다 자빠져서 잠을 잘 것이면서도, 이 밤에 모주님께 이야기해주겠다고 약속한 봉문도 칼 이야기 하나를 하지 않는다는 말이냐?"라면서 비웃었다.

그러자 하한기는,

"너와 사가노 두 사람의 사정을 절반은 알았으니, 남은 절반은 내가 맞혀 밝힐 수 있겠다. 너희는 내가 하는 이야기를 듣고 옳은지 그른지 말하도록 하라."라고 말하고는 적화랑에게 말하여, 사가노를 불러오라고 하였다.

이리하여, 다시 사가노와 출랑랑이 같이 모였으니, 두 사람을 같이 보며, 하한기가 말하였다.

"지금부터 내가 이야기하는 것을 듣고, 너희들은 맞는 것은 맞다고 하면 되고, 틀린 것은 그게 아니라고 하면 된다. 또한 맞는지 틀린지 말하기 싫거든 또한 아무 말하지 않아도 된다. 알겠느냐?"

그렇게 말하고 적화랑에게 하한기는 눈짓을 잠깐 하였는데, 적화랑은 그것을 보고, 이야기를 듣는 동안 사가노와 출랑랑의 얼굴빛을 세밀히 살피려고 하였다.

이윽고 하한기의 이야기와 사가노와 출랑랑이 묻고 답한 것이 이어졌으니, 그 이야기는 다음과 같은 내용이었다.

七章 아기

사가노와 출랑랑이 무덤 속에 누워 있으며 죽을 것을 두려워할 때에, 출랑랑은 한참 사가노에게 호통을 치다가,

"손으로 앞쪽을 때려 보아라. 나무로 된 관이라면 계속 때리면 부수고 나올 수 있을 것이다."라고 하였다. 사가노는,

"이 좁은 곳에 누워 있는데, 손으로 어찌 관을 부수고 흙을 뚫겠소? 그대가 한번 해 본 뒤에 방법을 알려 주면 어떻겠소?" 하였다. 그러나 출랑랑은,

"여기 이 모주님께서 지금 손이 닿지 않아 너를 죽이지 않고 있을 뿐이지, 아니었다면 그와 같이 우는소리를 하는 것이 보기 싫으니 벌써 죽였을 것이다."라고 다그쳤다. 사가노는,

"그러면 이곳에서 나가도 그대에게 죽을 것이니, 나가지 않겠

소."라고 말하기도 하였다. 그러나, 출랑랑이 계속 화를 내므로, 어쩔 수 없이 앞쪽의 허공을 주먹으로 때려 보았다. 그런데, 무덤은 얇은 돌판으로 되어 있었으므로, 손을 때리니 손이 아플 뿐이었다.

사가노가 아파하며,

"무덤이 돌로 되어 있소." 하였다. 출랑랑은,

"내가 묻혀 있는 무덤도 그러하였으므로, 혹시 네가 빠져나갈 수 있는가 싶어 물어보았더니, 너도 마찬가지였구나." 하였다. 그러니, 사가노는 억울하기도 하고, 아프기도 하고, 또 무서운 것도 있어서, 누운 채로 더 크게 울었다.

출랑랑은 사가노가 우는 것을 두고 다시 한 번 푸지게 욕을 하고는 이어서,

"그렇다면 등 뒤쪽, 바닥 쪽을 짚어 보아라. 무엇인가 잡히는 것이 있느냐?"라고 하니, 사가노는,

"길쭉한 것이 잡히는 것이 있소."라고 하였다. 그러니, 출랑랑은 기뻐하면서,

"그것은 칼일 것이다. 어릴 때 이웃의 장례를 치르는 것을 보았으니, 장군과 같은 사람이 죽으면 좋은 칼을 같이 묻어 주는 것을 보았다. 그 칼의 칼집을 벗긴 뒤에 손으로 가만히 만져 보아라." 하였는데, 사가노는 시킨 대로 하다가 그만 손가락을 베이고 말았다. 사가노가 아파하면서,

"나에게 자꾸 왜 이런 것을 시키는 것이오? 무덤에서 기어 나오고 싶으면 그대가 직접 수고를 하여 기어 나오시오. 나를 왜

나오게 하려는 데 애쓰는 것이오?"라고 하니, 출랑랑은 벌컥 화를 내면서,

"이놈들이 나를 장군 부인의 무덤에 묻으면서 곱게 단장을 시켜 놓았으니, 이 무덤 속에 들어 있는 것은 구슬과 목걸이 같은 것밖에 없단 말이다. 그런데, 지금 말소리가 서로 들리는 놈이 너밖에 없으니, 네가 일단 나와야 네가 나를 꺼내어 주지 않겠느냐."라고 하였다.

그리고 사가노를 다그쳐,

"칼집에서 칼을 뽑아 칼을 휘둘러 무덤 벽을 쳐 보아라."라고 하였다. 사가노가 시키는 대로 하자, 출랑랑은 말하기를,

"네 손을 벤 것을 들어 보니, 그 칼은 분명히 아주 좋은 칼이다. 그러니 내가 말한 대로 칼을 휘두르면 좁은 곳에서도 돌벽에 흠이 가게 할 수 있을 것이다."라고 하면서, 사가노에게 칼을 휘두르게 하였다. 그러나, 사가노는,

"어찌 칼로 돌을 가른단 말이오."라고 하였다. 하지만 출랑랑은 계속 욕을 하면서, 사가노에게 칼을 쥐는 방법과 휘두르는 방법을 가르쳤고, 돌에 칼이 부딪치는 소리를 들으면서 방법을 조금씩 바꾸어 보라고 했다.

그러는 사이에, 점차 주위의 사람들이 기운이 다해 죽어 가는 것인지, 우는 소리들이 서서히 들리지 않고 있었다.

사가노가 그에 겁을 먹어,

"이제 우리와 비슷한 때에 묻힌 사람들이 다들 죽었나 보오. 이제 우리도 곧 기력이 다해 죽지 않겠소."라고 하며 울었다. 그

러나 출랑랑이 말하기를,

"저것들은 겁을 집어먹었으므로, 먼저 죽은 것이다. 너는 죽는 것보다 이 모주님이 더 두려울 것이니 죽을 생각은 하지 말고 빨리 칼로 벽을 쳐라."고 하였다.

사가노는 푸념을 하였으나, 과연 출랑랑이 말한 대로 계속 칼로 벽을 치자, 마침내 돌벽이 쪼개어졌으며, 흙이 와르르 쏟아졌다. 사가노는 흙에 묻히며 숨이 막혔으나, 조금씩 손가락을 움직여 작은 틈을 만들고, 마침내 무덤 바깥으로 기어 나올 수 있었다.

그러고 나서, 사가노는 출랑랑이 소리치는 곳으로 가서 손으로 무덤을 파헤쳤는데, 무덤을 파는 것이 매우 오래 걸렸다. 그 사이에 출랑랑은 점차 힘이 다하며,

"빨리 나를 파내라. 내가 죽으면 너를 죽일 것이다."고 사가노를 위협하였다. 사가노는,

"삽이 없소. 삽만 있으면 금방 파낼 텐데, 맨손으로 흙무덤을 파니 더 빠르게 파기가 어렵소."라고 하였다. 그런데 자신에게 욕을 하던 출랑랑의 목소리에 점차 힘이 빠지므로, 사가노는 다급하여,

"조금만 더 버티시오. 조금만 버티면 내가 파내 주겠소. 힘을 내야 하니 어서 욕을 해 보시오. 더 힘을 내어 욕을 해 보시오." 하고 말했다. 사가노는 나중에는 손톱이 빠지고 손가락이 부러지도록 흙을 급히 파헤쳤다. 그러는 사이에, 주위에 있던 다른 무덤에 묻힌 사람들은 모두 숨이 다해 죽고 말았다.

사가노가 출랑랑을 파헤쳐 놓고 보니, 과연 좋은 옷과 구슬, 귀고리로 단장한 모습이었다. 사가노는 출랑랑의 험악한 목소리만을 듣고 무덤 속에서 떠올렸던 괴물 같은 모습과는 달리, 젊고 귀한 용모가 있는 여자이므로 놀랐다.

사가노는 출랑랑을 업고 무덤 주위의 물가로 데려가 출랑랑에게 물을 먹이고 얼굴을 씻겨 정신을 차리도록 했다.

출랑랑은 깨어나자마자, 사가노를 몇 차례 때리고 차면서,

"네가 무덤 속에서 이 모주님께 함부로 말을 한 죄가 여럿이며, 무덤 밖에서 모주님을 함부로 대하며 무례를 범한 죄가 여럿이다."라고 하고는,

"죽어야 마땅하나, 내 목숨을 구한 공이 있으므로, 죽이지는 않겠다."라고 하였다. 그러고는 사가노가 돌을 치던 칼을 꺼내온 것을 보더니,

"과연 생각하던 대로 보물이라고 할 수 있는 칼이었다."라고 했다.

그 칼은 칼 손잡이 고리 끝에 용이 그려져 있는 용문도(龍文刀)였으니, 고천다가 만든 네 자루의 좋은 칼 중에 하나였다. 그러나, 사가노가 돌을 치는 동안 칼이 휘어지고 날이 모두 망가져 버렸으므로, 칼집에 넣어 두었을 때만 모양이 멀쩡할 뿐, 못쓰게 되어 있었다. 이에 출랑랑은 안타까워,

"산 사람 백 명을 잡아 죽여도 상하지 않을 칼날인데, 고작 죽은 사람 묻은 무덤을 부질없이 때리다가 이와 같이 못쓰게 되었구나."라고 하였다.

사가노에게 말을 하는 것을 마치고 출랑랑이 산을 내려가려고 했다. 그러자 사가노는 출랑랑에게 물었다.

"어디로 가려고 하시오?

출랑랑은,

"우선 내 봉문도를 다시 찾은 뒤에, 나를 놀린 놈들의 목을 줄줄이 잘라 꼬챙이에 나란히 끼워서 꿩고기 꼬챙이를 굽는 모양으로 구울 것이다."라고 하였다.

사가노가 그 말에 겁을 먹어 움츠리고 도망치려 하자, 출랑랑은,

"너는 어디로 갈 것이냐?" 하고 물었더니, 사가노는 다시 주인인 협지가 있는 집으로 가겠다고 했다.

출랑랑은 사가노를 얼빠진 놈이라고 욕하더니,

"그 주인이라는 놈이 네놈을 팔아 넘겨 땅에 묻은 것인데, 그 놈을 찾아간다는 것이냐?"고 하면서, 덧붙여 말하기로,

"하물며, 너는 무덤에서 다시 살아온 것이니, 이제는 더 이상 그놈이 네 상전일 것도 없고, 네가 그놈의 종일 것도 없지 않으냐?"고 했다. 그러자 사가노는 말했다.

"그렇다면 나는 갈 곳이 없지 않겠소?"라고 말하고는 길게 한숨을 쉬었다. 그러다 생각 끝에 사가노가 말하기를,

"어쨌거나 나는 이곳에서 옥왕이 비단벌레를 키우는 곳에 가서 일을 하며 살고 있으니, 거기에나 가 보려고 하오." 하고 대답했다. 그러자 그 말을 들은 출랑랑은 안색이 변하여,

"네놈이 옥왕이 있는 곳을 안다면, 지금 이 모주님을 옥왕이

있는 곳으로 안내하라. 길을 바로 가르쳐 주지 않고 도망칠 궁리를 한다면, 내가 이번에는 모를 리 없을 것이니 너를 죽일 것이다."라면서 사가노를 위협하였다.

사가노는 겁을 먹고 하는 수 없이 출랑랑을 옥왕의 집으로 데려갔다.

옥왕의 집에 다시 쳐들어가려고 하는데, 출랑랑은 또 비단벌레를 집어던지려는 사람이 있을까 봐 겁을 먹었다. 그래서, 출랑랑은 사가노에게,

"네가 대신 먼저 들어가서 옥왕이 어디 있는지 알아보고, 또한 옥왕이 무엇을 집어던질 수 있을 것인지 그 정황을 알아보도록 하라."라고 시켰다.

그리고 출랑랑은 사가노에게 집 문을 박차고 들어가는 수법과, 옥왕의 부하들을 위협하고 칼을 빼앗아 찌르는 법을 소상히 가르쳐 주었다.

그러나 사가노는 그 말을 잠자코 듣고 있더니, 그것을 하나도 따르지 않고 그저 말하기를,

"오늘은 좀 일찍 비단벌레 일을 하러 왔습니다." 하고 공손히 물으며 들어갈 뿐이었다. 그리고 오가는 사람들에게 모두 인사를 하더니 짐짓 눈치를 보며,

"옥왕께서는 오늘은 댁에 계시지 않으신가 봅니다." 하면서 물어보았다. 그러자 사람들이,

"옥왕께서 보물을 하나 얻었는데, 귀한 물건인 것으로 보아 가야의 귀한 물건을 모두 차지하고 계신 용녀의 것이 분명하다

고 한다. 그 보물이란 바로 칼인데, 이 칼은 사람이 쓸 수 없을 정도로 아주 커다랗고 긴 칼이라고 한다. 옥왕께서는 그 칼을 용녀에게 바치고는 용녀에게 좋은 소리를 듣고 상을 받고자, 급히 용녀를 찾아갔다고 한다." 하는 이야기를 들려주었다.

그 말을 들은 사가노는 다른 말은 하지 않고 그저 하루 종일 일을 하였다. 그리고 하루치 삯을 벌어서는, 출랑랑이 숨어 있는 곳에 다시 돌아갔다.

사가노는 출랑랑에게 옥왕의 집에서 들은 이야기를 해 주었다. 그러자 그 말을 듣고 출랑랑은 탄식하면서,

"그게 바로 내 봉문도이다. 지금 당장 용원당 놈들에게 쳐들어가서 그 칼을 되찾아 와야겠다."고 했다.

한편으로는 그 말을 들으면서 사가노는 그날 얻은 먹을 것으로 만든 음식을 출랑랑에게 나누어 주었는데, 출랑랑이,

"나에게 몰래 독을 먹여 죽이려고 하는 것이냐? 왜 나에게 음식을 주느냐?" 하고 화를 내며 사가노의 목을 졸라 죽이려고 하였다. 그러자 사가노는,

"먹을 것이 생기면 먼저 옆에 있는 사람에게 주고 먹는 것이 버릇이 되어 그랬소."라고 말하며 용서를 빌었다.

이에, 출랑랑은 사가노를 살려 준 뒤에, 그날 밤에 동황댁의 술 파는 곳으로 가서는 술 항아리를 깬 것을 칼처럼 휘둘러, 동황댁과 유녀들을 위협하여 고기와 떡을 한가득 빼앗아 왔다. 출랑랑은 그것을 사가노에게 주어, 마음껏 먹고 싶은 만큼 먹게 하였다.

그러고 나서, 출랑랑이 사가노에게 말했다.

“이제 이 모주님께서 칼을 찾으려 용원당 놈들을 치고 들어가려고 하는데, 혹시라도 놈들이 또 벌레로 나를 위협하기라도 하면 큰일이다. 그러니 부하가 한둘이 있어서 미리 벌레가 없는지 보아 주어야 하는데, 지금은 내 부하가 아무도 없으니, 네가 내 부하가 되어야겠다.”

그러나 사가노는 다음과 같이 대답했다.

“내가 비록 용원당에게 원한이 있는 일은 많으나, 사람을 죽이며 싸우기는 싫소. 또한 그대의 부하가 되는 것도 좋은 일 같지 않소.”

그러나, 출랑랑은,

“내가 주는 밥을 먹었으면 그게 내 부하인 것이 아니냐.”고 하였다. 이에 사가노는,

“먹을 것을 준 것은 내가 먼저요.”라고 따지기도 하였다.

하지만, 출랑랑은 사가노를 죽이겠다고 위협했으므로, 출랑랑은 사가노를 앞세우고 갈 수 있었다. 이에 사가노는,

“용원당은 항상 배를 타고 바다를 떠다니는 무리들이니, 우리도 배를 움직일 사람들과 배가 있어야 하오. 그런 사람들과 그런 배가 있소?” 하고 물었다. 그러자 출랑랑은 한 번 웃더니,

“이 모주님께서 바로 생각난 것이 있다.”고 하고는, 그대로 가락국까지 가서, 염한과 편발희를 찾으려 하였다.

출랑랑과 사가노가 가락국까지 가는 이야기는 기록이 유실되어 분명치가 않다. 남은 기록들과 주변 정황을 모아, 대략적

인 줄거리를 추측해 보면, 다음과 같은 사연들이 있었던 것으로 보인다.

가락국까지 가는 동안 출랑랑은 몇 차례 말을 훔치려고 하였는데, 마땅히 무기가 없었으므로 낭패를 보았다. 그러다가 하한기의 병사들이나 용원당의 칼잡이들에게 잡힐 뻔도 하였다.

출랑랑은 사가노에게,

“네가 지금 갖고 있는 용문도는 칼 손잡이 부분만 보면, 천하 사방에서 제일이라 할 만한 칼이다. 그러니 칼이 망가진 것을 숨기면 두려워할 만한 사람으로 보일 것이다. 짐짓 좋은 칼을 들고 있는 싸움을 아주 잘하는 칼잡이인 척해 보아라.”고 말했다. 그러고는, 칼을 뽑지 않은 채 거들먹거리는 방법과 무섭게 보이는 표정, 싸움을 잘하는 칼잡이인 것 같은 말투를 알려 주었다. 사가노는 그와 같이 거짓으로 칼을 잘 쓰는 척하는 것이 매우 두려워서 몇 차례 실수를 할 뻔했다. 그러나 출랑랑이 가르쳐 준 것이 오묘하여, 용원당의 칼잡이들에게 붙잡힐 뻔했을 때에도, 겨우 손잡이만 멀쩡한 용문도로 용원당 칼잡이들을 위협하고 빠져나갈 수 있었다.

이리하여, 출랑랑과 사가노는 결국 같이 계속 산길과 들길을 걸어가게 되었다.

그러다 한번은 출랑랑에게 예전에 공격당했던 적이 있었던 출랑랑의 부하가 아닌 해적의 무리들이 출랑랑을 알아본 일이 있었다. 이 해적 무리들은 출랑랑을 죽이려고 들었다. 그러나 마침 사가노가 또다시 칼을 잘 쓰는 사람인 것처럼 꾸며서 위협하여 겨우 출랑랑이 빠져나오기도 하였다.

또 한번은 사가노가 사냥꾼들에게 붙잡힌 일도 있었다. 사냥꾼들은 도적을 잡아 관가에 바쳐서 공을 세우려는 자들이었다. 사가노는 해적들과 다툴 때 용문도를 잘 다루는 무서운 도적인 척하였으므로, 어느새 흉악한 죄인으로 그 얼굴이 알려졌던 것이다. 사냥꾼들에게 잡혀 그대로 사가노는 감옥에 갇힐 뻔하였는데, 이때 출랑랑이 춤을 추는 사람인 것처럼 거짓으로 꾸미고 사냥꾼들 틈에 들어왔다. 그리고 출랑랑이 속임수로 몰래 사가노를 빼냈다.

사가노는 출랑랑과 같은 사람이 춤을 추는 여자로 꾸미고 들어온 것이 믿기지 않아,

"도대체 어쩌자고 춤을 추는 사람인 척할 생각을 했소? 언제 춤을 추어 본 적이 있소?"라고 물어보니, 출랑랑이 답하기를,

"칼춤을 추는 척한다면, 그래도 볼 만한 모양이 나오지 않을까 하여 그렇게 해 보았을 뿐이다. 네놈은 헛소리를 하며 따지지 말고, 이와 같이 귀찮은 일을 내가 많이 하였으니, 다만 모주님께 용서를 구하고 빌도록 하라."라고 말하고는, 한참 사가노에게 욕을 해 주었다.

이와 같은 여러 일을 겪은 후, 두 사람이 가락국에 도착한 후로부터는 좀 더 기록이 자세한 편이다. 두 사람은 가락국에 도착하여 염한과 편발희가 있는 집에 가게 되었다.

출랑랑은 밤에 몰래 집 앞으로 갔는데, 마침 편발희가 아기를 낳아 갓난아기가 있었다. 밤마다 아기가 울어 대어, 편발희와

염한은 등불을 켜고 아기가 우는 것을 달래려고 하였다.

염한이 아기를 달래며 말하기를,

"그렇게 밤에 잠을 자지 않고 계속 울면, 마귀모주가 나타나 잡아간다. 울음을 그치거라."고 말을 했다.

출랑랑이 그 말을 듣고 있다가, 문득 옆에서 깔깔 웃는 소리를 냈는데, 그 웃는 소리를 듣자 염한은 즉시 그것이 출랑랑의 소리인 줄을 알았다. 그러자 염한은 그만 얼굴이 질리고 다리에 힘이 풀려 주저앉게 되었다. 마침 아기도 울던 것을 딱 그쳤다.

그리고 편발희가 무슨 일인가 싶어 일어나 보는데, 갑자기 문틀을 통째로 부수면서 출랑랑이 들이닥쳤다. 그러자 편발희는 보면서도 무슨 일인지 믿을 수가 없어서,

"이게 무엇이오?"라고만 하니, 출랑랑이 웃으면서,

"모주님께서 지옥에서 돌아올 거라고 하지 않았느냐?"라고 하였다. 그러자, 그만 다들 겁을 먹고 바닥에 두 손을 짚고 엎드려,

"모주님, 살려 주십시오."라고 주문을 외듯이 계속 말하며, 덜덜 떨기만 하는 것이었다.

출랑랑은 염한을 위협하여, 다시 옛날 도적 부하들을 모아 보라고 시켰으므로, 도적 부하들이 각각 이곳저곳에 흩어진 데를 찾아갔다. 도적 부하들은 모두가 놀라고 두려워하여, 눈물을 흘리고 목숨을 애걸하기를 여러 번이었다.

"배는 어디에 있느냐?"

출랑랑이 묻자, 염한은 옛날 소굴에 그대로 숨겨 두었다고 하였다.

사가노와 함께 옛날의 도적 소굴에 들어가 보니, 날렵한 배가 한 척 있고, 그곳에 출랑랑이 모아둔 보물과 곡식, 말린 과일, 말린 고기, 절인 생선 같은 것이 무척 많이 있었다. 출랑랑은 염한에게 물어보았다.

"어찌 이곳에 있는 보물은 그대로 두었느냐?"

그러자 도적 부하 중 하나가 말하기를,

"이곳에 다시 찾아오면, 과연 모주님께서 귀신이 되어서라도 나타날 것 같아서, 금은보화가 가득 있는 줄 알면서도 아무도 무서워서 오지 못했습니다."라고 하였다.

모두가 출랑랑이 갑자기 죽이지나 않을까 싶어 겁을 먹은 표정이었다. 그러나 다만 사가노만은,

"이렇게 좋은 음식이 많이 있다니, 어찌 그냥 그것을 뜯어먹고만 있소?" 하고는, 여러 재료로 맛있는 음식을 만들어 여러 사람이 먹게 하였다. 그러자 도적들이 처음에는,

"모주님께서 독을 탄 음식을 먹고 죽으라고 하시면, 그대로 죽겠습니다."고 하며 울면서 억지로 먹는 자도 있었다. 그러나, 마침내 사가노가 만든 것을 맛있게 먹고 다들 기뻐하였다.

출랑랑은 사가노에게 이제 부하들을 얻었으니, 사가노는 돌아가도 된다고 하였다. 그런데, 사가노는 쓸쓸히 한숨을 쉬었다. 그러고는 말하기로,

"이제는 주인도 없고, 갈 곳도 달리 없으니, 고향으로나 가 볼까 합니다. 그런데 고향으로 가는 뱃길은 용원당의 무리들이 모두 차지하고 있으니, 걸어가는 방법밖에 없지 않겠습니까?"라

고 하였다. 그 말을 듣자 출랑랑은 한 번 통쾌하게 웃더니,

"이 모주님께서 먼저 내 봉문도를 되찾은 뒤에, 너를 내 배에 태워 백제로 데려다 주마."라고 하였다.

그러고 나서, 출랑랑은 편발희에게 물었다.

"용원당에서 간직하고 있는 보물 중에, 칼을 가장 귀하게 지키고 있는 곳은 어디냐?"

그러자 편발희는 이렇게 대답했다.

"용원당에서는 특별히 배 한 척을 매우 중요하게 여겨서 바다에만 띄워 놓고 함부로 물을 건너 그 배 안으로 들어가지 못하게 하는 것이 있습니다. 제가 듣기로는 바로 이 배 안에 특히 이상한 칼이 숨겨져 있고, 바로 그 배를 용원당의 무리들 중에서도 칼 솜씨가 뛰어난 자들을 시켜 굳건히 지키고 있다는 것을 들었습니다."

그 말을 듣더니, 출랑랑은,

"그렇게 중하게 지키는 것이라면 반드시 천하사방에서 제일가는 이 모주님께서 쓰시는 봉문도뿐일 것이다. 내가 반드시 그곳에 들어가 칼을 되찾아 오겠다."라고 하고는, 편발희가 말한 곳을 향하여 배를 움직이라고 하였다.

출랑랑에게 붙잡힌 출랑랑의 부하들은 다시 자칫하면 목이 잘릴 걱정을 하게 되었으니, 처음에는 온통 우는 얼굴이었다. 그중에 어떤 자는 하늘을 우러러 한탄을 하기를,

"이제 두 번 다시는 해적질을 하지 않고, 그저 산 골짜기 깊은 곳에서 거친 밭을 일구며 굶어 죽을지언정 착하게 살기로 작심

을 하고, 여름마다 굶고 겨울마다 떨면서 지냈는데, 어찌 하늘이 이와 같이 무심하여 착한 일을 하려고 하는 사람을 다시 해적 떼의 가운데에 몰아넣고 마귀모주에게 붙들리게 하는가?"라고 하기도 했고, 그중에 어떤 자는,

"사흘에 한 번씩 산꼭대기 영험한 바위에 올라 신통하다는 산신령님에게 정성을 다해 빌고 또 빌기를 다만 마귀모주만 다시 보지 않게 해 달라고 하였건만, 그때 나는 다만 꿈속에서 그 얼굴을 다시 보면 다시 잠을 이룰 수 없으므로 마귀모주가 나오는 꿈을 꾸기 싫어 그와 같이 빌었던 것인데, 마귀모주가 나오는 무서운 꿈을 꾼 것은 몇 날 밤이나 되는지 헤아릴 수가 없고 마침내 저승에서 마귀모주가 다시 돌아왔으니, 수백 번 산길을 오르내리느라 발이 부르트고 다리가 저렸던 것의 값을 물어 달라 한들 형체조차 없는 힘없는 산신령이 무엇을 해 줄 수 있겠는가."라고 하기도 했다. 그중에 또 어떤 자는,

"내가 처음 배를 탈 때에 풍랑을 만나 배가 뒤집혔는데, 같은 배를 탄 사람들이 파도에 휩쓸려 모두 죽었으나 오직 옆에 탄 고구려 사람만이 물에 빠지자마자 쉼 없이 '영성(靈星)'이시여 살려 주십시오, 하고 영험한 별에게 빌었는데, 나는 그 고구려 사람 곁에 있다가 살아난 까닭으로 그 후로는 매번 영험한 별에게 두려운 일이 있을 때마다 간곡히 빌었는데, 고구려 사람이 빌던 밤하늘 높은 곳의 밝은 별이 아무리 영험하다고 하나, 마귀모주의 칼날이 눈앞에 번쩍거릴 때에 그 별빛 따위가 무슨 소용인가."라고도 하였다.

그러므로 처음에는 출랑랑의 부하들이 모두 괴로워할 뿐이었다. 그런데 차차 다시 힘을 합쳐 배를 움직여 나아가니, 그러는 중에도 옛날같이 뱃일을 하던 것을 모두 기억하여 길게 말을 하지 않아도 같이 힘을 쉽게 합하였다. 여러 사람들이 배 곳곳에 흩어져 힘을 쓰고 소리를 치며 배를 나아가게 하는데, 그 장단이 잘 맞았다. 그것을 보고 사가노는 신기하여,

"같이 배를 움직이는 것이 마치 같이 춤을 추고 노래를 하는 듯하다."라고 하였으며, 출랑랑과 그 부하들이 조종하는 배가 움직이는 것이 마치 살아 있는 용이나 고래가 물살을 오르내리며 꿈틀거리는 듯하였다.

출랑랑과 그 부하들이 해적질을 하던 배를 가만가만히 움직이는 솜씨가 극히 정교하였으니, 한밤에 빽빽한 바위 사이를 더듬으며 바다 사이를 움직이는 데에도 거침이 없었다. 용원당의 무리들은 이리저리 배들을 벌여 놓고 환하게 불을 밝혀 먼 곳까지 내다보려 하고 있었지만, 그 배들 사이를 출랑랑의 배가 움직이는지는 조금도 눈치채지 못하고 있었다.

그리하여 용원당의 칼 숨겨 놓은 배에 가까이 다가갈 때까지도 출랑랑의 배는 들키지 않았으니, 나중에 가야에 기록하는 사람들이 이때 출랑랑과 그 부하들의 배를 움직이는 솜씨를 일컬어 쓰기를 "마치 달도 없는 그믐밤에 발이 없는 귀신이 어두운 길을 걷는 나그네를 홀리려고 그 뒤를 바짝 붙어 따라가면서 소리 없이 웃는 웃음과도 같다."라고 하였다.

마침내 용원당의 칼 숨겨 놓은 배가 눈앞에 보일 정도가 되었

다. 염한이 출랑랑에게 말했다.

"모주님의 놀라운 신통력으로 이와 같이 원수들 사이를 헤치고 가까이 오는 동안에도 아무도 알아챈 놈이 없었습니다. 그러나 지금 여기보다 더 가까이 다가간다면 용원당의 무리들이 반드시 우리 배를 알아볼 것입니다."

출랑랑이 대답하기를,

"그러면 이제 내가 가서 내 봉문도를 집어 오면 되겠구나." 하고는 무릇 부하들을 한번 둘러보았다. 출랑랑이 돌아보는 눈을 보고 다들 겁을 먹어 어떤 부하는 갑자기 엎드리는 자도 있고, 어떤 부하는 갑자기 눈을 감는 자도 있었으니, 낯이 바뀌지 않는 사람은 사가노뿐이었다.

그러고는 출랑랑은 대뜸 그대로 바닷물 속으로 첨벙 뛰어들었다. 그리고 출랑랑은 홀로 헤엄을 쳐서 용원당의 배를 향해 나아갔다.

이때 출랑랑은 손에 맞는 봉문도가 없어서 부하들을 시켜 봉문도와 비슷하게 만든 길고 큰 칼을 만들어 오게 하여 그것을 손에 들고 싸우는 데 쓰고 있었다. 출랑랑은 물속에서 용원당의 배를 향하여 치솟아 오르며, 큰 칼을 휘둘렀다. 그러자 물속에서 무엇이 쑥 솟아오르더니 번쩍거리는 빛을 뿜으며, 배 주변 사람의 팔다리에 피를 튀게 하는 것을 보고, 용원당의 칼잡이들이 이리저리 바삐 배 위를 뛰어다녔다.

용원당 칼잡이들이 휘두르는 칼을 출랑랑은 잘 막아 내었다. 그러나 출랑랑이 들고 있던 칼이 진짜 봉문도는 아닌지라, 몇 차례 칼을 험하게 휘두르자 그만 출랑랑의 칼이 부러지고 말았다. 하는 수 없이 출랑랑은 쓰러진 용원당 칼잡이들의 칼을 주워 들고 배 안으로 쳐들어갔다. 그리하여, 양손에 칼을 한 자루씩 들고 이리저리 배와 배들 사이를 날뛰며 칼을 휘둘러 댔다.

어떤 용원당 칼잡이는 출랑랑이 칼을 휘두르며 뛰어다니는 것을 넋을 잃고 보다가 그만 감탄하여 죽여야 할 적이라는 것도 잊고는,

"참으로 칼 솜씨가 뛰어나구나." 하고 구경을 하며 입을 벌리기도 하였다.

출랑랑이 마침내 배의 안쪽까지 들어왔으니, 용원당의 칼잡이들 중 우두머리가,

"위급할 때 펴 보라고 용녀 어른께서 주신 나무 패가 있으니 펴 보라."고 하였다. 그것을 열어 보니,

"엄중히 지키도록 하되, 만약 도둑을 막지 못해 칼을 잃게 될 것 같거든, 차라리 먼저 바닷속 깊이 던져 버려라"고 쓰여 있었다.

그러므로, 용원당 칼잡이들은 상자를 열어 그곳에서 칼을 꺼냈다. 칼은 뽑지 못하도록 칼집에 넣어 놓은 채로, 쇠사슬로 감겨 있었다.

"내 칼을 내어놓아라." 하고 출랑랑이 외치며 쇠사슬에 감긴 칼집을 향해 달려들었다. 용원당 칼잡이들은 출랑랑이 그 칼을 빼앗기 전에 바로 바다에 던져 넣었다. 그러니 출랑랑은 어쩔 수 없이 그대로 칼을 따라 물속으로 뛰어들었다.

출랑랑은 물속에서 무거운 칼을 찾고 또 그것을 들고 나오느라, 한참을 바다에서 떠다니며 고생을 했는데, 그러다 며칠 만에 다시 육지로 오게 되었다.

육지에 오니, 이미 그사이에 용원당의 무리들에 출랑랑이 칼을 빼앗으러 왔다는 소식이 퍼진 후였다.

그리하여 출랑랑에게 원한을 가진 여당아는 널리 무리를 풀어놓았다. 그 때문에 출랑랑의 옛날 도적 부하들이 모두 용원당의 무리들에게 붙잡혔다. 뿐만 아니라 출랑랑의 도적 소굴도 여당아의 용원당 무리들에게 드러나게 되었으므로, 용원당 칼잡이들이 그 소굴 앞을 지키고 있게 되었다.

다만 사가노만은 다른 부하들의 먹을 것을 마련하느라 부지런히 물고기를 낚으러 다녔으며 행색이 해적질을 해 본 사람의 모습이 아니었으므로 용원당의 무리들도,

"저자는 잘못하여 해적들에게 붙잡힌 어부가 아닌가."라고 할 뿐, 의심하지 않았다. 그리하여 오직 사가노만이 여당아에게 붙잡히지 않았다.

출랑랑은 결국 몸을 숨길 곳이 없어서, 사가노가 머무는 곳으로 가게 되었다. 그곳에 가니 사가노는 붙잡혀 간 염한과 편발희의 아기를 돌보아 주고 있었다. 사가노는 숨어 온 출랑랑을 보고,

"어찌 그 깊은 물속에서 살아온 것이오?" 하고는 반가워하였으나, 출랑랑은 사가노를 믿지 못하여,

"네놈이 혼자 붙잡혀 가지 않았으니, 네놈은 이제 배반하여

용원당과 같은 무리가 된 것이 아니냐?"라고 소리치고는 곧 목을 졸라 맨손으로 죽이려 들었다. 이에 놀라 염한과 편발희의 아기가 울음소리를 내니 온 집 안과 집 바깥으로 아기 우는 소리가 퍼져 나갔다. 이에 사가노는 놀라서,

"아기 우는 소리는 어느 밤에나 거슬리는 것이니, 이 때문에 옆집과 뒷집에서 이 집으로 찾아오기라도 하면 그대와 같이 괴상한 행색을 한 사람은 반드시 곧 이곳에 와 있는 것이 탄로나지 않겠소?"라고 말했다.

그 말을 듣고 출랑랑이 자기 행색을 보았더니, 머리칼에는 온갖 금은 장신구가 가득하였으나 머리가 소금물에 젖었다 말랐다 하기를 수십 번 반복하였으니, 머리카락은 온통 헝클어져 가닥가닥이 스스로 춤을 추는 것 같았고, 옷은 어지러이 찢어져 있으며 또한 갖가지 색깔의 피가 전후좌우로 흩뿌려져 있으니 그 모습이 산 사람 같아 보이지가 않았다.

나중에 출랑랑의 그 무렵의 모습을 힐끗힐끗 본 사람들이 그 옷차림을 보고 허황된 소문을 내기를,

"출랑랑은 산 사람을 커다란 다리미로 납작하게 눌러 펴서, 그것으로 옷을 둘러 입으니, 옷에 사람의 피와 골수가 무늬로 남아 있는 곳을 오히려 즐겁게 여긴다."라고 할 지경이었다.

"며칠을 바다 안팎을 헤매었으니, 기력이 많이 쇠하지 않았겠소?" 하고 사가노가 말을 하고, 기름기 있는 밥과 따뜻한 국으로 출랑랑을 대접하니, 출랑랑은 그제서야 사가노가 자신을 배반하지 않는 것을 믿는 듯하였다.

그리하여 출랑랑은 며칠 동안 그곳에서 쉬면서 기력을 회복하고자 마음을 먹었다.

이튿날 날이 밝을 때 즈음, 출랑랑은 숨겨 온 칼을 들고 안타까워하기를,

"내가 이 칼을 얻었는데, 귀한 보물이며 좋은 칼인 것은 옳은 듯하나, 길이가 길지 않으니 봉문도는 아니다."라고 하였다. 그러자 사가노가 그 말을 듣고,

"그래도 좋은 칼이라 하니 지금은 끌러서 쓰는 것이 좋지 않겠소?"라고 하고는 쇠사슬을 끊을 도끼와 끌, 톱 따위를 구해왔다.

출랑랑과 사가노가 힘을 합쳐 쇠사슬을 끊고 칼을 꺼내어 보니, 그 칼은 용녀가 백제의 임금 아방에게 선물했다가 돌려받았던 바로 그 용봉도였다.

"참으로 그 모양이 아름다운 것은, 네 자루의 보물 칼 중에 비할 바 없이 가장 훌륭하여 최고로구나."

출랑랑이 그 모습을 보고 감탄하여 하는 말이 그와 같았다.

그런데 그 무렵 붙잡혀 있던 염한과 편발희가 아기가 있는 곳을 말하는 바람에, 용원당의 무리들이 사가노와 출랑랑이 있는 집으로 몰려왔다. 그러므로, 하는 수 없이 사가노와 출랑랑은 다시 도망치게 되었다.

하룻밤 하룻낮을 도망친 뒤에, 출랑랑과 사가노는 산속에서 숨어 쉬면서 밥을 먹고자 하였는데, 출랑랑이 용봉도로 산토끼를 잡아 왔다. 그리고 그것을 그대로 불을 피운 것에 구우려고

하였다.

그러자 사가노는,

"이런 것은 석쇠나 철판에 올려 두고 구워야 맛이 있는 것이오."라고 하였다. 그런데 마땅히 철판이 없었으므로,

"칼이 약간 달구어지도록, 조금만 불 위에 올려놓도록 하겠소."라고 하고는, 출랑랑이 들고 있는 용봉도를 빌려, 용봉도의 칼 배 위에 토끼 고기를 올려놓고, 칼 반대편에 불을 쬐어 토끼 고기를 구우려고 하였다.

그런데, 고기를 굽느라 불을 쬐자, 용봉도에서 다시 얇게 입혀 놓은 납이 녹아 흐르게 되었다. 사가노가 이상하게 여겨 녹은 납을 닦아 내고, 용봉도를 쳐들어 보았다.

그러니, 납이 벗겨진 칼에는 백제의 임금이 용녀에게 써서 보내 주었던 글자가 칼날에 새겨져 있었다.

백제 임금 아방은 자신이 몇 년 전 고구려 군사들 앞에서 살려 달라고 애원했던 부끄러운 일을 앙갚음하기 위해, 갖은 궁리를 하여, 온 나라의 힘을 다 모았다. 마침내 서쪽의 연국과 고구려가 싸우게 하였으니, 고구려의 여섯 장수 중에 다섯이 연국과의 싸움터로 가게 되었다. 그러므로 이제 북쪽으로 나아가기만 하면, 그대로 고구려 땅이 텅 비어 있어서, 쉽게 사방을 차지할 수 있을 것으로 보였다.

그러나 단 한 가지 근심거리가 있었으니, 바로 북쪽으로 나아가는 길에 강북관방이 있어, 고구려의 장수인 갈로가 지키고 있다는 것이었다.

이 강북관방을 뚫고 나갈 방법이 없는 것이, 고구려로 치고 나가려는 아방의 가장 큰 어려움이었다. 그런데 마침내 아방이 스스로 기이한 꾀를 만들어 내어, 그것을 가야의 용녀에게 알려 주었으니, 그것이 바로 용녀에게 돌려준 용봉도 칼에 쓰여 있는 글귀였다.

"만 척의 배를 띄워 바다를 건너가서, 대방을 친다."

바로 그 꾀인즉, 갈로가 지키고 있는 강북관방을 뚫고 육지로 고구려 땅으로 나아가는 것이 아니라, 서해에 배를 띄워, 바다로 강북관방을 빙 돌아서, 강북관방 넘어에 있는 대방 땅으로 바로 군사를 바닷길로 실어 보낸다는 것이었다. 가야로부터 배를 데려오고, 왜국 섬에서부터 모든 사람들을 끌어들여서, 힘이 닿는 대로 많은 숫자의 배를 모은 뒤에, 바다로 돌아서 고구려의 가운데 토막을 바로 찌르고, 강북관방의 뒤통수를 친다는 것이다.

이렇게 하면, 모든 장수들이 서쪽의 싸움에 매달려 있는 틈을 타서, 고구려의 중앙을 온통 휘저을 수 있으며, 강북관방을 지키고 있는 갈로는 배를 태워 보낸 군사와 백제로부터 육지로 나아가는 군사가 힘을 합하면, 남북에서 둘러싸고 괴롭힐 수도 있게 된다고 아방은 생각했다.

"이것은 마치 군사들이 날개를 달고 벼랑 끝을 날아다니며 골짜기 아래에 갇힌 군사들을 괴롭히는 것과 같은 술수이다."

아방의 꾀를 나중에 듣고, 가야의 장군이 감탄하여 말한 것이 이와 같았다.

그러나, 백제의 장군들 중에는 이를 좋지 않은 방법이라고 생

각하는 사람도 있었으니,

"그와 같이 많은 배를 한꺼번에 북쪽으로 보낼 것을 도모하니, 이는 꿈과 같은 생각이 아닌가?"라고 하는 사람도 있었고, 한편으로는,

"이미 군사들의 사기가 떨어졌고, 백제 사람들은 모두 싸움이라면 그저 싫어하게 되었는데, 사람을 많이 모아서 배에 태워 북쪽 깊숙이 던져 넣는다고 한들, 과연 잘 싸울 수 있을 것인가?"라는 사람도 있었다.

그러나, 아방과 뜻이 같은 사람들은 그에 반대하여 말하기를,

"지금까지 계속해서 고구려에게 지기만 하고, 고구려 군사에게 밀려 고구려 군사를 막는 싸움만 했으므로 백제 사람들이 싸움을 싫어하는 것이다. 그러므로, 우리가 고구려 땅의 깊숙한 곳을 쳐서 차지한다는 일을 벌이게 되면, 군사들은 사기가 높아지고, 무릇 백제의 백성들이 고구려를 눌러 주는 것에 기뻐하여 스스로 싸우고 싶은 마음이 치솟게 될 것이다.

그러니, 이와 같은 일은 한번 해 볼 만한 일로, 가야의 배와 왜국 섬에서 데려온 사람들을 더하여 이용한다면, 못할 일은 아니다."라고 하였다.

다만 이 일을 성사시키기 위해서는, 가야에서 배를 많이 끌어오는 것이 가장 중요했다. 또한 미리 고구려에서 바다를 건너 대방을 친다는 일을 알지 못하게 해야 했으므로, 모든 일을 꼭꼭 숨기고 비밀을 엄히 지켜, 칼에 새긴 글자로 아방이 용녀에게 뜻을 전한 것이다. 그러므로, 아방은 칼을 주면서, 몰래 칼에

글씨를 새겨 용녀에게 뜻을 전해 주었고, 또한 용녀에게 배를 대어 줄 부탁을 하는 값으로, 배에다 갖가지 기이한 책을 숨겨서 주었던 것이다.

"그렇다면, 이는 여섯 고구려 장수들이 모두 서쪽과 남쪽에 붙잡혀 중앙이 텅 비어 있는 틈에, 바다로 배를 크게 띄워 중앙을 찌르고, 이에 단숨에 크게 이겨서 하루아침에 세상을 통째로 뒤집는다는 꾀 아닌가?"

출랑랑이 이와 같이 말했다. 용봉도에 나타난 글자를 보고, 한참 동안이나 사가노와 출랑랑은 서로 백제 사람들 사이에 떠도는 이야기와 용원당 무리들을 오가며 들은 소문들을 이야기하였는데, 결국 그와 같이 출랑랑이 용봉도 글자에 나타난 뜻을 깨우친 것이다.

그리고 출랑랑은 뒤이어 말하기를,

"그렇다면 이 용봉도에 나타난 글자가 혹시라도 고구려 놈들에게 알려지면 이는 큰일이다. 만약 고구려의 장수 하나를 서쪽에서 미리 데려와서 바닷가를 막도록 방비시킨다면, '만 척의 배를 띄워 바다를 건너가서, 대방을 치는 꾀'는 완전히 망하는 것 아닌가? 그렇다면, 이 용봉도의 글자를 본 사람은 결코 이 사실을 말을 하지 말아야 한다." 하였다.

그러고 나서, 출랑랑이 생각해 보니 혹시 만약 싸움터에 나간 아버지 출선주가 아직 살아 있다면, 이 싸움이 실패하면, 반드시 고구려 군사에게 잡혀 죽을 것 같았다. 그러므로, 출랑랑은 반드시 이 꾀가 성사되어야 한다고 생각하였다.

출랑랑은 사가노에게,

“용봉도에 적힌 것은 절대 새어 나가면 안 된다. 만일 이 일을 고구려 군사가 알게 되면, 서쪽으로 보낸 장수 중 하나를 빼어 내어 바다를 방비할 것이고, 그러면 백제 군사와 가야를 통해 건너간 군사들이 다 죽게 될 것이다.” 하고 말했다. 그리고 사가노를 한참 쳐다보더니, 다시 이어 말하기로,

“너는 용봉도에 적힌 것을 어디에서도 말하지 말라고 한다면 지키려고는 할 것이다. 그러나, 너는 본시 마음이 약하고, 다른 사람이 괴로워하는 것을 보지 못하니, 혹시 적이 너를 잡아가서 흉측한 짓을 하며 괴롭힌다면, 이 일을 말할 수도 있지 않겠는가. 그러니, 네가 영영 여기에 쓰인 것을 말하지 않게 하려면, 너를 죽이는 수밖에 없겠다.”고 하였다.

사가노는 처음에는 두려워하고 놀랐다. 그러나, 너무 큰일에 대해 알게 되어, 스스로 견디기 어려운 마음이 있었으므로, 결국 출랑랑에게 대답하는 것이 다음과 같았다.

“그 말이 옳은 데가 있소. 나 또한 항상 내 고향 사람들이 굶주리고 헐벗는 것을 보고 슬퍼하였거니와, 이제 고향에 남아 있는 사람들이 내가 잘못하여 혹시라도 중요한 말을 적들에게 하게 되어, 그 사람들이 싸움터에서 모두 죽게 된다면 안 되지 않겠소. 그렇다면 혹시라도 그런 일이 생기는 것을 미리 막아야 하지 않겠소?

내가 만에 하나 이 일을 말하게 되는 것 때문에, 그렇게 큰일이 생긴다면, 어차피 나는 무덤에서 죽었던 몸이고, 덕택에 살

아난 몸이니, 지금 죽이려면 죽이도록 하시오."

그 말을 듣자 출랑랑은 근심하였는데, 그 근심 끝에 말하기로,

"네놈은 아직 밥을 하는 솜씨가 쓸 만하니, 함부로 죽일 수 없다. 내가 항상 곁에 두고 지켜보고 다니다가, 만약 다른 곳에 가서 허튼소리를 하려고 하면, 그때 바로 내 칼을 뽑아 찔러 죽이겠다."고 하고는, 사가노를 살려 주되 항상 끌고 다니기로 하였다.

그러고 나서 출랑랑은,

"이제야말로 내 칼이 반드시 있어야 하니, 이제 내가 봉문도를 다시 구한다면, 그 칼을 들고 배를 타고 백제로 가서는 대방에 뛰어들어, 고구려 군사 사이를 칼을 휘두르며 헤집고 다닐 것이다."고 말하고는, 다시 찾지 못한 봉문도를 찾아가기로 하였다.

출랑랑은 먼저 여당아가 자신을 쫓아서 산으로 올라오는 것을 몰래 살펴보았다.

여당아는 제 부하들에게,

"출랑랑의 무리들을 모두 붙잡았는데, 출랑랑과 그 얼빠진 밥 짓는 종놈 하나를 못 잡았다니 부끄럽지 않은가? 출랑랑이 이 산에 숨어 있는 것은 분명하니, 결코 이 산을 떠나지 않고 튼튼히 지켜서 반드시 출랑랑을 잡도록 하라."라고 다그쳤다.

그러니, 여당아와 그 부하들은 며칠간 산을 떠나지 못하고 산 속에 머물며 음식을 먹고 잠을 자며 지내야 했다. 그렇게 시일이 지나자 여당아는 몸을 씻기를 원하여, 산중의 계곡에서 잠깐

몸을 물에 담그고자 하였다.

출랑랑은 이것을 멀리서부터 엿보고 있다가, 여당아가 물속에서 몸을 씻고 있을 때에 몰래 숨어 기어들어 가서, 여당아를 붙잡으려고 했다. 이에 여당아는 물속에서 손을 뻗어 자기 칼을 뽑고는 출랑랑과 맞서 싸웠다.

여당아가 소리치기를,

"쥐처럼 숨어들어 옷조차 갖춰 입지 못한 사람을 노리려고 하다니, 사람들이 마귀모주라고 두려워하는 너도 참으로 가소롭구나."라고 했다. 그러자 출랑랑이 대답하기를,

"한 자루 칼밖에 싸울 것이 없는 나 하나를 붙잡겠다고 수십, 수백의 부하들이 저마다 칼을 차고 에워싸고 있으니 백 자루의 칼을 모아 몰려다니며 덤비고 있는 꼴이다. 예로부터 칼 솜씨가 좋다고 자랑하던 네 꼴은 더욱 우습지 않으냐?"라고 하였다.

그 말에 여당아는 노하여 주위에 바람이 휙휙 불도록 빠르게 칼날을 움직여 단숨에 출랑랑을 죽이려 하였다. 그러나 출랑랑이 쓰고 있는 칼은 용봉도였으니, 본시 출랑랑이 쓰던 봉문도만은 못하였으나, 매우 날카롭고 가벼웠다. 단숨에 여당아의 칼싸움하는 것이 힘들어지고, 얼마 지나지 않아 여당아는 칼을 겨루는 것이 밀리게 되었다.

마침내 출랑랑은 여당아를 붙잡았다. 그리고, 출랑랑은 뒤늦게 달려온 여당아의 부하에게,

"분명히 귀한 칼 하나가 얼마 전에 용녀에게 들어온 것이 있어, 그것을 잘 보관해 둔 곳이 있을 것이다. 그런 이야기를 들은

것을 말하라. 말하지 않으면 죽이겠다."고 하였다. 부하가 망설이고 있으니, 여당아는,

"너도 용원당의 사람이니, 이따위 놈이 시키는 대로 말하지 마라. 나는 죽어도 된다."

고 소리쳤다. 그러자 출랑랑은 그 말하는 것이 거슬려 여당아의 목을 살짝 졸라 여당아를 기절하게 하고는,

"말만 못 하게 한 것뿐이지, 아직 죽인 것은 아니다. 와서 팔목의 맥박을 잡아 봐라."고 했으니, 그것이 배짱이 대단해 보였으므로, 부하는 오히려 더 겁을 먹었다.

"마귀모주가 이래서 무섭다는 것인가." 하며 떨고 있었으니, 출랑랑은 다시 말하라고 하면서 여당아의 살결에 칼날을 대어 이리저리 핏자국을 만들었다.

그러자, 부하는 도저히 두려운 것을 참지 못하고,

"허공에게 용녀가 좋은 칼을 선물했다는 이야기가 떠도는 소문이 있으나, 자세한 것은 알지 못한다."고 말하고 말았다. 그 말을 듣자 출랑랑은 여당아를 부하에게 내던져 산비탈을 굴러 가는 것을 붙잡게 하고는, 그대로 계곡 사이로 숨어들어 도망쳤다.

출랑랑이 사가노에게 가서, 이 이야기를 하고 다시 몇 놈을 더 붙잡아 칼을 대고 소문을 알아보려 하겠다고 하니, 사가노는,

"내가 다른 방법도 써 보겠소."라고 말하고는, 산 너머 동네로 내려가서는, 낚시꾼들이 모이는 연못에 갔다.

그러고는, 낚시꾼들이 잡는 물고기의 회를 떠 주고, 삶고 쪄

주기도 하면서, 이런저런 소문을 물었다. 그러니, 한 낚시꾼이 물고기를 한 마리도 낚지 못하여 낙심하다가, 사가노가 나누어 주는 물고기 찜을 먹고 즐거워, 떠도는 소문을 이야기해 주었다. 그 내용은 다음과 같았다.

본시 허공은 가락국의 가장 큰 명문가의 자손으로 대신이 되어 세력이 컸다. 그런데, 종발성 싸움 이후로 허공은 신라나 고구려와 싸우지 않을수록 좋다는 뜻을 내세우고 있었으므로, 용녀와는 사이가 나빴다. 특히, 허공은 용녀의 가문이 좋지 않은 것을 여러 가지로 은근히 조롱할 때가 많았다. 그러므로, 용원당에서는 이것을 한탄하여,

"용녀 어른께서 다스리는 성의 숫자가 몇이며, 갖고 있는 배의 숫자가 몇인데, 있는 것은 조상 무덤밖에 없는 늙은이가 용녀 어른을 욕되게 한다."라고 하며 원한을 품었다.

그런데, 용원당의 힘이 나날이 커져 가므로, 허공은,

"이러다가 용원당의 칼잡이가 어느 날 내 목을 자르러 오는 것은 아닌가?" 하고 두려워하였다. 그러므로, 용녀의 세력을 약하게 하기 위해, 허공은 박원도(朴元道)와 같은 사람을 끌어들여, 꾀를 꾸미기도 하였다.

박원도는 본시 갖가지 책을 모으고 읽는 데 관심이 많은 학자였으므로, 백제의 아방이 용녀에게 용봉도를 돌려줄 때 같이 준 많은 책 중에 여러 권을 사 갔다. 이때 박원도의 부하 중에, 점 치는 일로 말을 꾸며 내는 데 솜씨가 좋은 복사(卜師)가 있었는데, 복사는 박원도가 산 책들 중에 점술서들을 보고, 말을 만들

었다.

그리고 말하고 다니기를,

"용녀의 생년월일은 가락국의 첫 번째 태후이신 옛날의 허태후께서 혼인하신 날짜와는 서로 죽고 죽이는 형국이다."라고 퍼뜨리기도 하고, 한편으로는,

"용녀를 살려 두면, 용녀의 칼에 좋은 사람이 억울하게 죽을 운세이다."라는 말도 퍼뜨렸으니, 사람들이 용녀를 싫어하고 의심하는 이야기들이 돌기 시작했다.

허공과 박원도는 처음에는 이런 이야기가 돌면, 용원당의 칼잡이들이 용녀를 점차 미워하게 되어 떠날 줄 알았으나, 오히려 박원도의 복사가 하는 말이 돌수록, 용원당 칼잡이들은,

"간악한 허풍으로 용녀 어르신을 모함하려고 한다."라고 하면서, 허공과 박원도에게 더 큰 원한을 품는 것이었다.

마침내 허공은 용원당의 칼잡이들을 겁내어 가락국에서 북쪽으로 떠나가서 지내게 되었으니, 다라국의 산 위에 요새로 만들어 놓은 성벽 속에서 살면서, 혹시라도 무슨 큰일이 있으면 바로 더 북쪽으로 도망쳐 고구려로 숨어 버리려고 하였다.

이런 일이 알려지게 되니, 용녀는 근심하였다. 용녀는 점차 세력을 키워 마침내, 태자와 혼인을 하여 나중에는 왕비가 되고 결국에는 자기 자식을 가락국의 임금으로 만들 생각을 하고 있었다.

"임금의 어미가 된다면, 가문이 이름이 없다 하여 조롱하는 자가 없지 않겠는가?"

용녀는 그와 같이 생각하고 있었으므로, 주위에 말하기로,

"이와 같이 임금에게 가까이 있던 신하들이 나를 싫어하고 두려워하는 것이 심하다는 말이 돌게 된다면, 내가 어떻게 나중에 태자와 혼인을 할 수 있겠느냐? 비록 허공이 나를 모함해 괴롭힌 괘씸한 자이기는 하나, 지금은 아무 두려워할 것이 없는 힘없는 늙은이일 뿐이니, 쓸데없이 원한을 깊게 하여 여러 대신들이 그 늙은이를 생각할 때마다 나를 싫어하게 하기보다는, 오히려 선물을 보내 잘 달래고 그 늙은이부터 내 편을 만들면, 그와 같이 오래도록 나를 미워하던 자부터 나를 떠받든다고 내보일 수 있을 것 아닌가? 그렇다면 무릇 대신들이 이제 감히 나와 맞서려고 하는 자가 없음을 보일 수 있으니 그것이 좋은 방책일 것이다."라고 하였다. 그리하여 용녀는 오래도록 자신을 괴롭힌 허공에게 도리어 선물을 주기로 하였다.

용녀는 기왕에 용녀의 칼에 허씨가 다친다는 말이 퍼지고 있으니, 오히려 갖고 있는 좋은 칼을 선물로 주면 좋을 것이라고 생각하고, 보물로 불리는 칼을 허공에게 선물로 보냈다.

그런데, 허공은 혹시 칼을 선물로 바치러 오는 사람이 그 칼로 자신을 갑자기 찌를까 두려워서, 자기에게 직접 칼을 주지 말고, 한참 멀리 떨어진 문밖에서 칼을 두고 멀리 떨어져 앉으라고 하였다.

그러고는 믿을 만한 부하에게 그 칼을 집어 오라고 한 뒤에, 여자 종에게 다시 그 칼을 받으라고 했다. 그러고는 자신은 그 여자 종에게 칼을 받았으니, 칼을 보고는,

"좋은 칼이로다."

한 마디를 하고는 칼을 내려놓는 것이었다.

그 모습을 보고, 용녀가 보낸 사자가 기분이 나쁜 것을 참지 못하여 비웃으며 말하기를,

"용원당의 사람들은 가야에는 없는 곳이 없으니, 우리가 허공을 두고 나쁜 짓을 하려고 했다면, 언제인들 하지 못했겠습니까?"

하고는, 명령을 내렸더니, 그 자리에 있던 그 허공의 여자 종이 문득 옷을 갈아입었는데, 그 새로 갈아입은 옷이 바로 허리띠에 뿔 둘 달린 괴물이 새겨진 용원당의 옷이었다. 그것을 보고 허공은 더욱 겁을 먹어,

"가야 땅 열두 개 나라에 용녀의 손이 미치지 않는 곳이 없으니, 나는 편히 숨을 쉴 곳이 없구나."라고 하고는, 땀을 흘리며 고개를 들지 못할 지경이 되었다.

그리하여 이 이야기가, 낚시꾼과 동네 아낙들 사이에 나날이 퍼지고 있었다.

출랑랑은 그 이야기를 듣더니 기뻐하며,

"좋은 보물로 바칠 만한 칼이라면, 용문도는 사가노 네놈이 이미 망가뜨렸고, 용봉도는 지금 내가 갖고 있으니, 그 허공이 갖고 있다는 칼은 봉문도일 것이다. 또한 봉문도는 너무 길고 커서, 싸울 때 쓰는 것이 아니라, 장식만 하는 것이라고 생각하는 사람들이 많으니, 겁쟁이에게 선물하기에도 좋아 보이지 않았겠는가?" 하고는, 허공이 살고 있는 다라국의 산속에 있는 성

벽 안으로 들어가 보기로 하였다.

그러나 산중에 있는 성벽이 험하지 않을 리가 없으니, 출랑랑은 번번이 좋은 기회를 잡지 못했다. 출랑랑은 안타까워하며 들고 있는 칼을 보고 말하기를,

"팔 두 개 차이다."라고 하였다. 그 말을 알아듣지 못하고 사가노가 뜻을 물었더니, 출랑랑이 설명하였다.

"이 칼은 한 번에 팔을 세 개를 잘라 낼 수 있을 만한 칼이다. 그런데 저 성벽을 넘어 들어갈 만한 곳에는 세 놈이 지키고 있으니 팔 숫자가 합이 여섯 개라. 그러니 그 여섯 개의 팔 중에 다섯 개는 한꺼번에 잘라 내야 놈들을 지나 성벽 안으로 갈 수 있을 것 같지 않으냐. 그러니, 팔 두 개 차이로 틈이 안 나는구나."

그 말을 듣고 사가노는 섬뜩하여, 눈을 끔뻑하였다.

출랑랑은 도저히 성벽을 넘어갈 곳을 찾지 못하였다. 출랑랑은 결국, 사가노에게 성문을 두드린 뒤 밥을 달라고 구걸하는 척하여 병사들을 이끌어 낸 뒤에, 그것을 갑자기 들이쳐서 성벽 안으로 들어가고자 하였다.

사가노가 꺼려 하면서,

"왜 나에게 이렇게 위험한 것을 시키시오?" 하고 물으니, 출랑랑은,

"너는 해 본 일이 많아, 언제 어디서든 밥 구걸하는 소리를 하면 매우 그럴듯하게 들려 진짜와 같으므로, 네가 이 일을 해야만 반드시 속일 수 있을 것이다."라고 하였다.

그리하여, 사가노가 구걸하는 소리를 했으니, 과연 병사들이

내다보았다. 그러자 그 틈을 타서 출랑랑이 성벽 안으로 치고 들어 갔으니, 곧 성벽을 방비하는 병사들이 이 일을 알게 되어, 저마다 출랑랑을 붙잡으러 몰려들었다.

함성이 나는 곳을 보니, 박원도의 수하에 있는 군사들이 있었는데, 고구려에서 들여온 말에 입히기 위해 만든 갑옷을 말이 입게 하고, 그 위에 탄 사람들은 신라에서 들여온 화살 쏘는 기계를 들고 있었다. 그 박원도의 말 탄 군사들은 빠르게 달려오는 것과 화살을 멀리서도 많이 쏘는 기세가 맹렬하여 출랑랑이 맞서기 쉽지 않았다.

이에 출랑랑이,

"말을 타고 도망쳐야겠다." 하고는 싸워서 이기는 것을 포기하고 대신 급히 말을 훔치고자 하였다. 출랑랑은 두 필의 말을 훔쳐 스스로 올라타고 사가노에게 타라고 했다. 그런데, 사가노는 당황하여,

"말고기를 요리해 본 일은 있으나, 평생 말을 타 본 일은 없소." 하고 소리쳤다. 그러므로, 출랑랑은 사가노에게 한참 욕을 퍼붓고는 사가노를 자기 말에 같이 태워 달리기 시작하였다.

출랑랑과 사가노는 성벽 위로 말을 타고 올라가 성벽을 달리며 이곳저곳을 위험하게 돌았는데, 그러는 사이에 이리저리 박원도의 병사들이 따라붙고, 화살이 끊임없이 날아오므로, 출랑랑은 여기저기에 숨고 피하기 바빴다.

출랑랑이 성벽 안 이곳저곳을 숨어 다니는 동안, 출랑랑이 나타났다는 소식이 급하게 전해졌으니, 출랑랑을 쫓던 여당아와

용원당 또한 출랑랑을 잡기 위해 성벽 안으로 들어갔다.

이때, 여당아는,

"그 마귀는 보물 칼을 노리고 여기에 온 것이다. 그러므로 만약 우리가 막아 내지 못한다면, 반드시 허공이 깊이 숨은 곳까지 출랑랑은 찾아 들어가서 칼을 훔치려고 할 것이다. 너희들은 성벽 안을 뒤져서 출랑랑을 잡도록 하라. 나는 허공이 있는 곳을 찾아, 허공의 곁에서 지키고 있겠다." 하고는 허공이 숨어 있는 곳을 찾아 들어갔다.

그런데, 과연 출랑랑과 사가노는 다른 병사들을 따돌리고 마침내 허공이 있는 곳까지 찾아왔다. 이에 먼저 들어온 여당아가 출랑랑이 들어온 것을 보고, 노려보며 호통치기를,

"네놈을 내가 이 자리에서 토막 내어, 그동안의 원한을 갚을 것이다." 하였다. 그러고는 여당아는 허공에게 선물로 받은 칼을 자신에게 내어 달라고 하였다.

그런데 칼을 빼 들고 날뛰는 두 여자가 노려보고 서로 죽이려고 들고 있으니, 허공은 그 사이에서 두려워 떨고 있을 뿐이었다. 허공은 겁을 먹고 제대로 말도 하지 못하고 다만 여당아에게 칼을 숨겨 둔 곳을 손으로 가리키기만 하였다.

그것을 보고 출랑랑이,

"내 봉문도가 저기에 있구나." 하고 그곳으로 달려들려고 하였는데, 그보다 더 빨리 여당아가 칼을 집었으니, 여당아가 허공의 칼을 쳐들었다.

그런데, 그것을 보니 봉문도가 아니라, 출랑랑이 들고 있는

용봉도와 꼭 같이 생긴 칼이었다. 출랑랑이 실망하여,

"봉문도가 아니라 용봉도가 한 자루 더 있단 말이냐?"라고 하였다.

출랑랑은 문득 구석으로 도망쳐 숨으려고 하는 허공을 붙잡아 칼을 들이대고,

"봉문도는 어디에 있느냐?"라고 하니, 허공은 말하기를,

"살려 주십시오. 저는 칼은 아무것도 모릅니다. 백제의 임금에게 보낸 칼이 모양이 좋아서 선물하기에 좋다고 하니, 그것과 꼭 같은 칼을 한 자루 더 만들었다고 하는데, 그게 바로 저 칼인가 봅니다."라면서, 출랑랑에게 애걸하였다.

출랑랑은 하는 수 없이,

"일단 여기서 도망쳐서, 칼이 있는 곳을 다시 찾아야겠다." 하였는데, 여당아가,

"내가 그것을 허락하지 않노라."

하고는 출랑랑과 맞서서 싸우려고 하였다.

이리하여, 둘 다 같은 용봉도를 들고 싸우게 되었는데, 여당아의 칼 솜씨가 대단하였으므로, 출랑랑이 쉽게 이길 수가 없었다.

게다가 출랑랑이 쓰는 용봉도는 납을 발랐다가 녹였다가 하는 와중에 칼날의 철이 상해 버렸으니, 원래보다 더 약해져서, 여당아가 쓰는 용봉도와 자꾸 부딪치자 점차 망가지는 듯하였다. 그러므로, 싸움이 계속될수록, 출랑랑은 여당아에게 밀리게 되었다.

이에 출랑랑은 여당아의 칼에 손을 스쳐 손바닥이 깊게 패고,

뒤이어 다시 출랑랑의 목에 상처가 나게 되어 그것을 피하다가 칼을 떨어뜨렸으니, 마침내 출랑랑은 칼을 여당아에게 빼앗기고 말았다.

여당아는 칼을 잃은 출랑랑을 꾸짖기를,

"처음부터, 내가 말하는 대로 순리대로 말을 따랐다면, 네가 오늘처럼 죄를 짓고, 많은 사람들이 손가락질하게 되며, 여기서 이렇게 비참하게 죽을 날을 맞게 되었겠느냐."

하고 말하고는 양손에 칼을 한 자루씩 들고, 출랑랑을 잘라 죽이려고 하였다. 그러나, 출랑랑은 도망치는 것이 날렵하였으니, 몇 차례 칼을 휘두르는 동안에도 상처만 낼 뿐 죽일 수가 없었다. 그러는 동안에 피가 튀는 것이 허공의 얼굴에 뿌려지게 되었으며, 허공은 그때마다 두려워 소리를 질렀다.

마침내, 여당아가 출랑랑에게 깊이 두 칼을 휘둘렀는데, 출랑랑은 그 칼을 피하기 위해 뛰어서 도망 나가려는 허공의 뒤로 웅크려 숨었다. 그런데 이때 여당아는 출랑랑을 칼로 찌를 것만 보고 있었으므로, 잘못하여 출랑랑을 찌른다는 것이 허공을 두 자루 용봉도로 찔러 버리고 말았다.

이에 허공이 아파서 소리를 지르다 죽었다. 여당아는 크게 놀랐으며 칼이 깊이 박혀 빼는 것이 어려웠다. 출랑랑은 그 틈에 여당아에게 맨손으로 덤벼들어, 여당아의 귀를 당겨 찢으려 하였다. 그러므로, 여당아는 나자빠져 쓰러졌는데, 이윽고 두 사람은 맨손으로 뒤엉켜 싸우기 시작하였다.

두 사람이 한참을 주먹질과 발길질을 하고 물어뜯기도 하고 목을 조르기도 하며 뒹굴고 싸웠는데, 그 싸우는 기세가 무시무시하여, 사가노가 잠깐 출랑랑을 돕기 위해 다가섰다가도 누구 팔, 누구 다리인지도 모르는 것에 맞아 쓰러질 지경이었다.

이와 같이 한참 동안 지쳐 기운이 빠질 때까지 오래도록 싸우던 끝에, 마침내 출랑랑은 뿔 달린 괴물이 그려진 용원당의 허리띠를 여당아에게서 끌러 내었다. 그리고 그 허리띠로 여당아의 목을 뒤에서 졸라 여당아를 죽이려고 하였다.

일이 이와 같이 되어, 여당아가 죽으려고 하는데, 문득 갑자기 문이 열렸다.

문이 열린 곳을 사가노가 쳐다보니, 거기에는 파란색 옷을 입은 곱게 잘 차려입은 자그마한 아이가 있었다.

한 남자가 두 칼을 맞아 죽고, 다른 남자는 맞아서 쓰러져 있고, 두 여자가 죽기로 붙어 싸우는 곳에 갑자기 귀한 집안의 어린 자녀와 같은 아이가 차분하게 들어왔으니, 사가노는 놀라서 어리벙벙하였다.

그런데, 그 아이가 낭랑한 목소리로 말을 하였으니, 말하는 것이 이러하였다.

"여기 계신 분들께, 용녀 어른의 말씀을 전하려 왔으니, 계신 분들께서는 의관을 똑바로 하고 용녀 어른의 말씀을 들으십시오."

그것을 듣자, 출랑랑 또한 괴이하게 여겨 여당아를 죽이려던 것을 멈추고 그 아이를 바라보았는데, 여당아는 힘이 빠져 쓰러지려는 가운데에서도 그 아이를 보자 몸가짐을 바로 하려고 애를 썼다.

아이가 말하였다.

"용녀 어른께서 먼저 출씨 가문의 따님에게 이렇게 알리라고 하였습니다."

그러고는 아이는 용녀가 말하는 말투를 짐짓 흉내 내어 출랑랑을 보더니, 출랑랑을 향하여 외운 것을 말하였다.

"지금 용원당의 무리들이 수백 명이 달려와 주위를 둘러싸고 있고, 박원도 공의 부하들 또한 헤아릴 수 없이 많이 몰려와 이곳을 감싸고 있으니, 네가 아무리 재주가 좋다고 해도 여기서 빠져나가기는 어려울 것이다. 그러니 너는 죽은 목숨이 아니겠느냐? 그러니, 기왕 네가 죽을 목숨을 두고 내가 너에게 사려고 하는 것이 있으니, 너는 내 말을 잘 듣고 장사를 할지 말지 정하도록 하라.

내가 너를 이 자리에서 죽이려고 한다면, 못 할 것이 없으나, 본시 허공은 나를 두려워하는 것이 심했는데, 이제 허공이 이와 같이 죽었을 때 보고 말하는 사람이 없다면, 세상 사람들이 내가 허공을 죽였다고 할 것이다. 그러면, 이는 내가 큰일을 하기에 방해가 될 일이다.

그러므로, 지금과 같은 때에 용원당의 원수인 너희들이 역적질을 하기 위해 허공을 죽였다고 세상에 말하게 되면, 세상 사람들은 용원당의 원수도 너이고, 허공의 원수도 너이니, 한마음으로 한 사람을 원수로 여기게 되어 마침내 드디어 나와 허공이 뜻을 합쳤다고 생각할 것이다. 이때 용원당이 너를 붙잡아 역적으로 벌을 준다면, 내가 오히려 허공의 원한을 갚아 준 것이 되니, 마침내 허공과 내가 한편이 되었다고들 생각하지 않겠느냐.

그러니, 나를 위해서 너희들의 목숨을 나에게 팔아 다오.

만약 너희들이 두 목숨을 나에게 판다면, 나는 그 값을 다음과 같이 쳐줄 것이다.

출씨 집안의 출선주라는 사람이 있으니, 그 사람에 대하여 고구려에 들어가 있는 용원당의 장사꾼들이 말하기로, 고구려에 잡혀간 일이 있다고 하니, 너희들의 목숨을 나에게 준다면 내가 사람들을 풀어 출선주를 찾아 다시 가야로 데려오겠다. 그렇거니와, 만약 출선주가 그사이에 죽었다면, 그 뼈와 남은 옷가지라도 반드시 찾아오도록 하겠다.

또한 백제와 가락국에서 들어와 있는 사람들 중에 가야 곳곳에 흩어져 굶주려 죽어 가고 있는 사람들이 수십만으로, 날이 갈수록 난리를 피하여 다라국과 반파국으로 구걸을 하며 떠돌고 있으니, 너희들의 목숨을 나에게 준다면 내가 백만 석의 곡식을 내어 굶고 있는 사람들에게 베풀어 모두 살리도록 하겠다."

그리고 아이는 잠시 말을 멈추더니, 이번에는 여당아를 보면서 다시 자기의 말투로 말하여,

"그렇게 용녀 어른께서는 말씀하시고, 또한 여당아께는 이렇게 말씀을 전하라고 하셨습니다."라고 하고는, 또다시 용녀의 말투를 흉내 내어 말하였다.

"내가 네 재주를 평소에 아껴서 스스로 원한을 갚고 부끄러운

것을 씻을 기회를 주었는데, 이와 같이 헤아리는 것이 모자라 낭패를 보게 되었으니, 너는 이 죄를 어떻게 할 것이냐? 그러나 아직 네가 쓸 재주가 있으니, 너를 살리려고 하는 것이다.

그러나 만약 이들이, 목숨을 팔지 않으면 달리 방법이 없으니, 만일 이들이 목숨을 팔지 않거든 너 또한 이들의 칼을 맞아 이 자리에서 죽도록 하여, 서로 다투다 죽은 것으로 하라."

그러자 여당아는 힘이 들어 숨 쉬는 것이 가쁜 가운데에서도, 그 어린아이 앞으로 엎드려 절을 하며,

"용녀 어르신이 이렇게 부하들을 아껴 주시니, 제가 죽는 것을 두려워하겠습니까."라고 하였다.

출랑랑과 사가노는 용녀가 사정을 모두 다 헤아려 알고 있는 것과, 자신들의 옛일에 대해서도 다 아는 것과 같이 말을 하는 것을 보고, 놀라며 한동안 생각하였다. 출랑랑은 어린아이에게,

"내가 목숨을 내주면, 그와 같이 약속을 지킬 것이라는 것을 어찌 믿느냐?"라고 하자, 어린아이는 다시 생글생글 웃으며 말하기를,

"용녀 어르신께서 그와 같이 묻는 것을 들으면 대답하라고 하는 말씀이 계셨으니 이러합니다." 하고는, 다시 용녀의 말투를 흉내 내어 외운 것을 말하였는데,

"천하사방의 그 많고 많은 사람들이 물건을 팔고 살 때와, 삼한 78국의 여러 장사꾼들이 값을 치르면서 약속을 하는 것들 중에서, 용녀라는 사람의 입에서 나오는 말을 믿지 못한다면, 또 누구를 믿을 수 있겠느냐?"라고 하였다. 그러고는 덧붙여서

이렇게 말하였다.

"다라국의 하한기는 판결이 공명정대하다고 하니, 하한기를 찾아가 역적질을 했다고 스스로 실토하여 밝히면, 세상 사람들이 모두 너희들 말을 믿을 것이다."

나중에, 출랑랑과 사가노를 붙잡아 놓고 하한기가 이야기를 밝혀 말한 후에 말하였다.

"그리하여, 너희는 용녀의 약속을 믿고, 스스로 역적질을 한 죄를 뒤집어쓰고 나를 찾아온 것이다. 내 말이 맞지 않느냐?"

출랑랑과 사가노는 아무 대답도 하지 않았다.

그러자, 적화랑이 다시 따져 묻기를,

"그런데 너희들이 허공을 무엇으로 죽였는지 말하지 못한 것은 무슨 까닭인가? 너희들이 칼로 찔렀다고 말하면 되지 않았느냐?"라고 하였는데, 두 사람은 역시 계속해서 말이 없었다.

그러자 하한기가 대신 대답을 하였다.

"이 사람들이 불쌍한 것이 바로 이와 같다. 저 사람들은 만약 칼을 휘두른 이야기를 하다 보면 혹시 용봉도 이야기를 알게 될까 봐 두려워한 것이다. 만약 용봉도에 대해 밝혀지게 되면, 용봉도에 적혀 있는 글귀 이야기를 아는 사람이 생길 것이니, 그것을 걱정하여 말을 머뭇거린 것이다.

만약 그렇게 된다면 백제의 임금이 '만 척의 배를 띄워 바다를 건너서 대방을 친다.'라고 몰래 꾀를 낸 것이 알려지게 될 것이고, 그러다가 고구려와 싸우는 싸움에서 패할 것을 두려워한 것이다. 그러므로 이자들은 아무 말을 하지 않고 입을 계속 다물고 있었던 것이다."

그리고 하한기는 출랑랑과 사가노를 보면서 다시 말했다.

"이 딱한 사람들아. 너희들은 쓸모도 없이 말을 하지 않고 지키려고 하였다."

그 말을 듣고 출랑랑은 놀라서 소리쳤다.

"쓸모가 없다니 그게 무슨 말인가?"

하한기가 대답했다.

"이미 벌써 싸움은 끝이 났으니, 이번에도 왜국 섬과 가야와 백제에서 간 무리들이 다 패하고 고구려 군사들이 크게 이겼다."

사가노가 다시 하한기에게 물었다.

"그렇다면, 정녕 백제 임금의 꾀를 고구려에서 미리 알아내어, 장수들을 보내서 방비한 것입니까?"

그러자 하한기가 대답했다.

"고구려는 서쪽에서 싸우는 것이 바빠서, 장수들을 한 명도 바다 쪽으로 보내지는 못했으니, 모든 것이 백제 임금이 꾸민 꾀대로 되었다. 그리하여, 가야에서 간 수천 척의 배를 타고 군사들이 비어 있는 고구려 땅의 중앙으로 쳐들어가는 것까지는 백제 임금이 바라는 그대로였다. 그러므로 백제 임금은 그 소식을 듣고 기뻐서 춤을 출 지경이었다고 한다.

그러나, 여섯 장수들이 모두 서쪽과 남쪽에 있었으므로 싸울 사람이 없었다고는 하지만, 고구려에는 장수가 아무도 없으니, 고구려의 임금 담덕이 직접 나섰다. 그리하여 임금 스스로 병졸들을 모으고 임금이 몸소 앞서 활시위를 당기며 대방으로 들어 온 군사들을 둘러싸 맞붙었다고 한다.

그런데 이 담덕이라는 임금은 과연 병졸들을 부리는 재주가 진기한 구경거리가 될 지경이었으므로, 군사들은 도망칠 곳도 없는 고구려 땅 가운데에서 크게 패했다."

그 말을 듣고 허탈하여, 사가노는 그만 탄식하면서 자리에 벌러덩 드러눕고야 말았다.

하한기는 사가노와 출랑랑이 역적질을 하려 한 것은 사실이 아님을 알았으나, 두 사람이 스스로 말한 것을 뒤집을 수가 없었으며, 또한 이미 두 사람은 도적질을 한 죄가 많았으므로, 날이 밝자 그대로 처형하라고 명령하였다. 다만, 역적질을 한 사람들에게 가하는 다른 잔인한 벌은 내리지 않았다.

이리하여, 출랑랑과 사가노는 역적질을 한 죄인으로 벌을 받았다.

두 사람은,

"개만도 못한 것들이다."고 하여, 나무 우리에 넣고 팔다리를 묶은 뒤에 목에 줄을 매어 길거리를 끌고 다니게 되어, 사람들이 돌을 던지며 욕을 하게 하였다. 사람들이 소문을 듣고,

"마귀모주가 저기 있다."고 하는 사람도 있었는데, 이윽고 두 사람을 죽일 때에도 개처럼 죽인다고 하여, 다라국에서 널리 알려진 개를 버리는 벼랑으로 끌고 가서, 밀어 떨어뜨려 버렸다.

九章 광개토대왕

사가노와 출랑랑은 벼랑으로 떨어졌는데, 떨어지면서 온몸을 다쳐 몸을 움직이기 어렵게 되었다. 사가노가 누워서 하늘을 보니, 사방이 절벽으로 둘러싸여 있었으므로, 저절로 만들어진 깊은 감옥과 같았다.

"이제 여기서 꼼짝 못하고 누워 있게만 되었으니, 참으로 옛날 무덤에 들어가 있던 것이 떠오르오. 이렇게 있다가 병든 것이 도지고 굶어서 죽게 되지 않겠소."

출랑랑은 아직 다친 것이 심하여 답을 하지 못하고 끙끙거리고 있었다. 사가노는 홀로 뒤이어 말하기를,

"예전에 집에서 키우던 개를 이곳에 던져 넣어 죽인 일이 있었는데, 내가 집개 한 마리도 제대로 돌보지 못하는 놈이었으므

로, 그 죄를 받아 이렇게 죽게 되는가 보오."라고 하였다.

그러고 나서, 얼핏 잠이 드는지 마는지 하여 정신이 흩어졌는데, 문득 어디에서 개가 짖는 소리가 들리는 것이었다. 사가노가 괴이하게 여겨 눈을 떠 보았는데, 눈앞에 예전에 이곳에 던져 넣었다던 바로 그 개가 있었다.

사가노는 쓸쓸히 말하기를,

"드디어 내가 지옥에 왔나 보구나. 죽은 개를 만났으니, 개들도 저승에 가는 것인가."라고 하였다. 그러니, 옆에 있던 출랑랑이 몸을 일으키고는,

"사연을 낱낱이 말해 보아라. 개를 던져 넣는 벼랑이라는 것이 무엇이냐?"라고 했다. 사가노가 설명하였다.

"오랜 옛날에 궁전에서 기르는 암캐에게 자꾸 달라붙는 잡종 수캐가 있어서, 그 개를 떼어 놓고자 이 벼랑에 던져 넣어 버렸다고 하오. 그래서 그 이후로 개를 버릴 때에는 이 벼랑에 던져 넣는다는 것이오."

그러자 출랑랑은 꼬리 치고 있는 개를 유심히 보더니,

"본시 수컷들이 암컷들에게 따라붙으려고 날뛰는 것은 그 정도가 극심한 것이다."라고 하고는, 가만히 개가 가는 길을 살펴보았다.

그러면서 살펴보니, 개가 벼랑의 한편으로 접어들어 숨겨져 있는 수풀 사이로 들어갔다. 자세히 살펴보니, 절벽 아래 이 구덩이에 버려진 개들이 모두 그 수풀 사이를 오락가락하는 것이었다.

출랑랑은 온몸이 아파서 소리를 내면서도 벼랑을 기어가며, 그 수풀 사이로 가까이 가서 보았다. 그러고는 사가노에게 말했다.

"그 수캐가 결국 궁전에서 기르는 암캐를 찾아가는 데에 성공했구나."

그 말을 듣고 사가노가 보았더니, 먼 옛날 처음 벼랑에 떨어졌던 잡종 수캐가 벼랑 사이의 좁은 틈을 기어올라, 절벽 바깥의 통로를 따라 빠져나간 듯하였다. 그 후에 계속해서 양쪽을 오갔으니, 그 긴긴 세월 동안 이곳에 버려지는 개들마다, 그 수캐를 따라 그 좁은 벼랑 틈으로 절벽을 빠져나가게 되었다. 그렇게 지나다닌 개들의 숫자가 매우 많으니, 어느새 개가 지나다니던 곳이 좁다란 길처럼 되어 있었던 것이다.

그러고는 개가 다니는 길을 따라 기어가도록 출랑랑이 사가노를 이끌었으니, 두 사람은 드디어 개가 앞서서 가는 것을 따라 벼랑길 틈을 올라가서, 바깥으로 나올 수 있었다.

바깥으로 나오자, 출랑랑은 또다시 봉문도를 구하여 원한을 맺은 무리들을 잡아 죽일 것을 이야기를 했다. 그러나 잡아 죽이는 이야기를 하면서도 출랑랑은 고구려 군사에게 크게 패했다는 소식을 들은 후로 이미 모든 것이 허망하게 생각되고 있었다. 그러므로, 사가노가 가자는 대로 하였는데, 사가노는 다시 하한기를 찾아가, 이와 같은 사연으로 벼랑에서 빠져나왔다고 사실대로 말하였다.

그러자, 하한기는 감탄하더니,

"이는 자못 기이한 일이니, 내가 어찌 두 번 죽은 너희들을 또 고쳐 세 번 죽도록 하겠느냐. 다만 탈옥한 죄만을 주어, 너희의 이름을 숨겨 둘 것이다. 그러니, 너희들은 멀리 하산도(荷山島)라는 섬으로 떠나가 귀양살이를 하며 목숨을 잇도록 하라."고 하였다.

그렇게 하여, 사가노와 출랑랑은 하산도에서 살게 되었는데, 두 사람이 그곳에서 살면서 혼인하여 지냈다는 말도 있으나, 이는 정확하지 않은 일이라 알 수가 없다.

다만, 몇 달이 지나지 않아, 과연 용녀는 출선주를 고구려에서 찾아내어 두 사람이 살고 있는 하산도로 보내 주었다. 출랑랑이 기뻐서 눈물을 흘리는 것이 볼만하여 사가노는 놀랍게 여겼다. 또한 용녀는 가락국, 다라국에 흩어진 걸인들에게 끝없이 곡식을 나누어 주어, 굶주림을 피하게 하였다.

그렇게 몇 년이 지나서 영락 말년(서기 406년에서 412년 무렵을 말함) 고구려 임금 담덕이 천하사방을 이미 편안하게 만든 후에, 멀리 남쪽 지역을 직접 돌아보며 다닌 일이 있었다. 그러므로, 가야와 신라의 여러 임금들이 앞다투어 담덕을 맞이하여 잔치를 벌이고, 여러 나라 사람들의 재주를 담덕에게 보이며 자랑하게 되었다.

이때는 다시 세상이 바뀌어 용녀는 그토록 바라던 대로 가락국왕의 왕비가 되어 있었다. 그러므로, 용원당의 위세가 가야의 어느 나라 병사들보다도 더하였다. 담덕을 맞이할 잔치를 할 준비를 하라고 용녀가 명령을 내리자, 용원당 무리들이 가야 곳곳을 뒤지고 다니며, 재주가 뛰어나 보여 줄 것이 있는 사람들을 널리 모았다.

특히 신라에서는 한가위 풍속이 있었으니, 여자들이 좋은 베를 짜는 것을 서로 겨루는 것을 좋아했으니, 이 일을 담덕 앞에서 보여 주는 것이 유행했으며, 또한 고구려에는 수박희(手搏戲) 풍속이 있었으니, 병사들이 싸우는 재주를 겨루는 것도 유행하였다.

이에 용녀는 명령을 내리기를,

"죄수들 중에서도 베 짜는 재주나 싸우는 재주가 뛰어난 자를 찾아보아라. 만약 그 재주를 고구려 임금 앞에서 잘 펼쳐 보이면 죄를 면하도록 해 주어라."고 하였다. 그러므로, 사가노와 출랑랑이 귀양살이 가 있는 하산도에도 그 소식이 들어가게 되었다.

하산도를 지키는 용원당 병사 하나가 출랑랑의 칼 솜씨가 대단하다는 것을 그사이에 알게 되었으므로, 사가노와 출랑랑 또한 오랜만에 하산도를 나와서, 가야의 북쪽으로 끌려가 담덕을 맞이하는 곳에 오게 되었다.

그런데 이때, 여당아의 부하가 출랑랑에게 여당아가 부끄러움을 당한 것을 똑똑히 기억하고 있어서, 끌려온 죄인들 중에 출랑랑이 있는 것을 알아보았다.

이에 여당아의 부하는 사가노와 출랑랑을 해치고자 꾀를 내어, 주위에 말하였다.

"남자는 창칼로 싸우는 재주를 보이고, 여자는 베를 짜는 재주를 보이는 것이 당연하지 않은가?"

그렇게 되어, 사가노가 수박희 하는 곳에 가서 무기를 들고 싸우게 되었고, 출랑랑은 베를 짜는 곳에 가서 베를 짜고 수를 놓는 솜씨를 겨루게 되었다.

그러자, 사가노는 출랑랑에게,

"일이 이같이 되었으니, 큰 낭패요. 그대는 바느질하는 것을 전혀 모르니, 크게 망신을 당할 것은 물론이요, 잘못하면 임금님들 앞에서 못난 모습을 보이는 것이 심했다고 하여 죄를 받지 않겠소?" 하고 물었다. 그러나 출랑랑은 도리어 사가노에게,

"이는 필시 용원당의 누가 우리에게 원한을 품은 것이니, 너는 수박희를 하는 중에 잘못하여 창칼에 찔려 죽을지도 모르는 노릇이다. 네 목숨이 더 걱정이 아니겠느냐?"라고 하였다.

과연 출랑랑이 의심한 대로, 여당아의 부하는 일을 꾸며, 수박희를 하는 사람들이 서로 싸우는 재주를 겨루는 척하다가 실수한 척하면서 사가노를 죽이도록 꾸며 놓고 있었다.

근심 끝에 먼저 출랑랑이 베를 짜는 자리에 나가게 되었다. 출랑랑은 실이 묶인 바늘 하나를 들고 베틀 앞에 앉아서 망설이기만 할 뿐, 정해진 시간이 다 지나도록 한 치의 베도 짜지 못하였다. 그러자, 명을 받았는데 한 치도 베를 짜지 못한 것은 신라 임금을 조롱한 것이라 하여, 용원당에서는 죄를 물어 출랑랑을 죽여야 한다고 하는 사람들이 있었다.

그런데, 시간이 끝이 나기를 앞두고, 문득 출랑랑은 바늘이 묶인 실을 휘휘 돌렸다. 그러더니 그것을 구경하던 여당아의 부

하가 쓰고 있는 관모를 향해 갑작스럽게 던졌다. 여당아의 부하가 쓰고 있는 관모는 꽃봉오리 모양이 솟아나 달려 있었으므로, 거기에 출랑랑이 던진 실이 감겨 묶이게 되었다.

그때에 출랑랑이 실을 당기니, 관모가 벗겨지게 되었고, 이 때문에 놀라서 여당아의 부하는 관모를 두 손으로 붙잡으려고 하였다. 그 때문에 부하의 손이 칼집에서 멀어진 틈을 타서 재빨리 출랑랑은 달려들어 칼을 훔쳐서 그대로 칼날을 그어서 그 옷을 찢어 버렸다.

그리고,

"좋은 천 조각이 여기에 있다." 하고, 그 잘라 낸 옷자락을 휘둘렀다. 다른 사람들이 베를 짜며 급하게 만든 천보다, 귀한 관리의 옷으로 지어 놓은 것을 잘라 낸 그 옷자락이 더 빛나고 좋아 보였다.

그것을 보고, 고구려의 담덕은 재미있다고 하며 크게 웃었으니, 신라의 임금도,

"이것도 또한 자기가 가진 실과 바늘로 옷감을 얻은 것이니, 비록 그 방법은 매우 괴이하나, 저 사람이 실로 가장 좋은 옷감을 바쳤습니다." 하고 같이 웃으며 기뻐하였다. 그러니, 용원당의 많은 무리들도 마지못하여, 출랑랑이 이긴 것으로 칭송하여 주었다.

출랑랑은 그곳을 빠져나가자마자, 수박희를 준비하는 사가노를 찾아갔다.

출랑랑은 사가노에게,

"먼저 어디서 싸우는지 그 땅의 모습과 나무가 난 것을 미리 보고 오거라. 그렇게 미리 싸울 곳을 본 뒤에 무기를 잘 고른다면, 이기기는 어려워도 네 목숨을 지키는 방법은 찾을 수 있을 것이다."라고 하였다. 그러고 나서 어떤 무기를 골라서 어떻게 싸워야 하는지, 갖가지로 가르쳐 주며 신신당부하기를,

"아직 틈이 있으니, 무기를 정하거든, 내가 알려준 대로 다만 한나절이라도 힘을 다해 연습하여야 한다."고 하였다.

마침 고구려 풍속에 죽은 사람을 장사 지낼 때에 요란하게 떠들고 노는 것을 좋아하는 것이 있었으므로, 수박희 놀음을 하며 싸움을 하는 것은 장례를 치른 묘지의 근처에서 하게 되었다. 그러므로 사가노는 그 말을 듣고 우선 싸움을 하게 될 곳인 묘지에 가 보게 되었다.

그런데, 묘지에 가 보니, 그곳이 바로 그사이에 병이 들어 죽은 옥왕의 무덤이었다. 사가노는 공교롭다고 여기고 있는데, 갑자기 무덤 이곳저곳에서 귀신 우는 것 같은 소리가 들리는 것이었다.

"이 소리가 무엇인가?"

처음에 사가노는 겁을 내어 도망치려고 하였는데, 곧 옛날 자기가 죽은 사람을 묻을 때 산 사람을 같이 묻는 풍습에 따라 산 채로 땅에 묻혀서 울고 있었던 것을 기억하게 되었다.

그러자, 사가노는 무덤에 묻힌 사람들을 불쌍히 여기는 마음이 생겼는데 묻혀 있는 사람들의 우는 소리 중에 아는 목소리가 들리는 것이었다. 사가노는 곰곰이 생각하다가 마침 목소리

를 알게 되어,

"주인어르신이 아니십니까?"라고 소리쳤다.

이는 바로 사가노의 주인이었던 협지가 산 채로 땅에 묻혀 있는 것이니, 협지는 처음에는 사가노의 목소리를 알지 못하다가, 사가노가 눈물을 흘리며 사연을 물으니, 그제서야 사가노가 와 있는 것을 알게 되었다.

협지가 이야기하기로,

"내가 굶주림은 면하고 지내고 있었으나, 빚은 다 없어지지 않아 빚을 갚아 보려고 마음을 먹어 노름을 하게 되었는데, 그러다가 오히려 더 큰 빚을 지게 되었다. 이제 차마 처자식을 팔아넘길 수는 없어서, 할 수 없이 내가 이 꼴이 되었다."고 했다. 그러니, 사가노는 같이 슬퍼하였다.

곧이어, 사가노는 무기를 쌓아 놓은 창고에 가서 무기를 얻어 수박희를 준비하게 되었다. 그런데, 사가노는 이리저리 창고를 뒤적거리다가 창도 아니고 칼도 아니라, 한 버려져 있는 곡괭이를 찾아, 곡괭이를 무기라면서 집어 갔다. 그러고는 임금들의 행차가 도착할 때까지, 온통 무덤들을 곡괭이로 파헤쳐서 무덤에 묻혀 있는 산 사람들을 파내는 것이었다.

"칼질 한 번이라도 더 익혀야 하는데, 이게 무슨 짓이냐."

출랑랑이 그것을 보고 한탄하였으나, 사가노는,

"그러면 점차 숨이 끊어져 가는데 어찌 보고 있겠소."라고 하였다.

그러다가 시간이 지나, 담덕과 가야 임금의 행차가 도달하였다. 그러니 무덤 앞에서 저마다 칼과 창을 잘 쓰는 사람들이 다섯 명씩 서로 편을 만들어 겨루는 놀이를 하라는 명령이 내려졌다.

모인 사람들이 보니 무덤들이 온통 다 헤집어져 있었으므로 괴이하게 여겼으나, 고구려와 신라의 임금부터 많은 왕자, 공주들이 한데 모여 있는 엄한 자리인지라 감히 더 묻는 사람이 없었다.

이때, 일을 꾸민 여당아의 부하도 한쪽에 끼어들어 사가노를 쳐다보면서,

"내가 재주를 겨루는 척하면서, 저놈이라도 죽여 없애서, 그 마귀 같은 것에게 당한 부끄러움을 달래야겠다."라고 하고는, 사가노를 칼로 치려고 하였다.

그런데, 여당아의 부하가 가면서 보니, 사가노는 변변한 무기조차 없이 가만히 서 있었다. 여당아의 부하는 그것을 보고,

"너는 무기조차 준비하지 않았느냐? 무기를 빼어 들어라." 하고 말했으나, 사가노는 대답을 하지 않았다. 여당아의 부하는 더욱 위협하며 다시 말하기를,

"무덤이 이리저리 이지러진 것을 보니, 네가 무덤을 파헤쳐 묻힌 사람들을 꺼내 주었나 보구나. 그런데 너 때문에 목숨을 구한 놈들이 여럿일 텐데 지금 너를 도와주려는 자가 누가 있느냐? 이렇게 죽을 마당에서 혼자 멋을 부리면, 누가 알아주겠느냐?"라고 했다. 그런데 그 눈치를 보고 다른 수박희를 하는 무리들도 사가노가 무기가 없어 쉽게 이길 수 있을 것 같음을

알게 되었다. 이에 모든 무기를 든 무리들이 사가노의 주변으로 모여들었다.

사가노에게 억지로 무기를 쥐여 주고, 겨루려는 척하기 위해, 여당아의 부하는 사가노에게,

"무기가 없느냐? 너는 싸우는 척도 하지 않고 죽어, 지금 왕비께서 보고 계시는 판을 죽어 가면서도 추하게 보이게 할 작정이냐? 그렇다면, 너의 죄는 그것만으로도 죽어야 마땅하니, 내가 이 자리에서 팔다리만 잘라 놓아도 되겠구나."라고 말했다.

그러자, 사가노가 겨우 대답을 하기 시작했다. 그가 말하기를,

"내가 악한 사람을 따라다닌 일이 오래되어 유심히 보았으니, 이치가 이러하오.

악한 사람 중에 이기는 사람은 일단 손발을 먼저 움직이고 그 다음에 입을 열어 말을 하는 것이오. 그런데, 악한 사람 중에 우선 입을 열어 여러 말을 한 다음에야 손발을 움직이려 하는 자가 있는데, 그런 사람들은 꼭 패하는 법이오."라고 하였다. 그러자, 여당아의 부하는 화를 내어 소리쳤다.

"미친 소리를 하는 것을 멈추고 싸울 생각이나 하라. 어서 네 무기를 빼어 들지 못하겠느냐?"

그런데, 그 말이 끝나자, 문득 발밑의 무덤에서 흙을 헤치며 툭 튀어나오는 것이 있었다. 바로 무덤 속에 허리를 굽히고 있던 출랑랑이었다.

이때 출랑랑은 급히 흙 속에 숨느라, 흙에 있던 온갖 지렁이, 구더기, 땅강아지, 개미, 풍뎅이, 쥐며느리들이 온몸에 붙어 있었

으며, 머리카락을 타고 흙 묻은 것이 떨어지며 벌레들이 튀었다.

그리고 출랑랑은 단숨에 칼 한 자루를 꺼내니, 바로 기나긴 봉문도였다. 출랑랑이 봉문도를 내 젓히며 앞으로 뛰어나가자, 그 기세가 땅에서 산이 불쑥 솟아오르는 것과 같았다. 한 차례 바람이 부는 것과 같은 틈에, 여당아의 부하뿐만 아니라, 아홉 사람 모두가 그 무기가 봉문도에 맞아 부러져 버렸으니, 지켜보는 사람들이 무슨 일이 일어난 것인지도 한동안 알 수 없을 지경이었다.

"이 모주님께서 저 벌레들을 참고 숨어 있게 만들었으니, 너희들의 죄는 목숨을 여러 번 바쳐도 씻지 못할 것이다."

출랑랑은 그와 같이 말하며, 다시 봉문도를 휘두르며 깔깔거리는 웃음을 웃었다. 그러자, 그만 아홉 사람이 모두 넋이 빠져 겁먹은 소리를 지르며, 좌우로 도망쳐 버리고 말았다.

출랑랑이 나중에 말하기로,

"애초에 그 속임수가 많은 옥왕이 이 모주님께서 쓰시는 봉문도를 얻게 되었는데, 그것을 순순히 용녀에게 돌려주었다고 생각한 것이 잘못이었다. 옥왕이라면 반드시 봉문도를 남에게 주지 않고 자기가 숨겨 갖고 있으려 했을 것이며, 죽을 때까지 품고 간 것이다. 그래서, 내가 그 옥왕의 무덤에 같이 묻혀 있던 봉문도를 다시 파낸 것이다."라고 하였다.

출랑랑이 한 칼에 아홉 사람을 이긴 것을 보자, 고구려 임금 담덕은 그 재주가 매우 훌륭하다고 하고 크게 기뻐하며 무릎을 치며 좋아하였다. 그리고 직접 출랑랑과 사가노에게 황금 투구를 상으로 내렸다. 이에 모여 있던 사람들이 모두 그 은혜와 덕을 칭송하여 만세를 불렀으니, 이 임금을 후대에 이르러 사람들이 광개토대왕이라고 불렀다.

한편, 멀리서 임금님들의 행차를 구경하던 사람 중에, 숨어 살다가 오랜만에 구경거리를 찾아 거리에 나온 염한과 편발희가 있었는데, 염한은 처음에 출랑랑이 베를 짜는 것을 겨루는 데 나간 것을 보고,

"저 모습이 옛날 모주님과 왜 이와 같이 비슷한가?" 하고 두려워했다. 그러자 편발희는,

"벌써 몇 년 전에 모주님은 역적죄를 받아 죽었으며, 그동안 아무 일이 없었습니다. 어찌 모주님이 또다시 저승에서 돌아오겠습니까?"라고 하면서 염한을 안심시키려고 하였다.

그런데 이와 같이 무덤에서 출랑랑이 튀어나와 봉문도를 휘두르는 것을 보자, 염한은 저도 모르게,

"마귀모주님 살려 주십시오!" 하고 울부짖으며 바닥에 엎드리게 되었다.

그런데 염한과 편발희는 그간 자식들을 키우면서, 아기들이 울 때마다,

"자꾸 울면 마귀모주가 잡아간다."고 말하며 아기들의 울음을 그치게 하였으므로, 염한과 편발희의 어린 자식들도 모두 같이 엎드려 울부짖으며,

"마귀모주님 살려 주십시오!"라고 하였다. 그러니, 삽시간에 모여 있던 그 많은 사람들이,

"마귀모주다!"

"마귀모주가 또 지옥에서 돌아왔다!"고 소리쳤으므로, 근처를 다스리던 용원당이 크게 곤욕을 치를 만큼 매우 소란하였으며, 그 모습을 보며, 다시 한 번 출랑랑은 크게 웃으며 즐거워하였다.

이후, 고구려 임금 앞에서 보인 재주가 컸으므로, 금림왕이 직접 명을 내려 사가노와 출랑랑은 죄를 모두 용서받게 되었다. 그러므로, 사가노는 대대로 다라국에 자리를 잡고 살아 자손이 널리 퍼졌으며, 협지의 자손들은 그 자손들도 항상 고맙게 여겨 형제처럼 가깝게 지냈다. 또한 출랑랑의 칼 쓰는 법을 배우려고 하는 자들이 많았으니, 이후로 가야에서는 여자들이 칼을 쓰는 사람들이 많아서, 출랑랑의 칼 쓰는 법을 일컬어, '모주도법(母主刀法)'이라고 하였다.

그리고 다라국의 하한기와 적화랑은 힘을 모아, 악한 사람에게 벌을 주고, 억울한 사람을 도와주는 데 더욱 애를 쓰니, 날이 갈수록 그 공적을 사람들이 칭송하여, 나중에는 사람들이 '다라왕(多羅王)'이라고 높여 부르게 되었다. 또한 다라국에서 나중에 훌륭한 칼을 모으는 사람이 있었으므로, 마침내 용봉도, 용문도, 봉문도, 네 자루를 다 모은 사람도 있었다고 한다.

하물며, 다라국에서 개가 벼랑을 빠져나와 옆 나라의 개를 만나기 위해 다니던 자리가 길이 된 것은 온 나라 사람들에게 널리 알려졌으니, 이제 천 년이 넘게 지난 지금도 그 자취가 똑똑히 남아 있더라.

〈끝〉

주석

— 이 이야기는 다라국 지역의 가야 유적이, 고구려의 침입의 영향으로 직접 이주한 가락국 사람들의 영향을 받은 특성을 보인다는 고고학 연구의 결과와, 《일본서기日本書紀》에 남아 있는 궁월군(弓月君)이 많은 백제 사람들을 이끌고 왜국으로 가려고 했다가 신라 사람들이 막는 바람에 가야에 머물러 있게 되었다는 기록을 바탕으로 한 것이다.

— 하한기(下旱岐)는 가야 지역의 벼슬아치인데, 《일본서기》의 기록에 가야 지역의 지배자나 관리들을 일컬을 때, '한기(旱岐)', '차한기(次旱岐)', '하한기(下旱岐)' 등의 호칭을 쓴 것이 보인다. 이것이 칭호나 존칭인지, 관직이나 작위의 이름인지는 확실하지 않으나 흔히 하한기보다는 차한기가 높은 자리이고, 차한기보다는 한기가 높은 자리로 보는 것이 보통이다. 한편 《일본서기》의 〈흠명기〉에 '다라하한기(多羅下旱岐)'라는 말이 나타나므로, 다라국 지역에서 작은 지역의 죄인을 다스리는 관리를 부르는 말로 하한기를 따랐다.

— 하한기가 관리가 되고 공을 세울 무렵에, 고구려군의 난리로 안라국(安羅國) 사람들도 다라국(多羅國)으로 피신했다는 이야기가 나오는데, 이것은 광

개토왕릉비(廣開土王陵碑)에 기록된 서기 400년경의 경자(庚子)년 전쟁을 따른 것이다.

— 하한기의 공적을 알고 상을 내리는 사람은 금림왕(錦林王)인데, 금림왕은 조선 시대의 기록인《동국여지승람東國輿地勝覽》에 옛날 금림왕의 무덤이 있다는 기록에 언급된 사람이다. 이 무덤에 해당하는 지산동 47호분이 1939년 발굴되었는데, 발굴된 유물로 보아 5세기 무렵의 인물로 추정된다는 설에 따라, 이 시대 하한기의 활동 지역과 가까운 곳의 임금은 금림왕으로 본 것이다.

— 하한기의 부하로 적화랑(赤火郎)이 나오는데, 이는 하한기의 활동 지역 인근에 적화(赤化)라는 지명이 있었던 것으로《삼국사기三國史記》등에 기록되어 있으므로, 적화 지역의 남자라는 뜻으로 쓴 말이다.

— 하한기가 쓰는 관모에는 꽃봉오리 모양의 장식이 달려 있는데, 이것은 옥전 고분군 23호분에서 출토된 금동관모의 모양을 따른 것이다. 이러한 형태의 금동관모는 공주 수촌리, 고흥 길두리, 화성 요리 등에서도 발견되고 있어서 백제와 밀접한 관계를 나타내는 유물로 보는 것이 보통이다. 이와 같이 다라국 지역에는 백제와 가야 계통의 유물이 나타나면서도 동시에 고구려의 영향을 받은 유물들도 보이며 동시에 신라 계통의 유물도 발견되므로, 이후의 이야기에서도 이렇게 여러 나라의 사람들과 문화가 어지럽게 오가는 상황을 따랐다.

— 하한기는 잠시 쉬면서 꿀물을 마시는데, 이것은《일본서기》에 백제의 왕자가 벌통을 들고 일본에 갔다는 기록을 따라 백제에 꿀을 다루는 기술이 있었다는 관점을 따른 것이다.

— 하한기의 부하들은 철 조각으로 되어 있는 갑옷을 입고 있는데, 이것은 옥전 고분군에서 발견된 찰갑편 유물을 따른 것이다.

— 하한기의 부하들은 은을 이용해 무늬를 새겨 놓은 칼을 차고 있는데, 이것은 옥전 고분군에서 은상감 환두대도 유물들이 발견된 것을 따른 것이다.

— 용원당의 무리들은 괴물 얼굴 모양이 새겨진 허리띠 장식을 차고 다니는데, 이렇게 화려한 무늬가 새겨진 허리띠 장식은 김해 대성동 고분군에서 발견된 사례를 따른 것이다. 괴물, 귀신의 얼굴을 금속판에 표현한 사례는 옥전 고분군 M1호분 출토 유물에서 나타나며, 후대에 백제 지역으로 분류되는 수촌리 고분군에서 나타나기도 한다.

— 하한기에게 역적을 먼저 판결하라는 명령을 내리는 사람으로 대야공(大耶公)이 언급되는데, 대야공은 대야성(大耶城)을 다스리는 높은 사람이라는 뜻으로 쓴 말로, 대야성은 현재의 경상남도 합천 남부 지역으로 보통 추정한다.

— 허공(許公)은 용원당, 출랑랑, 사가노 등이 얽힌 사건에서 죽은 사람인데, 이것은 용녀가 전통적인 가야 지역의 귀족들이 아니라 천한 가문의 출신으로 세력을 차지한 사람이었으므로 이와 대립되는 전통적인 귀족들이 있는 것으로 본 것이다. 《삼국유사三國遺事》에 실린 〈가락국기駕洛國記〉에는 가락국이 생긴 지 얼마 지나지 않은 시기에 허황옥 이야기에서 임금의 부인 가문으로 허(許)씨 가문이 언급되고 있으므로, 허공은 전통이 오래된 귀족 가문인 허씨 가문의 높은 사람이라는 뜻으로 쓴 말이다.

— 허공은 박원도(朴元道)와 같이 일을 꾸며 용녀와 맞서려고 하는데, 《삼국유사》에 실린 〈가락국기〉에는 바로 이 박원도가 나중에 용녀를 몰아내는 데 공을 세운 것으로 기록되어 있어서 이를 따른 것이다. 이 무렵은 그 시기가 가야가 고구려와 맹렬히 싸우기도 하면서, 한편으로는 일부 고구려에 복속하는 면도 나타나는데, 〈가락국기〉의 내용에 따르면 박원도는 신라와 가야 사이에 전쟁이 일어나는 것을 해결한 인물로 묘사가 되어 있고, 본시 박씨가 신라 계통의 성씨일 가능성이 크므로, 신라와 가야의 대립을 해소하는 친

(親)신라 성향의 인물로 볼 수 있을 것이다. 그러므로 박원도는 당시 신라-고구려 동맹과 가까운 쪽의 인물이고, 자연히 허공 또한 같은 편에 서 있는 인물이라는 방향을 따랐다. 한편 같은 기록에서 박원도는 점괘를 풀이하고 주역을 인용하여 가락국 임금을 설득하는 사람으로 나타나므로, 박원도는 독서를 많이 한 학자이며 여러 점쟁이들을 거느린 사람으로 보았다.

— 하한기가 다스리는 죄수들은 지하에 있는 감옥에 갇혀 있는데, 이것은 《삼국지三國志》의 기록에 삼한 중 마한에서 흙벽이 있는 방으로 집을 짓는데 집 모양이 무덤과 같은 것이 있다는 내용에서 따온 것으로, 이 죄인들이 갇힌 감옥은 이런 집들을 지하에서 굴을 파서 서로 연결해 놓고 빠져나갈 수 있는 천장의 입구를 막아 버린 것으로 하였다.

— 여당아(女黨兒)는 용원당의 사람인데, 이는 용녀가 만든 당(黨)의 여자라는 뜻으로 쓴 말이다. 《삼국유사》의 〈가락국기〉에는 "용녀의 당(黨)이 관리가 되면서 나라 안이 어지럽다(娶傭女以女黨爲官國內擾亂)"고 되어 있는데, 이 기록의 말을 따른 것이다.

— 죄수들을 묶어 놓을 때 쇠사슬을 사용하고 있는데, 고구려 지역인 국내성 유적의 유물로 쇠사슬이 달린 무기로 추정되는 것이 있고, 광개토왕의 시기와 인접한 것으로 흔히 추정되는 장군총의 출토 유물에도 쇠사슬이 발견된 것이 있으므로, 이 사례를 따른 것이다.

— 합천 출토 유물 중에, '하부사리리(下部思利利)'라는 글자가 새겨진 조각이 있는데, 여기서 사리리를 사람 이름으로 보는 설이 우세하며, 이것이 백제의 영향이라는 설도 있다. 이 경우 '사가노(思家奴)'라는 말은 이를 바탕으로 한 것으로 백제에서 건너온 '사(思)'라는 가문의 비천한 사람이라는 뜻으로 쓴 것이다.

— 사가노의 고향은 백제 도성 하부(下部)로 되어 있는데, 백제에서 수도의 행정구역이 상부(上部), 전부(前部), 중부(中部), 하부(下部), 후부(後部) 등으로 정확히 정비된 것은 훨씬 후대의 일이나, 다라국 지역 유물 중에 '하부사리리(下部思利利)'라는 글자가 새겨진 것이 있으므로 이것이 백제 문화와 관련이 깊어 '하부'라는 말을 썼다는 이야기를 따른 것이다.

— 김해 지역의 전설 중에, 황세장군과 출여의낭자 전설이 있는데, 이때 출여의낭자가 출(出)씨 가문의 자식으로 남자처럼 키워진 사람으로 되어 있다. 또한 가야 지역의 고분에서 나온 여자의 유골을 두고 여전사가 있었다는 기록도 있는데, 이런 사실들에 바탕을 두고 '출랑랑(出娘娘)'이라는 말은 출씨 집안의 아가씨라는 뜻으로 쓴 것이다. 또한 후대 가야의 여전사들이 창칼을 쓰는 법에 원류를 세운 사람을 생각하여, 그 사람을 전설 속의 출씨 가문 사람인 것으로 보았다.

— 출랑랑은 스스로를 높여 말하면서, 모주(母主)님이라는 말을 쓰는데, 애초에 '모주'라는 말은 조선 초기 기록인《동국여지승람》에 실린 가야 지역의 오랜 옛 산신의 이름 정견모주(正見母主)를 따른 것이다. 그런데, 모주(母主)에서 주(主)를 옛 표기법에서 높여 부르는 말의 어미로 보면, 모주라는 말은 여자를 높여 '어머님'이라고 부르는 말이 된다. 그렇게 되면, '모주님'이라는 말은 군더더기 표현이 될 가능성이 커진다. 그렇지만, 옛 표현인 '모주'라는 말의 원래 모양을 잘 살려서 표현하기 위해, '모주님'이라는 말도 이야기 속에서 사용하였다.

— 하한기는 관청의 지휘를 받는 공적인 병사들을 용원당 칼잡이와 구분하여 관병(官兵)이라 부르며 높이는데, 이것은 광개토왕릉비의 경자(庚子)년 기록에 임금의 편인 아군을 높여 관병이라고 부른 사례를 따른 것이다.

— 용녀의 부하들의 무리를 일컬어 용원당(傭媛幢)이라고 하는데, 이것은 용

녀가 만든 여자 군사들의 무리라는 뜻으로 쓴 말이다.《삼국유사》의 〈가락국기〉에는 "용녀를 임금이 취했고 그 여자의 당을 관리로 삼았다(娶傭女以女黨爲官)."고 되어 있는데, 여기서 '그 여자의 당(以女黨)'이라는 대목의 어감에 주목하여, 여자들이 주로 이끌어 가고 있는 용녀의 무리를 특별히 부르는 말로 용원당이라는 말을 택했다. 당(幢)을 군대의 무리를 일컫는 말로 쓴 사례는 광개토왕릉비에도 나오며 신라의 군사 제도를 설명하는《삼국사기》의 기록에도 나온다.

— 용녀(傭女)는 가야에서 큰 세력을 갖고 있는 사람인데,《삼국유사》에 실린 〈가락국기〉의 기록을 보면 서기 407년에 가락국의 임금으로 즉위한 김질(金叱, 좌지왕)이 '용녀(傭女)'를 취하였고 그 당(黨)이 관리가 되면서 나라 안이 어지럽게 되어 있다. 여기서 용녀는 그 글자의 뜻대로 고용된 여자, 품팔이하여 사는 여자라는 뜻인데, 다른 가락국 임금의 부인에 대해서 이야기할 때에는 항상 그 가문에 대해서 설명을 하면서도 용녀에 대해서는 아무 설명이 없는 것으로 보아 용녀는 다른 귀족들에 비해 출신 가문이 천한 사람일 것으로 추측된다. 그러면서도 용녀의 무리들이 나라를 어지럽힐 정도였던 것으로 보아 어느 정도의 세력은 거느릴 수 있었던 인물이었던 것으로 생각되어 용녀는 나라의 일을 맡아 하는 사람으로 김질이 즉위하기 전부터 세력을 키운 실력자로 추측하였다. 한 가지 특이한 사실은《삼국유사》에 수록된 〈가락국기〉의 기록에는 가락국의 시조 수로왕 이후로, 거등왕, 마품왕, 거질미왕, 이시품왕, 좌지왕, 취희왕, 질지왕, 겸지왕, 구형왕 등이 소개되어 있는데, 이 모든 임금들 중에 좌지왕 김질과 용녀에 관한 이야기만 그 사건의 앞뒤가 설명되어 있다는 점이다. 〈가락국기〉에서 다른 모든 임금들에 대해서는 그저 나라를 다스린 햇수와 부인의 집안에 대해서 설명하는 것이 기록된 내용의 전부이다. 예외라면 이 용녀에 관한 이야기와 질지왕 시기에 왕후사(王后寺)라는 절을 창건한 기록과 구형왕 시절에 신라의 공격으로 나라가 멸망한 기록 정도가 전부이다. 용녀 이야기에는 박원도와 같은 신하의 이름도 소개되어 있으며, 하산도와 같은 지명도 등장하며 용녀의 집권과 실권이 모두 나타나

있어 몇 줄 안 되는 기록이지만 수로왕 건국 후의 〈가락국기〉 이야기들 중에서는 그나마 가장 상세한 편이라고 할 수 있다. 때문에 용녀의 이야기는 가락국에 많은 영향을 끼친 사건, 혹은 가락국에서 많이 이야깃거리가 되었던 사건으로 보았으며, 당시 가야 지역은 광개토왕 무렵 고구려의 세력 확대로 격변을 겪었던 시기이므로, 용녀는 이러한 혼란을 이용해서 성장한 사람이고 이러한 혼란이 수습되면서 몰락한 사람으로 하였다. 한편 후에 용녀를 몰락시킨 장본인인 박원도가 신라 계통의 성을 쓰고 있는 점에 따라 용녀는 신라-고구려보다는 백제-왜 세력과 좀 더 가까운 것으로 보았다.

— 출랑랑의 고향은 가락국 주포촌(主浦村)으로 되어 있고, 그곳은 일종의 항구도시로 출랑랑의 아버지 출선주가 그곳에서 처음에는 배를 띄워 장사를 하는 사람으로 되어 있는데, 이것은 《삼국유사》에 실린 〈가락국기〉에 인도에서 항해하여 가락국에 도착한 허황옥의 이야기에서 처음 허황옥 일행의 배가 도착하여 닻을 내린 곳이 도두촌(渡頭村)이라는 곳이었는데 그곳의 지명을 나중에 주포촌(主浦村)으로 바꾸었다는 이야기를 따른 것이다.

— 하한기, 적화랑 등이 이끄는 관병은 긴 창, 갑옷 입힌 말 등으로 무장하고 있는데, 이는 김해 양동리 출토 투겁창 유물, 함안 마갑총 출토 말갑옷 유물 등 가야 지역에서 발견된 유물의 사례를 따른 것이다.

— 하한기를 비롯한 여러 인물들은 세상 모든 곳을 가리켜 '천하사방(天下四方)'이라는 표현을 사용하는데, 이 말은 광개토왕 시기의 인물로 추정되는 모두루(牟頭婁)의 묘지명(墓誌銘)에서 사용된 당시의 표현을 따른 것이다.

— 사가노는 회 뜨는 재주가 뛰어난 사람으로 되어 있는데, 백제 계통으로 분류되는 법천리 유적에서 민어, 상어, 정어리, 조기, 돔, 준치 등 다양한 생선뼈가 발견되었으며, 백제 임금의 무덤인 무령왕릉에서도 청동그릇에 담은 은어가 발견된 사례가 있으므로 이를 따른 것이다. 다만 회가 본격적인 음식으

로 언급되는 것은 고려 시대 이후의 기록이므로 생선회가 모든 사람들에게 친숙하지는 않은 음식인 시기로 보았다.

— 사가노가 주인으로 모시는 사람의 이름은 협지(劦智)인데, 〈수서隋書〉에는 백제의 8대 명문 가문으로 사씨(沙氏), 연씨(燕氏), 협씨(劦氏), 해씨(解氏), 진씨(眞氏), 국씨(國氏), 목씨(木氏), 백씨(白氏)가 기록되어 있어, 이것을 백제의 대성팔족(大性八族)이라 한다. 또한 흔히 '지(智)'라는 말을 신라 인명에서 사람을 높이는 어미로 보는 경우가 많고 이것을 삼한 지역 언어에 관한 기록과 연계해 보기도 하므로, 이것을 따라 협지라는 이름은 협씨 가문의 사람을 높여 부르는 말로 쓴 것이다.

— 사가노가 상전에게 말할 때에는 바닥에 반드시 두 손을 짚고 말을 하는 것으로 되어 있는데, 이것은 〈수서〉의 기록에 백제에서는 두 손으로 땅을 짚는 것으로 공경하는 뜻을 표현한다는 기록을 따른 것이다.
— 고구려가 백제의 임금에게 직접 항복을 빌게 한 일은, 광개토왕릉비에 나와 있는 기록을 따른 것이다.

— 백제의 임금이 궁전 행랑에 깔려 있는 바닥 벽돌을 바꾸는 공사를 벌이는데, 이는 보물 343호인 백제의 바닥에 까는 벽돌 유물에 산수 풍경, 용, 봉황, 연꽃, 구름, 괴물 등이 새겨져 있는 사례를 따른 것이다.

— 백제에서는 그 임금을 일컬어 '성상(聖上)'이라는 말로 부르는 것으로 되어 있는데, 이는 시대가 멀지 않은 고구려 안악3호분 유적의 벽화에서 성상이라는 단어를 사용한 깃발이 나타나고 이후 고려 시대, 조선 시대에도 임금을 높여 부를 때 '성상(聖上)'이라는 말을 흔히 사용하고 있으므로 이러한 예를 따른 것이다. 다만 당시를 직접 언급한 기록인 〈주서〉에는 백제의 임금을 '어라하(於羅瑕)'라고 한다고 되어 있고, 백성들은 '건길지(鞬吉支)'라고 부른다고 되어 있는데, 해석에 따라서는 백제 임금의 이름이 '어라하'이며 높여

부르는 칭호는 '건길지'라는 뜻으로 보기도 하며, 한편으로는 부여와 고구려에서 혈통을 찾는 백제의 임금들은 부여 계통의 언어로 '어라하'라는 단어를 사용하는데, 원래부터 한반도 남부 삼한 지역에서 살던 주민들인 백제 백성들은 삼한 계통의 언어를 사용하므로 '건길지'라는 다른 단어를 사용한다고 보는 주장도 있다. 때문에 이러한 호칭들은 사용 방식과 형태를 정확히 알기 어려워 이야기 속에서 사용하는 것을 피하였다.

— 염한, 편발희 등 여러 인물들이 사악한 것을 비유할 때 '마귀'라는 말을 쓰는데, 이는 불교 계통의 단어로 사악한 것을 표현한 것으로 백제에 불교가 전래된 것은 서기 384년경이므로 시대가 앞서는 것을 따른 것이다. '마귀'라는 표현은 대표적으로는 성덕대왕신종에 새겨진 글 등에서 사용되는 등 멀지 않은 시기에도 나타나고 있으나, 이 시기는 그보다는 이른 시기이므로 '마귀'라는 말은 뱃사람들 사이에 주로 떠도는 독특한 새로운 말로 보았다.

— 백제의 임금을 진정시키는 말로 "정사(正思)를 찾으십시오."라는 말이 나오는데, 여기서 정사(正思)는 불교의 팔정도(八正道)인 정견(正見), 정사(正思), 정어(正語), 정업(正業), 정명(正命), 정근(正勤), 정념(正念), 정정(正定)에서 따온 것인데, 백제에 불교가 전래된 것이 서기 384년경이므로 당시 유행에 따라 상류층에서 불교 용어들을 사용한 것으로 본 것이다.

— 백제는 진사왕 무렵에 뛰어난 건축술로 강북관방을 굳건히 건설한 것으로 되어 있는데, 《삼국사기》에 실린 진사왕 때의 기록에 관방을 건설한 기록과 무리한 토목 공사를 강행한 기록이 있었다는 것을 따른 것이다. 《삼국사기》의 진사왕 2년 부분의 기록에는 관방을 건설한 규모를 설명하면서 "청목령(青木嶺)에서 시작하고, 북으로는 팔곤성(八坤城)에 이르고, 서로는 바다에 닿았다."라고 언급하고 있으며, 한편으로 진사왕 7년에 궁전을 건설한 일을 설명하면서 연못을 파고 산을 쌓았으며 진귀한 새와 기이한 화초를 길렀다고 되어 있어 그 사치스러운 점을 강조하였다.

— 고구려의 장군들 중에 갈로(葛盧), 맹광(孟光) 두 사람의 이름이 지목되어 있으며 두 사람이 젊은 장수로 서로 친하게 지내며 같이 활동하는 것이 많은 것으로 나오는데, 이것은 《삼국사기》에 후대인 서기 436년경에 큰 공을 세우는 인물들로 언급된 것을 따른 것이다. 갈로, 맹광에 대한 기록을 따질 때에 갈로, 맹광 두 명의 사람이 아니라 '갈로맹광(葛盧孟光)'이라는 이름을 가진 한 사람의 인물로 보는 해석도 있는데 이러한 생각에 따라 두 사람을 친밀하여 자주 같이 움직이는 사람들로 보았고, 한편으로는 갈로, 맹광을 언급할 때에 갈로가 먼저 언급되었다는 점에 따라 맹광보다 갈로가 더 공적이 높은 인물로 보았다.

— 나무로 만든 패에다가 글씨를 쓴 것을 편지나 증표처럼 주고받는 것으로 되어 있는데, 이것은 능산리 출토 목간(木簡), 관북리 출토 목간(木簡) 등과 같이 삼국 시대 깎은 나무에 글자를 썼던 다양한 사례를 따른 것이다.

— 궁월군이 백제의 많은 사람들을 왜국 지역으로 피난하는 것을 주선하는 실력자로 되어 있으며, 피난민들이 왜국으로 배를 타고 가는 길에 신라 사람들에게 강탈당한 뒤에 가야에 머물게 하는 것으로 되어 있는데, 이것은 《일본서기》에 궁월군이 백제에서 120개 현의 사람들을 이끌고 백제에서 떠나 왜국 지역으로 가려고 하였는데, 신라의 방해로 가야 지역에 머물고 있다고 말했다는 기록을 따른 것이다.

— 유규국(流虬國)이라는 곳이 먼 곳에 있는 살기 좋은 땅으로 언급되고 있는데, 이것은 《태평광기太平廣記》에도 실린 〈영표록이嶺表錄異〉의 '주우(周遇)'에 관한 전설에 신라 사람과 함께 바다를 떠돌다가 발견한 이상한 섬나라로 유규국이 언급된 기록을 따른 것이다.

— 피난민들이 기르는 애완동물로 개와 고양이가 나오는데, 이것은 신라 시대 우물에서 주술적인 목적으로 일부러 빠뜨린 것으로 추정되는 고양이, 개

의 뼈가 다량 발견된 사례, 가야 유물인 집 모양 토기에 쥐를 잡는 고양이가 표현되어 있는 사례, 늑도 유적에서 정갈히 묻어 놓은 개의 뼈가 발견된 사례 등을 따른 것이다.

— 백제 사람들이 둔갑법, 음양법, 방술, 점복에 대한 비술들을 알고 있고 두루마리, 책으로 만들어 주고받는 것으로 되어 있는데, 이것은 〈수서〉에 백제 사람들은 음양오행을 이해한다는 기록이 있는 것과 《일본서기》에 백제의 승려 관륵(觀勒)이 둔갑방술서(遁甲方術書)를 주었다는 기록이 있는 것을 따른 것이다.

— 고구려 군사들이 머무는 곳에는 주몽과 유화의 조각상이 있는 것으로 되어 있는데, 이것은 〈북사北史〉에 고구려 사람들이 섬기는 귀신을 언급하면서 나무로 여자 모양을 깎아 놓은 조각상이 있어서 이것을 '부여신(扶餘神)'이라고 하여 주몽의 어머니 유화를 나타낸 것이고, 또 주몽을 나타낸 것을 '고등신(高登神)'이라고 한다는 기록을 따른 것이다.

— 백제의 미녀들이 고구려 사람들을 찾아가서 고구려 임금의 혈통을 말하면서 '천손(天孫)'이라는 말을 사용하는데, 고구려 임금의 혈통을 고귀하게 말할 때 '천손'이라고 하는 사례는 〈동명왕편東明王篇〉에서 주몽의 이야기를 할 때에도 언급되며, 이후 조선 시대의 시 등에서도 종종 사용하는 표현으로 나타나므로 이를 따른 것이다.

— 뛰어난 칼을 만든 사람의 별명이 '고천다(高遷多)'로 되어 있는데, 이것은 5세기 무렵 가야 유물로 추정되는 일본 동경 국립박물관 소장 환두대도에 "부귀가 높이 쌓이고, 재물이 많아진다(富貴高遷財物多)."라는 말이 새겨져 있는 것을 따른 것이다. 즉 이것이 복을 비는 말로 칼에 새겨져 있는데, 이런 말을 좋은 칼마다 새겨 놓는 버릇이 있는 칼 만드는 사람을 두고 그 말버릇에서 따온 별명이 '고천다(高遷多)'라고 한 것이다.

— 산 사람을 죽은 사람의 무덤에 같이 묻어 버리는 순장 풍습이 나오는데, 이것은 실제 가야 지역인 경상남도 북부, 서북부 지역의 무덤 유적에 산 사람을 죽은 사람을 위해 같이 묻은 사례가 자주 발견되는 것을 따른 것이다. 특히 옥전 고분군에는 돌로 곽을 만든 묘지 다섯 개에서 산 사람을 같이 묻었다는 것이 발견되었고, 옥전M1-3호 석곽에서는 무기를 갖고 있는 사람이 같이 묻혀 있는 사례도 발견되었으므로, 출랑랑과 사가노의 나중 이야기는 이를 따른 것이다.

— 배 위에서 나무 그릇에 음식을 담아 먹는 것이 나오는데, 백제 능산리 출토 유적 중에 나무로 만든 그릇이 발견된 사례를 따른 것이다.

— 차를 마시는 풍속이 언급되는데, 차 마시는 것은 신라의 삼국통일 이후에 널리 퍼졌다는 것이 보다 확실한 기록이다. 그러나 가야 지역에서 허황옥 왕비가 인도에서 차 씨를 가져왔다는 전설이나, 승려 마라난타가 차나무를 심었다는 전설, 차를 마시는 데 적합한 도자기 유물이 삼국 시대 초기부터 발견된다는 점에 근거하여 널리 퍼지지 않은 이국적인 풍속으로 차를 마시는 사례가 간혹 있었다고 보았다.

— 염한(髯漢)은 수염이 있는 남자라는 뜻으로 쓴 것이다.

— 편발희(編髮姬)는 머리를 한쪽으로 땋은 여자라는 뜻으로 쓴 것인데, '편발'이라는 말은 먼 옛날의 우리나라 머리 모양으로 조선 시대 이후에 종종 언급되는 것으로 흔히 '편발개수(編髮盖首)'라는 표현에서 자주 사용하고 있다.

— 정견모주(正見母主)는 조선 시대 초기의 《동국여지승람》에 인용된 신라 학자 최치원의 기록에 언급된 산신(山神)으로 가야산의 신령스러운 여신으로 언급되고 있다. 이 이야기에서는 가야산의 여신인 정견모주가 하늘의 신인 이비가지(夷毗訶之)와 사이에서 두 아이를 낳았고, 그 두 아이가 각각 뇌

질주일(惱窒朱日)과 뇌질청예(惱窒青裔)인데, 뇌질주일은 곧 대가야의 임금 이진아시왕(伊珍阿豉王)이고, 뇌질청예는 금관가야의 임금 수로왕(首露王)이라고 되어 있다. 가야 지역 임금의 조상으로 불리는 여신이 정견모주인 만큼, 많은 사람들 사이에 유행한 것으로 하였고, 특히 가야산의 산신이므로, 가야산 인근 지역인 대가야, 혹은 반파국(伴跛國)에서 유행한 것으로 보았다.

— 사람들은 정견모주의 형상을 빚은 흙인형을 만들어 그 앞에서 기도를 하는데, 이는 《삼국유사》에 신으로 모시는 사람의 흙인형을 빚어 만들어 놓는 풍속이 있었다는 기록을 따른 것이다. 《삼국유사》에는 서기 79년경 신라의 석탈해가 죽자 그 뼈를 빻아서 넣어 흙을 빚은 인형으로 만들어서 궁전 안에 두었다가 나중에 토함산으로 옮겨 안치했다고 하는데, 흙인형을 빚어 산으로 옮긴 것은 서기 680년대 초의 일이라고 하는 기록도 같이 실려 있으며, 이때 사람들이 이 석탈해의 흙인형 앞에서 제사를 자주 지내며 동쪽 산신이라고 하여 '동악신(東岳神)'으로 섬겼다는 기록도 있다. 이것은 불교의 영향을 받은 행동으로 보이는데, 한편 흙으로 빚어 신을 섬긴 사례로는 《삼국사기》에 기록된 고구려의 유화 부인 소상(塑像)도 있다. 이 기록에는 서기 646년경 유화 부인의 소상이 사흘 동안 피눈물을 흘린 사건이 나와 있다.

— 신라 배는 그 크기가 크고 흰 돛을 달고 있는 것으로 되어 있는데, 이것은 일본의 《입당구법순례행기入唐求法巡禮行記》에 신라의 배를 묘사하면서 839년경에 흰 돛을 단 배를 본 것을 언급하는 기록이 있고, 한편으로 역시 일본의 《속일본후기》에 실린 839년경의 기록에도 신라 배를 일컬어 풍파를 감당할 수 있고 바다를 헤치고 나갈 수 있는 특별한 배로 언급하는 기록이 있다는 점을 따른 것이다.

— 신라 사람들은 노포를 특별한 무기로 사용하는데, 이것은 《삼국사기》에 신라의 구진천(仇珍川)이 매우 성능이 좋은 쇠뇌를 만드는 기술자로 언급되는 서기 669년경의 기록과 《신당서》에 있는 신라가 장인(長人)이라고 하는

일종의 괴물 같은 종족을 막기 위해 먼 국경에 철관(鐵關)을 만들어 두고 쇠뇌를 쏘는 병사 수천 명을 배치해 두었다는 기록을 따른 것이다. 장인이라는 괴물 종족에 대해서는 《태평광기》에도 실린 '기문(紀聞)'에도 나와 있는데, 여기에 나와 있는 전설에는 신라의 국경 너머에 있다는 이 괴물 종족은 키가 삼 장(丈)으로 보통 사람 네다섯 명의 키이고, 이가 톱 같고 손톱이 갈고리 같으며 짐승을 사냥해 먹는데 익히지 않고 날것으로 먹으며, 가끔 사람도 먹는데 옷을 입지 않고 벌거벗고 사는 그 몸은 검은 털로 덮여 있다고 되어 있다.

— 문지기 칼잡이는 몸에 문신을 하고 있는데, 《삼국지》의 기록에 삼한 중에 마한, 변한 등의 지역에 대해 사람들이 문신을 한 사람이 있다는 것을 따른 것이다.

— 협지는 악삭(握槊)이라는 놀이로 도박을 하는데, 이것은 《북사》에 백제 사람들이 기박(碁博), 악삭(握槊), 저포(樗蒲)를 좋아한다는 기록을 따른 것이다. 이중에 기박은 바둑과 장기를 말하고, 악삭은 쌍륙(雙六)과 비슷한 주사위를 이용한 말판놀이이고, 저포는 윷놀이와 닮은 점이 있는 말판놀이이다.

— 합천 옥전 고분군에서 나온 유물 중에, 구슬, 유리, 철 유물이 많으며 특히 구슬과 철은 인근에서 생산한 것으로 알려져 있는데, 옥왕에 관한 이야기는 이것을 바탕으로 한 것이다.

— 물건을 반짝반짝하게 장식하기 위해 비단벌레를 사용하는 이야기가 나오는데, 이것은 황남대총 출토 유물인 비단벌레 금동 말안장 뒷가리개 등의 사례를 따른 것이다. 비단벌레는 신라의 말안장 가리개, 발걸이, 허리띠 꾸미개 등의 유물에서도 사용된 사례가 있으며, 복원 연구 결과 안장가리개 하나를 비단벌레로 장식하는 데 1천 마리가량의 비단벌레를 사용해야 했다고 한다. 비단벌레는 학명 Chrysochroa fulgidissima 또는 Chrysochroa coreana로, 따뜻한 지역에서 주로 살기 때문에 한때는 일본에서만 서식할 뿐 한반도에

사는 곤충은 아니라는 주장이 있어서 비단벌레로 장식된 유물은 일본과 관련이 깊은 유물로 이해되던 시절도 있었으나, 한국에서도 자생하고 있는 것으로 확인되었으며, 현재 천연기념물 496호로 지정되어 있다. 최근인 2012년 한국에 서식하는 비단벌레는 일본, 중국, 동남아 일대에 사는 비단벌레와 유전자가 다른 새로운 종으로 밝혀져 Chrysochroa coreana라는 새로운 학명이 부여되었다.

— 협지는 진대법(賑貸法)을 모방한 제도를 이용하여 빚을 내는데, 이것은 《삼국사기》에 실린 고구려에서 194년에 진대법을 시행했다는 기록을 따른 것이다. 백제 지역인 쌍북리 출토 유물인 목간인 좌관대식기(佐官貸食記)에는 백제에서 곡식을 빌려 주고 갚는 제도를 관청 주도로 운영했으며, 이자를 받았던 것으로 볼 수 있는 근거도 발견되었으므로, 비슷한 제도가 널리 퍼져 있었던 것으로 보았다.

— 고구려에서 온 술집을 운영하는 사람은 동황댁(東黃宅)인데, 이것은 서기 342년 무렵 선비족의 침입으로 고구려의 도성이 점령당하자 고구려 임금이 피난 간 성으로 고구려의 동황성(東黃城)이 있었으므로, 동황성에서 온 사람이라는 뜻으로 쓴 것이다. 한편 동황댁의 술집 모습은 《북사》의 기록에 고구려에는 그 풍속에 유녀(遊女)가 많다고 한 것을 따른 것이다.

— 동황댁은 독한 술을 설명하면서, "칠일내성(七日乃醒)"이라는 말을 사용하는데, 이것은 〈동명왕편〉에 나오는 표현으로 나중에 주몽의 어머니가 되는 유화를 따라온 해모수가 하백과 함께 술을 마실 때에 하백의 술은 7일이 지나야 깬다는 설명에 언급된 것이다.

— 출선주(出船主)는 출랑랑의 아버지로 배를 띄워 장사를 하는 사람인데, 이것은 출씨 가문의 사람으로 배 주인이라는 뜻으로 쓴 말이다.

— 출랑랑은 봉문도(鳳文刀)라는 금은으로 장식된 큰 칼을 얻게 되는데, 이것은 실제 5세기경의 유물로 알려져 있는 가야 지역인 옥전M3호분에서 출토된 봉황문환두대도 유물의 예를 따른 것이다. 이 유물은 크기가 113.1센티미터로 다른 칼 종류에 비해 유난히 큰 것이 특징인데, 크기가 너무 커서 실제로 칼싸움에 사용했다기보다는 장식용으로 사용했을 것으로 현대에는 주로 추측되고 있다.

— 염한은 신라 해적들을 발견하고 두려워하며 도망치려 하는데, 실제로 신라 해적들의 활동이 기록에서 본격적으로 자주 나타나는 것은 서기 800년대 이후의 일이다. 주로 일본 기록에서 신라 해적에 대한 이야기가 나타나는데, 일본 해적을 왜구(倭寇)라고 부르는 것처럼 일본 기록에서는 신라 해적을 삼한의 해적이라고 하여 흔히 한구(韓寇)라고 나타나는 일이 많다. 대표적인 기록은 810년대 '고닌의 한구(弘仁の韓寇)' 기록과 860년대 '조간의 한구(貞觀の韓寇)' 기록, 890년대 '간표의 한구(寬平の韓寇)' 기록 등이다. 이중에 890년대의 신라 해적 현춘(玄春)이 포로로 일본에 잡혀서 남긴 짧은 이야기가 주로 자주 언급되는 편이다. 이 시대 신라 해적 규모는 수십 척의 배와 수백 명의 해적들이 몰려다니는 수준으로, 많은 피해를 끼쳤다. 그러나 서기 400년 무렵은 이러한 신라 해적의 극성기와는 시대상 많이 떨어져 있으므로, 다만 십수 명에서 수십 명 정도의 해적이 한 척의 배로 해적질을 하는 이야기를 따랐다. 다만 이른 기록에서부터 한반도에서 일본으로 수송되는 선물을 신라 사람이 가로챈 일이 일본 기록에 나타나므로, 바다에서 일어나는 강탈, 습격 활동은 오래전부터 종종 이루어진 것으로 보인다.

— 출랑랑이 옥왕을 공격할 때에, 옥왕이 출랑랑에게 경어목(鯨魚目)을 던지는데, 경어목은 고래의 눈이라는 뜻으로《삼국사기》에서 주로 동해안에서 발견되는 보물로 밤에도 빛을 낸다는 물건이라는 기록을 따른 것이다.

— 출랑랑과 사가노가 묻혀 있는 무덤은 돌로 막혀 있는데, 실제로 현재 5세

기경 가야 지역의 무덤 유적 중에 종종 나타나는 방식이 돌덧널무덤 형태이다. 가야 지역 돌덧널무덤에서 산 사람을 죽은 사람을 위해 같이 파묻는 순장 무덤이 발견된 사례도 종종 나타난다.

— 사가노는 무덤 속에서 용문도(龍文刀)라는 칼을 얻게 되는데, 용 무늬가 새겨진 환두대도 유물이 가야, 신라 지역에서 발견되는 사례에 따른 것이며, 옥전M3호분에서도 용무늬가 새겨진 칼이 출토된 적이 있다.

— 백제 임금 아방이 뱃길로 대방을 공격하는 꾀를 내어 싸움을 벌인 것은 광개토왕릉비 갑진년 부분의 기록에 따른 것으로 흔히 404년에 벌어진 것으로 보는 전투를 따른 것이다. 이 전투를 광개토왕릉비에는 "十四年甲辰而倭不軌侵入帶方界(이후 石城,連船,王躬率,從平穰 외에 판독 불가)鋒相遇王幢要截盪刺倭寇潰敗斬煞無數"라고 기록하고 있는데, 그 대체적인 요점을 보면, 1) 왜인들이 법도를 지키지 않고 대방 지역으로 공격해 왔고, 2) 이때 배를 많이 동원하여 전투를 벌였으며, 3) 고구려는 임금이 직접 지휘하는 군대가 평양을 거쳐 나아가 싸워서 크게 이겼고, 4) 왜인들을 죽인 숫자가 무수히 많았다는 내용이다. 대부분 이때의 전투는 백제와 가야의 남은 세력들이 왜인들과 힘을 합하여 시작한 것으로 보는 것이 중론이므로, 이야기에서는 특히 고구려의 광개토왕에게 원한이 많은 백제의 임금이 그 계획을 떠올린 것으로 하였다. 또한 "법도를 지키지 않고 대방 지역으로 공격해 왔다."는 기록에 착안하여, 정상적인 방법을 벗어나는 특이한 상황과 이상한 작전을 벌여 전투를 벌이는 것으로 하였다. 아울러 배를 동원했다는 기록과 고구려의 임금이 직접 지휘하는 군대와 맞붙어 싸웠다는 내용을 싸움에서 핵심적인 부분으로 강조되도록 하였다.

— 백제 임금은 칼에 글씨를 새겨 주어 자신의 뜻을 용녀에게 전하는데, 이와 같이 칼에 글자를 새겨 나라 사이에 뜻을 전한 백제의 대표적인 사례로는 칠지도(七支刀)가 유물로 전해 내려오며, 그 밖에도 몇몇 환두대도 유물에 글

자가 새겨진 사례가 나타난다.

— 허공과 박원도는 다라국 산 위의 요새에서 지내는 것으로 되어 있는데, 이는 실제 현재의 합천 지역에 삼국 시대로 시기가 거슬러 올라가는 산성 유적이 남아 있으며 그곳에 고급 건물지가 발견되었다는 점을 따른 것이다.

— 박원도의 부하들은 고구려에서 구한 말 갑옷을 입힌 말을 타고 싸우고 있는데, 실제로 이 지역의 옥전 고분군에서는 말에 씌우는 투구가 발견되고 있으며 이 지역 고분에서 고구려 문화의 영향이 상당 부분 나타나고 있다는 것을 따른 것이다.

— 허공이 가진 칼은 출랑랑이 찾아다니던 봉문도가 아니라 출랑랑이 갖고 있던 용봉도와 같은 것으로 드러나는데, 이것은 합천 지역에서 출토된 유물 중에 용봉도는 그 형태가 비슷한 것이 여럿 출토되었다는 점을 따른 것이다.

— 출랑랑과 사가노가 벼랑 아래에 떨어져 있을 때 개가 다니는 길을 보고 그 길을 따라 벼랑에서 벗어나는데, 이것은 합천에 있는 개비리 고개 또는 견천(犬遷)이라는 곳에 예로부터 전해 내려오는 전설에 합천과 초계 사이의 개들이 오래도록 서로 통하여 다니다가 길이 생겼다는 것을 따른 것으로, 이 전설은 조선 초기의 기록인《동국여지승람》에도 기록되어 있다.

— 출랑랑과 사가노는 '하산도(荷山島)'라는 섬으로 귀양을 가게 되는데, 이것은《삼국유사》에 나오는 〈가락국기〉에 가락국 사람이 귀양을 가는 섬의 사례로 하산도가 나온 기록을 따른 것이다.

— 고구려 임금 담덕이 남쪽을 직접 돌아본 일이 나오는데, 이것은《삼국사기》에 서기 409년 무렵 광개토왕이 일생에 한 일 중에 거의 마지막에 한 일로 기록되어 있는 것이 남쪽을 순행했다는 일이라는 점을 따른 것이다.

— 신라에는 한가위 풍속이 있었고 고구려에는 수박희 풍속이 있었다고 되어 있는데, 신라의 사례는《삼국사기》의 기록을 그대로 따른 것이고, 고구려의 수박희 풍속은 각저총, 무용총 등의 고구려 벽화에 맨손으로 서로 힘을 겨루는 사람들의 그림이 있다는 데서 고대의 맨손 무술의 기원을 추측하는 학계의 연구 내용을 따른 것이다.

— 사가노가 수박희를 할 때에 고구려 풍속에 사람이 죽으면 요란하게 시끌벅적 떠들고 노는 것이 있다고 하여 무덤 앞에서 수박희를 하는데, 이것은《북사》의 기록에 고구려 사람들은 장례를 지낼 때 춤추고 음악을 연주하며 죽은 사람을 보낸다는 기록을 따른 것이다.

— 광개토왕은 상으로 황금 투구를 내리는데, 이것은 옥전동 고분군 A호분에서 출토된 유물 중에 금동으로 된 화려한 투구가 있었다는 것을 따른 것이다.

— 다라국에 훌륭한 칼을 모으는 사람이 있어서 출랑랑과 사가노가 썼던 칼인 용문도, 용봉도 두 자루, 봉문도 네 자루를 모두 다 모은 사람이 있었다는 이야기가 나오는데, 이것은 옥전동 고분군의 무덤인 옥전M호분에 이 네 가지 종류의 화려한 칼들이 한꺼번에 출토된 일을 따른 것이다.

작가의 말

어렸을 때 친구와 함께 경상남도 김해에서 어느 여름날 막연히 한 나절을 보내야 했던 적이 있었다. 방학 무렵이었는데 마땅히 할 일도 없고 어디 놀러가서 시간 보낼 곳도 없고 뭘 하자고 궁리해 봐도 날씨가 너무 더워서 엄두가 안 나기만 했다. 결국 나와 친구는 그곳의 도서관에 가서 시간을 보내게 되었는데, 도서관의 어린이 도서를 읽는 곳에 갔더니, 그곳 에어컨 바람이 시원했던 데다가 읽을 만한 책들도 많았다. 이런저런 책 읽는 것을 좋아했던 나와 친구가 시간을 보내기에 좋은 곳이다 싶었다.

우리는 처음 김해에 대한 책을 구해서 읽어 보려고 했는데, 결국 그냥 재밌어 보이는 책을 아무거나 읽는 것으로 방향이 바뀌었다. 그때 읽었던 것으로 기억이 나는 책은 모험담 이야기를 읽다가 책 읽는 사람에게 선택지를 보여 주고 거기에 따라서 서로 다른 페이지를 읽으라는 지시가 있어서 읽는 사람의 결정에 따라 서로 다른 내용으로 책을 읽게 되는 형태의 책이었다. 그러니까 악당을 만나는 내용이 나왔을 때, "1. 악당과 싸우고 싶다면 25페이지로 가시오.", "2. 악당에게 살려 달라고 빌려면 30페이지로 가시오." 같은 말이 적혀 있고, 선택에 따라 가고 싶은 페이지로 넘겨 읽는 방식이었다. 나중에 만화가 많이 섞여 있는 형식으로 비슷한 형식의 일본 책들이 나와서 〈게임북〉이라는 이름으로도 소개된 것으로 아는데, 그날 읽었던 것은 미국의 〈Choose Your Own Adventure〉 시리즈 내지는 그 아류작인 미국 책들의 번역본이었다.

문제는 이 책의 모험이 너무 어려워서 자꾸 중간에서 "당신은 감옥에 갇혔다.", "당신은 빈털터리가 되어 고향으로 돌아가게 되었다.", "당신은 정신을 잃고 영영 다음 일은 알 수 없게 되었다."라는 말을 만나 버렸고, 얼마 진행하지 않아 끝나고 말았다는 것이다. 마침 나는 숨겨진 옛 보물을 찾는 모험 이야기를 읽고 있었는데, 잘못된 결정을 하면 돌아와서 다시 다른 선택지를 펼쳐보는 비겁한 수법을 자주 사용하기까지 했는데도 자꾸만 실패했다. 그 책에서 열차 안에서 악당과 마주했는데 선택을 조금 잘못했더니 악당에게 열차에서 내던져지던 비참한 결말을 당한 것이 아직도 기억이 난다.

그렇게 비슷한 다른 책들도 뒤적뒤적했지만 결과는 비슷했고, 결국 나는 더 이상은 책 읽기가 싫어졌다. 그 무렵 비행기의 구조에 대해 알려 주던 어린이용 책을 읽고 있던가 하던 친구도 심경이 비슷해져서, 우리는 도서관 밖으로 나가서 주위를 한번 둘러보기나 하자는 생각을 했다. 도서관 밖으로 나가 보니 그때만 해도 그 지역에도 아직 개발이 덜 된 곳이 있어서 논밭이 멀지 않은 곳에 있었고, 휑한 공터도 눈에 뜨였다.

할 일 없이 걷고 있자니 들판 가운데 멀리 언덕같이 솟아 있는 곳이 보였는데, 그 위에는 나무와 바위가 꽤 그럴듯하게 자리 잡고 있었다. 뭔가가 숨겨져 있을 것 같은 그럴듯한 모습이기도 했고, 한번 올라가 보고 싶게 솟아 있는 모양이면서도 높은 산이 아니라 그냥 언덕이라서 심심해서 한번 올라가 보기에 만만한 높이이기도 했다.

그런데 언덕에 올라가 보니, 소나무와 대나무가 꽤 멋지게 자리 잡고 있는 터에 큼지막한 바위가 하나 있었다. 그리고 그 바위에는 한글로 '황세 바위'라고 새겨진 돌이 있었다. 돌은 현대에 만든 것처럼 보였지만 그래도 낡아 보여서, 길거리에서 보는 지난주에 생긴 분식집 간판이나 어제 생긴 치킨집 배달 안내문과는 전혀 달라 보였다. 그러고 보니 바위의 생김새도 꽤 멋이 있어서 크기는 높이만 해도 보통 사람의 키를 훌쩍 넘겨 보였고 이리저리 갈라지고 기대어 있는 모습이 뭔가 기이해 보이기도 했다. 또 나무뿌리나 덩굴이 자라나 엮여 있는 부분도 있어서 어린이 둘의 눈에는 신비로운 느낌도 들었다.

나는 처음에는 글자를 정확하게 알아보지 못해서 그게 '황세' 바위가 아니라 '황제' 바위라고 새겨 놓은 것이라고 여겼다. 그래서 바위가 무척 크니까 바위 중에 황제라고 할 만해서, 그냥 황제 바위라고 이름을 붙였겠구나, 하고만 생각했다. 그런데 자세히 보니 그 옆의 다른 돌 위에 '황세 장군'이 '여의 낭자'와 함께 놀던 곳이라는 말이 새겨져 있었다. 그리고 그것을 발견하면서부터 친구와 나는 본격적으로 재미를 느끼기 시작했다. 친구와 나는 바위와 새겨진 글자를 보면서 괜히 놀라운 것을 발견한 듯이 서로 이야기했다. 그러니까,

아마 이 바위는 황제 바위가 아니라, '황세 바위'일 것인데, 그것은 먼 옛날 황세 장군이라는 사람의 일화와 관련 있는 바위인 것 같았다.

우리는 깊은 고심과 토의 끝에 아마 황세 장군이 먼 옛날의 전설에 나오는 용사 같은 것이라고 나름대로 결론을 내렸다. 나는 그때 또 착각을 해서 '황세' 장군이 '황새' 장군이라는 뜻이라고 생각해서, 황새로 변신을 할 수 있거나, 황새처럼 하늘을 날아다니는 초능력이 있는 영웅이라고 상상해 보았다. 황새처럼 하늘을 날아다니다가, 착륙을 해야 할 때가 되면 들판 사이에 솟아 있는 이 황세 바위 언덕을 착륙장처럼 여기고 여기에 내려오는 것이 아닌가 하는 이야기를 떠올렸던 것이다. 그렇다면 그 황세 장군과 함께 놀았다는 '여의 낭자'라는 여자는 황세 장군이 하늘을 나는 초능력을 이용해서 악당으로부터 구출해 온 공주 같은 사람은 아니었을까 싶기도 했다.

마침 멀리 떨어지지 않은 곳에 동네 노인들이 바둑을 두기 위해 돌 위에 새겨 놓은 바둑판 그림도 하나 있어서, 나와 친구는 혹시 황세 장군과 여의 낭자가 바둑을 두면서 놀았다는 이야기인가, 하는 실없는 생각도 해 보다가, 이 황세 장군과 여의 낭자의 정체를 밝히기 위해 근처를 좀 더 샅샅이 뒤져 보자고 결심하게 되었다. 바위 주변을 보다 보니, 이 황세 바위는 다른 바위, 절벽과 이어져 있어서 생각보다 더 큰 바위였고, 돌 뒤로 나 있는 좁은 길이 있어서 언덕의 다른 부분으로도 돌아갈 수 있다는 사실도 알게 되었다.

우리는 바위를 돌아 작은 길을 따라 좀 더 걸어갔다. 그냥 작은 길일 뿐이었는데 그날은 그걸 무슨 비밀 통로처럼 생각하면서 한 발자국 한 발자국 조심스럽게 걸어갔다. 그런데 놀랍게도 그 길을 따라

갔더니 거기에 작은 한옥으로 된 집이 있었다. 그 한옥집에는 한자로 세 글자가 적혀 있었는데, 우리는 그걸 읽을 수는 없었다. 대신에 그 앞에 대충 쓴 한글 글씨가 몇 자 적혀 있었는데, 거기에는 이곳이 여의 낭자를 기리기 위한 '여의각'이라는 곳이라는 말만 앞뒤 사연 없이 적혀 있었다.

그때 친구와 나는 뭔가를 정말 발견한 것 같았다. 여의 낭자도 뭔가 중요한 인물이었고, 이 건물도 뭔가 의미 있는 곳이라는 생각이 들었다. 뜻은 잘 모르지만 '여의각'이라는 이름도 있지 않은가. 여의각이라는 건물은 굳게 닫혀 있어서 어떤 목적의 집인지 전혀 알 수 없었고, 그 작은 한옥 건물 외에 별다른 것은 없었지만, 이미 친구와 나의 정신 상태는 인디애나 존스로 변신한 상태였다. 마침 먼 곳으로 온다고 카메라를 가져왔던 내 친구는 중요한 자료를 남기듯이 진지한 태도로 사진도 몇 장이나 찍었다. 그렇게 여의각 이곳저곳을 보다 보니, 조금 더 높은 높이에서 보면 문창살 틈으로 건물 안을 볼 수 있을 것 같다는 생각이 들었다. 나는 엎드려서 친구가 내 등을 딛고 건물 안을 보게 해 주었다. 그다음에는 친구가 엎드려서 내가 안을 들여다보게 해 주었다.

건물 안은 어두워서 잘 보이는 것은 없었다. 그런데 그 여름 오후 햇빛이 낡은 문종이 사이로 비치니, 언뜻 어떤 그림이 걸려 있는 것이 보이는 것 같았다. 정확히 보이지는 않았지만 거기에는 어떤 여자가 그려져 있었다. 옛날 옷을 입고 있는 무표정한 여자 그림이었다. 우리는 저 그림 속의 인물이 아마 그 '여의 낭자'라는 사람을 표현한 것이라고 생각했다. 그렇지만 그 그림을 왜 그려 놓았는지 짐작할 수 없었고, 숲 속 깊은 곳에 아무도 모를 것 같은 작은 한옥이 하나 있는데, 그 안에는 아무것도 없고 오직 그림 하나만 있다는 것은 그때 이해하기 어려웠다. 그것은 그때 들떠 있던 두 어린이가 할 수 있는 생각의 범위를 벗어나는 일이었다. 그냥 세상 사람들이 잘 찾지도 않는 언덕의 나무 사이에 한옥집 하나가 숨겨져 있는데 그것이 굳게 잠겨 있고 아무도 들어갈 수도 나갈 수도 없으며 그 안에는 여자 그림이 항상 같은 표정으로 걸려 있는 것이다, 새벽에도 더운 낮에도, 저녁에도 밤에도, 언제나 그런 표정으로 그 건물 안에서 혼자 가만히 있다, 라고 생각을 할수록 이상하기만 했다.

그날 친구와 내가 겪었던 이 이야기는 대단한 것은 아니지만 나름대로 끝을 장식하는 마지막 장면도 있다. 여의각 앞에서 황세 바위와 여의각의 '수수께끼'가 무엇인지 골똘히 고민하고 있을 무렵, 갑자기 어디에서인가 이상한 악기 소리와 여자의 노랫소리 같은 것이 들려온 것이다. 그야말로 옛날이야기에서 산속을 지나가는 나그네를 홀리는 여우가 나타나는 장면과도 비슷한 분위기였다. 뜻하지 않은 모험의 호기심에 도취되어 있던 우리는 기꺼이 여우든 귀신이든 홀림을 당할 준비가 되어 있었고, 노랫소리가 들리는 곳을 찾아 숲길 이곳저곳을 헤매고 다녔다.

마침내 한 대나무 숲을 돌아간 기슭에서 우리는 노래를 부르는 여자를 찾아냈다. 거기에는 30대 내지는 40대쯤 되어 보이는 아주머니 두 사람이 있었다. 둘 다 한복 차림이었고, 한 사람은 징 같은 것을 계속 치고 있었고, 한 사람은 노래를 부르고 있었다. 노랫소리는 어떻게 들으면 옛날 민요 같기도 했고 어떻게 생각해 보면 염불 같기도 했다. 한자어를 많이 쓰는 한국말인 것은 확실했지만 무슨 내용을 노래하는 것인지 가사는 알 수 없었다. 그곳은 어지럽게 나무뿌리가 드리워져 있는 큰 돌 더미 앞이었는데, 그 앞에는 과일을 몇 개 쌓아 놓은 것도 있었다. 그리고 그 두 사람은 정성스럽게 노래를 계속 부르고 있었다.

우리는 봐서는 안 되는 비밀을 보고야 말았다는 느낌마저 받았다. 두 여자의 노래와 연주는 알 수 없는 주문이나 1천 년 동안 잠들어 있던 저세상의 영혼을 깨우는 의식같이 보이기도 할 정도였다. 경건한 태도인 것 같았던 두 사람은 얼마 후 뒤에서 호기심에 차서 자기들을 구경하고 있는 조무래기 어린이 둘이 나타난 것을 알고는 노래와 연주를 멈추었다. 그리고 우리 쪽을 쳐다보는 것이었다. 나와 친구는 욕이라도 먹거나, 아니면 혹시 이 무서운 사람들에게 붙잡혀 가는 것은 아닐까 싶어 슬금슬금 뒷걸음질 쳐서는 재빨리 그 언덕을 내려왔다.

이게 그날 이야기의 끝인데, 그 후로 며칠 동안이나 나는 무슨 노래냐고, 무슨 내용이냐고, 물어볼걸 못 물어봤다고 후회했다. 그 두 사람은 분명히 황세 장군에 대해서도, 여의 낭자에 대해서도 알고 있을 것 같았다. 그리고 다시 생각해 보면 우리가 괜히 인적 드문 곳에서 낯선 사람을 만나 겁을 먹은 것뿐이지, 그 두 아주머니들이 그렇게 무서운 사람들은 아닌 것 같다는 생각도 들었다. 정말 신기한 것을 찾아냈는데, 모든 것을 알아낼 기회가 있었는데 영영 알 수 없게 되어 아쉽다는 생각만 계속 들었다. 지금 이날까지도 그날 두 사람이 무슨 노래를 불렀고 그 가사의 내용이 무엇이었는지는 여러 가지로 상상만 해 볼 뿐 전혀 알 수가 없다.

나는 그날 발견했던 것이 정말 재밌고 중요하다고 생각해서 일기장에 나름대로 상세하게 기록해 두었다. 여의각과 황세 바위에 대해서는 그림과 도표로 표시해 두기까지 했다. 그리고 얼마 후에 TV를 보다가, 무당이 나오고 굿을 하는 장면을 보았을 때, 여의각과 노래를 하던 여자들에 대해서는 어렴풋이 의미를 알게 되었다. 그러니까, 여의각이라는 건물은 여의 낭자라는 사람을 신령스럽게 여기는 사람들이 지은 일종의 신당인 것이었고, 노래를 부르던 사람들은 이 여의 낭자에게 기도 내지는 굿을 하고 있던 무속인들이었던 것이다.

그렇지만, 구체적으로 황세 장군과 여의 낭자가 누구인지에 대해서는 계속 알 수가 없었다. 몇 년이 지나서야 전국 각지의 전설, 신화에 대한 책을 보다가 우연히 그 사연을 알게 되었는데, 그 사연이 그때 그날 내가 본 것이라는 점을 깨달았을 때, 정말 반가웠다. 누구에게 기쁜 목소리로 자랑이라도 하고 싶은 심정이었다.

정리해 보자면 이런 이야기였다. 황세 장군과 여의 낭자 전설은 황세 바위가 있는 바로 그 부근의 김해 지역에서 내려오고 있는 이야기로, 그 뼈대는 다름 아닌 중국의 유명한 전설인 양산백과 축영대 전설을 따르는 것이다. 양산백과 축영대 전설은 중국에서 예로부터 널리 알려진 이야기이고 지금도 널리 퍼져 있는 편인 내용인데, 거슬러 올라가자면 당나라 시대에 이미 주요 내용이 문자로 기록된 것이다. 양산백과 축영대 이야기는 이후로 다양한 기록과 소설로 발전해서, 현대에는 여러 형태의 전통극과 영화, TV물로도 각색된 내용이다. 우리나라에도 1990년대에 서극이 감독을 맡은 〈양축〉이라는 제

목의 영화판은 어느 정도 알려진 편이다.

양산백과 축영대 전설의 내용은 양산백과 축영대라는 남녀가 서기 300년대 후반 무렵에 살고 있었는데, 축영대가 남자로 변장을 하고 남자들 사이에 끼어서 공부를 하다가 같이 공부를 하던 양산백과 친해지고, 나중에는 축영대가 여자라는 것을 안 양산백과 서로 사랑하게 되었는데, 집안에서 축영대를 다른 집안으로 시집 보내는 바람에 그 사랑을 이루지 못하고 슬프게 죽는다는 것이다.

양산백과 축영대 전설은 중국에서 널리 퍼진 만큼, 우리나라에도 전해져서, 전국 각지에 비슷한 전설을 낳았다. 특히 여자 주인공이 남자로 변장하고 남자하고 같이 공부하거나 놀다가 사랑이 싹튼다는 형태의 수많은 이야기에 그 영향을 여러 가지로 미쳤다. 조선 시대 이후에 우리나라에서 나온 고대소설들 중에도 양산백과 축영대의 각색작이 있다. 《국어국문학자료사전》에는 양산백과 축영대 이야기는 우리나라에서 《양산백전》이라는 고대소설로도 나온 적이 있다고 하며, 함경도에서 채록된 '문굿'이라는 무속 설화에서 양산백과 '추양대'라는 변형된 이름으로 비슷한 내용이 전해지고 있다고 되어 있다. 《한국민속신앙사전》에는 제주도의 '세경본풀이'에 나오는 무속 신화에서 자청비라는 인물이 남자로 변장하고 문도령이라는 인물과 같이 공부하는 내용이 나오는데, 이것이 양산백과 축영대 이야기와 같다는 점을 지적하고 있기도 하다.

그날 친구와 내가 보았던 황세 장군과 여의 낭자가 주인공으로 나오는 전설에서는 황세 장군이 양산백 역할이고, 여의 낭자가 축영대 역할이다. 내용을 좀 더 살펴보면, 황세 장군과 여의 낭자 이야기에서 황세 장군은 황정승이라는 사람의 아들로 이름이 '세'라서 황세 장군이고, 여의 낭자는 출정승이라는 사람의 딸로 이름이 '여의'라서 성명은 사실 출여의 낭자가 되는데, 보통 황세 장군과 운율을 맞추기 위해 여의 낭자라고 주로 호칭되는 것이었다. 이야기의 출발과 갈등, 몇몇 소재들이 닮은 것을 보면, 황세 장군과 여의 낭자 이야기는 양산백과 축영대 이야기에 상당히 많은 영향을 받았다는 생각이 든다.

황세 장군과 여의 낭자 이야기도 양산백과 축영대 이야기처럼 여의 낭자는 남자로 변장을 하고 황세 장군과 어울리다가 두 사람은 친해지고, 나중에 황세 장군은 여의 낭자가 여자라는 것을 알고 사랑에 빠지게 된다. 다만 결말은 조금 다른데, 황세 장군은 장군이 된 뒤에 임금님의 명령으로 공주와 결혼을 하게 되기 때문에 여의 낭자가 상심하여 외롭게 지내다가 죽게 된다는 것이다. 그렇다고 보면, 과연 여의 낭자는 한을 품고 혼인하지 못하고 죽은 여자가 되기 때문에, 옛날 무당들이 굿을 하는 대상이 되는 여신 이야기에 좀 더 어울린다는 생각도 든다.

정확한 근거가 많은 편은 아니지만, 황세 장군과 여의 낭자의 이야기의 배경은 요즘에는 김해가 옛날 가야 지역의 중심지였다는 것에 맞춰서, 보통 가야 시대로 보는 전설로 많이 이야기 되고 있다. 김해시청에서 홍보하고 있는 자료에도 황세 장군과 여의 낭자는 가야 때를 배경으로 설명되어 있다. 실제로 《삼국유사》에 실린 〈가락국기〉 기록에는 가락국의 겸지왕(鉗知王)에 대해서 설명할 때, 임금의 부인이 출충(出忠) 각간(角干)의 딸인 숙(淑)이라고 말하는 대목이 있다. 이것을 두고 출(出)씨 집안이 가락국의 유력한 가문이라는 이야기가 전해 내려왔다고 보기도 한다.

이 이야기는 김해 지역의 대표적인 전설 중 하나로 꽤 널리 퍼져가는 편이다. 양산백과 축영대 형태의 내용 구조가 요즘에도 쉽게 이야기를 꾸미기에 좋은지, 요즘에는 이 황세 장군과 여의 낭자 이야기는 동화책이라든가, 각종 각색판 나아가서는 음악극 형태로도 나와 있다고 한다.

그날 어릴 때 느꼈던 굉장한 신비감과는 다르게 막상 드러난 사연의 정체는 이렇게 상당히 흔한 모양의 이야기였고 전형적인 전설이었다. 덜 신비로운 진상이라서 아쉽다면 아쉬운 점은 있지만 대신에 그만큼 더 생생한 실체가 있고 말끔하게 느껴지는 설명이라는 느낌이 든다. 처음 나와 친구가 그곳을 찾았을 때 괜히 뭔가 비밀스러운 느낌이 들었던 그 언덕 주변 또한, 지금은 봉황대 유적지라는 이름이 붙어서 깔끔한 공원으로 단장되어 있다. 그곳에는 말끔하고 소상한 안내판들이 잘 갖춰져 있어서, 혹시나 괜한 궁금증에 빠진 아이들이 또 둘쯤 나타나 기웃기웃한다고 해도 이제는 곧 답을 알 수 있도록 되어 있다.

그렇지만 그날 일은 별것 아니기는 해도 나에게는 워낙 재미난 추억이어서, 이번 이야기를 쓰면서도 다시 똑똑히 기억이 났다. 광개토왕 시절의 가야 지역을 오가는 사람들의 우여곡절을 다루는 이야기를 쓰면서, 가락국의 유력한 집안을 떠올릴 때에 그 가문을 '출'씨 가문으로 하는 것이 마땅하다는 생각이 든 것도, 바로 그날 겪었던 일 때문에, 출여의 낭자의 이야기가 떠올랐기 때문이다.

아마 그래서인지, 이번 이야기의 여자 주인공 출랑랑은 내가 쓰는 이야기 속의 인물이면서도 내가 지어낸 줄거리대로 짜내는 사람이라기보다는, 어느 시대 어딘가에 출랑랑과 같은 성격, 그런 말투, 그런 행동거지를 하는 사람이 정말로 있다는 느낌이었다. 그래서 이야기의 대목대목마다, 그 출랑랑이라면 이런 상황에서라면 당연히 이렇게 생각하고, 이렇게 행동할 만하다는 것이 선명히 떠올랐다. 그래서 억지로 줄거리를 짜낸다기보다는, 출랑랑이 저절로 움직여서 이야기가 이렇게 계속 펼쳐진다는 느낌으로 내용을 풀어나갔다. 우스꽝스러운 말이지만, 이야기를 끝내고 마무리를 지으면서, 더 이상 출랑랑과 사가노의 이야기를 더 지켜보지 못한다는 것이 스스로 아쉽다는 생각마저 들었다.

이야기의 배경을 보자면 이번 이야기는 2011년부터 드문드문 써오고 있는 광개토왕 무렵을 다룬 여러 편의 단편, 중편에 이어서 쓴 것이다. 2011년 6월에 〈패려稗麗〉라는 제목으로 고구려군에게 공격당하는 거란족의 이야기를 쓴 것이 그 시작이었는데, 그 뒤에 일곱 편의 이야기를 썼고, 이번 이야기는 그 여덟 번째가 되는 셈이다. 전체가 열 편 정도가 되도록 이야기들을 쓰는 것이 첫 번째 단편을 쓸 때의 계획이었는데, 이번 이야기는 그중에서도 내용이 하나의 장편소설이 될 만큼 풍부해져서, 한 권의 책으로 따로 펴내 본 것이다. 이번 이야기는 다른 이야기들보다 긴 내용인 만큼, 가능한 한 쉽고 간단한 말로 이해하기 어렵지 않게 이야기를 쓰되, 내용의 형식이나 문체에는 예스러운 재미가 어느 정도 있도록 《금오신화》나 《옥루몽》과 같은 조선 시대 소설과 비슷한 분위기로 꾸며 보려고 했다.

우리나라 역사를 배경으로 하는 소설을 읽을 때마다, 가끔 몇몇 소설들이 지나치게 '우리 민족의 위대한 업적' 내지는 '영웅적인 인물의 존경스러운 모습'을 보여 주려는 데 너무 집중한다는 생각이 들 때가 있었다. 그럴 때마다, 그런 식으로 뭔가 우러러볼 만한 일을 찾아서 칭송하는 데 초점을 맞추고 그런 목적에 끌려 다니는 이야기를 꾸미는 것보다는, 그런 목표 없이 더 자연스럽게 더 다양한 사람들의 모습을 다채롭게 비추는 것이 훨씬 더 재밌는 이야기를 실감나게 꾸밀 수 있다는 생각을 해 보기도 했다.

특히 광개토왕 시기를 배경으로 하는 이야기들을 보던 중에는 광개토왕을 '위대한 정복 영웅'으로 다루어야 한다는 생각만이 너무 앞서서 이야기의 참다운 멋이 살지 못할 때가 많다고 느낀 적이 있었다. 만약 내가 그런 식으로 이야기 내용을 채워야 한다면, 그 행동이나 말이 별로 남아 있지 않은 과거의 인물을 영웅으로 그리는 장면들을 생각해 짜내야 할 것이라는 생각을 했다. 그런데 이야기를 꾸미는 사람인 나 스스로가 그런 대단한 영웅이 아니라 그냥 평범한 작가이고 보면, 아무리 거창한 영웅의 대사, 영웅의 행동을 내 머리로 상상해 낸다고 해도 별로 진짜 영웅 같지는 않을 거라는 한계가 있다고 짐작해 보기도 했다.

그러다 보니, 이번 이야기를 포함한 여덟 편의 이야기에서는 광개토왕보다 광개토왕의 정복으로 영향을 받는 주변 사람들의 이야기를 좀 더 많이 다루어 보았다. 그래서 지난 이야기들에서는 고구려군에게 공격당하여 우왕좌왕하는 백제 사람들의 이야기라든가, 어떻게든 고구려군의 위세를 이용해서 정권을 얻어 보려는 신라 왕족들의 이야기 등에 대해서 써 보았다. 그런 주변의 이야기들을 다양하게 해

나가는 가운데 광개토왕의 모습은 간접적이지만 오히려 더 실감 나게 드러날 수 있을 것이라고 생각했다. 특히 이번 이야기에서는 고구려군의 공격을 피해 도망친 피난민들의 이야기를 다루면서, 광개토왕 시기 이후 격변을 겪는 가야 지역의 여러 변화들을 이야기의 다양한 소재로 삼아 보려고 노력했다.

모자란 재주이지만, 이 시기 가야 지역에 관해 알려진 옛 기록들과, 그동안의 유적, 유물 발굴에 대해 지금까지 대중적으로 알려져 있는 내용들을 최대한 이야기 속에 살려 담아 보려고 여러 가지로 애를 써 보았다. 만약 고고학의 성과나 역사학 연구의 결론에 비추어 이야기 속의 사연들이 지나치게 사실과 어긋나는 부분이 있다면, 지체 없이 지적하여 주시기를 독자 여러분께 부탁드린다. 잘못된 부분은 나중에라도 고치고 최대한 바로 잡을 수 있도록 계속해서 다듬어 가고자 한다. 또한 혹시라도 1980년대 김해 지역에서 여의 낭자에게 굿을 할 때 읊조리는 그 노래 가사, 그 사설의 내용이 도대체 무엇이었는지 아시는 독자가 계시다면, 언제라도 연락을 주시어, 처음 여의 낭자에 대해 알게 된 그날의 남은 수수께끼를 마저 푸는 데 도움 주시기를 바란다.

2014년 정릉에서

곽재식

역적전

1판 1쇄 인쇄 2014년 12월 24일
1판 1쇄 발행 2014년 12월 31일

지은이 곽재식

발행인 양원석
본부장 송명주
책임편집 김지아
제작 문태일, 김수진
영업마케팅 김경만, 정재만, 곽희은, 임충진, 장현기, 김민수, 임우열
윤기봉, 송기현, 우지연, 정미진, 이선미, 최경민

펴낸 곳 (주)알에이치코리아
주소 서울특별시 금천구 가산디지털2로 53, 20층(가산동, 한라시그마밸리)
편집문의 02-6443-8846 구입문의 02-6443-8838
홈페이지 http://rhk.co.kr
등록 2004년 1월 15일 제2-3726호

ISBN 978-89-255-5504-1 (03810)